【北京青年文艺评论丛书】

如何讲述新的中国故事

李云雷 著

北京市文学艺术界联合会 编

北京出版集团公司
北京十月文艺出版社

编委会

组织编写

北京市文学艺术界联合会

北京市文学艺术界联合会研究部

北京文艺评论家协会

丛书序

寄　望

谢　冕

多年以来，北京文联研究部在开展文艺理论研究和及时总结文艺工作的经验方面做了很多工作。研究部先后出版了多门类的北京文艺大型史料文献，并有庞大的文集相继出版。这些业绩为人所共见。我印象特别深刻的是由北京文联召开的一年一度的“北京文艺论坛”。每次论坛都设一个适时的热点话题，例如文艺与现实、文艺与市场、文艺与全媒体时代等。围绕着这些话题，来自文艺各个领域的专家学者从文学和艺术的多个向度展开广泛而有趣的对话。每次论坛的召开对于我们都是一次盛大的节日。那些平时为大家所关心的论题，我们都能从不同的文艺领域（不单是文学的角度，而且是包括绘画、书法、音乐、电影、电视、戏剧和曲艺，甚至是摄影和杂技的角度）听到多方面有益的见解和阐释。

只要有机会，我都会参加这样的学术盛会。在会上我可以听到来自不同学科的、对于文艺现状和历史的议论。对于我本人，这无疑是一个获得广泛知识的课堂，因为一个人的见闻和学术储备毕竟有限，加上文艺各门类的规律和内涵又是如此的繁杂丰富，我们毕竟不能全知，参加这样的讨论，使我们能在同一时间和空间里听到这些来自不同学科的对于同一问题的精彩发言，这当然是非常有益的一次交流。以文艺与现实的论题为例，从文学的角度看也许不难找到观察的切入点，而换个角度，如从音乐或书法的角度看，它们之间的关联和彼此影响就要复杂得多。从不同的角度观察分析同样的问题，这就是集思广益，这就是一个名副其实的学术盛宴。

北京文联坚持召开这样的艺术论坛已有多年，每次论坛都设主题，而且每次论坛都邀请国内的专家学者参加。文联的人缘极好，不管多忙，大家都乐于应邀到会，因此每次会议也都是群贤毕至，胜友咸集。这些专家中有经验丰富的文坛前辈，也不乏崭露头角的青年才俊，特别是年轻学人站在学术前沿的那些新鲜而充满锐气的思考，总给人以耳目一新的感受。尤为可贵的是，北京文联的这个论坛不像有些会议开过就不留后话，它每次会后都坚持把论文予以汇集出版，这是有益的学术积累。多年实行下来，现在已是相当可观的集聚了。

事情就这样进行了好多年，论坛已成了北京文艺界的一道美丽的风景，也是文艺界期待的每年例行的节日。北京文艺评论家协会成立以后，协会得到文联研究部的全力支持，新建立的协会是个“无房、无钱、无人”的“三无”团体（幸而不是“非法”的），得到北京文联人力和物力的全力相助，热情而美好。有了这样的良好开端，北京的文艺理论研究工作（包括举行论坛在内）于是得以更有力地展开。一件事开头并不难，难的是坚持，也许比坚持更难的，是后续的这种展开。而展开，就意味着要在原有的基础上有更大更好的延伸和拓展。这就说到了现在进行的这套“北京青年文艺评论丛书”的创意，旨在培育新人的举措，体现了决策者长远的眼光。

我本人对于通过一定规划培育中青年理论批评人才的事，持一种坚定支持的态度。在我的思考中，总觉得文艺评论人才的培养其难度要高于文艺创作人才，就是说，较之创作队伍的形成，理论批评队伍的建设要困难得多。因此相关部门就要更加用力，而这种长远的预期是必要的。一个优秀的评论工作者的成长不能单凭才情，他要具备一定的条件，他们不仅要熟悉文学和艺术的历史、知晓创作的规律，还要对文艺作品的形成有自己的领悟，并能对之进行科学的判断和分析。评论者不仅要具有创作者那样的感性情怀，更要在积累和阅历上具有理性辨析和科学判断的能力。

一个评论家的成长周期可能是漫长的。这就需要事先确定目标，有长远的规划，持之以恒。这种工作不能速成，须要提前准备与长期坚持。从这点看，目前进行的编辑出版的“北京青年文艺评论丛书”的工作，就是意义重大的措施，当然，对于青年评论队伍的形成来说，这只是其中的一项，但却是非常重要的一项。“北京青年文艺评论丛书”的出版，由相关部门提供条件，把崭露头角的年轻作者的研究成果予以汇聚和展示，其目的在于激励本人并借以推动整体，从而在一个时期形成一种良好的学术氛围，毫无疑问，此举有远见卓识。

从多学科、多门类的文艺理论批评方面看，我本人的印象是，文学方面涉及小说、诗歌、散文、戏剧文学等的理论批评，一般说来，实践较为充分，队伍也较齐备，相比之下，文学之外的诸门类则显得相对薄弱。音乐、绘画、电影、电视、戏剧和戏曲等等，对艺术自身规律的探讨以及调整其与消费者之间的关系、特别是反对低俗化和倡导高雅文化等方面，问题较多，某些领域，甚至乱象丛生，这些，都亟待健康而及时的批评和引导。

至于现在筹划出版的这一套“北京青年文艺评论丛书”，我也希望能够向着那些薄弱的艺术门类倾斜，例如音乐和美术，例如戏曲和影视，等等。此外，我还希望如同我们出版文艺论坛的评论集那样，成为一种长远的措施，不间断地连续做下去。加强艺术理论批评，加强艺术类的青年批评家的培养，我以为这是非常重要的、也是非常急迫的工作。培养评论工作者视野开阔，把握全局和整体，以锐利而准确的目光，以优雅而准确的文字，品鉴雅俗，臧否良莠，为文艺界提供及时的、锐利的评论文章，这些，均有待我们切实的坚持。

2017年4月5日，于北京大学

（谢冕：北京文艺评论家协会主席，
北京大学中国诗歌研究院院长兼北京大学中国新诗研究所所长。）

序

向理想而去

李敬泽

作为批评家，李云雷清晰、坚定。所谓清晰，说的是，几乎从批评生涯的一开始，他就自知，他的立场何在。他之所在，正在这本书的题目里，是的，是“中国”，作为历史的、实践的、价值的和审美的主体的中国。

“中国”作为立场、观点、方法，近些年来已成普遍自觉。在文学中，这种自觉既取决于一般历史条件的变化，也是对上世纪80年代以来主流文学观念的反思。莫道君行早，更有早行人，在这条思想之路上，早行人中有一个云雷。这本书里，作为书题的一篇《如何讲述中国的故事》，发表于2006年，其中不仅使用了“中国故事”这个概念，而且在他的论述中，我们可以看出，他的问题意识正在中国主体性的建构和创生：

“中国作家能否在瞬息万变的现实中，书写出独到的中国经验与美感，不仅是作家个人能力问题，同时也是一种‘文化政治’。这涉及到一个民族是否具有自我认识、自我表述的能力，并能在文学中加以表现的问题。而在这样的表述中，我们是将自己的故事融入西方文学的叙事体系中，成为一个补充或附庸；还是别开生面，寻找到一种新的叙述艺术，充分表达中国人的情感？”

“当代中国知识分子和中国作家必须要考虑的一个问题是，如何在全球化的背景下保持文化的自主性，如何让价值的、伦理的、日常生活世界的连续性按照自身的逻辑展开，而不是又一次被强行纳入一种世界文学主流的话语和价值体系中去。”（张旭东语）

“文学上的‘中国道路’，正与社会现实中的‘中国道路’一样，既应该突显自身的独特之处，也应该对世界秩序造成根本性的挑战，使之更趋公正、合理，而不应该以既定的西方标准来加以衡量。但在这里，我们并非是简单地以‘民族性’来否定‘普遍性’，而是希望在‘民族性’的现代化转型中，能发展出自己的‘普遍性’，这既不同于传统的‘民族性’，也不同于现存的‘普遍性’，而是一种全新的创造，是在‘民族性’与‘普遍性’的相互融合中，创造出多元文化中的一种。这是一个全新的‘中国故事’，也需要新的讲述‘中国故事’的方法”。

——大段照抄，因为这些写于十多年前的话至今大致有效。云雷所提出的问题、他所怀的期待如果说在当日还显得寂寞清冷，那么从那时起到现在，风云默运，已是大势昭昭。

从那时起，云雷几乎没有什么改变。我回忆了一下，2006年我应该见过云雷，却想不起第一次见他是什么时候和什么情形。总的来说，很长的时间里，我的印象是，这个年轻人身上竟有一种凛然，一种硬度，这使他在同龄人中间特立独行。凛然不是狂傲，我当然见识过年轻人的狂傲，但云雷凛然只是天性端方，他的话不多，亦无攻击性，对他来说，与人争论很可能是一件不得不为的难事。当然，我的印象也许不可靠，他或许只是在年长者面前存着礼貌，但读他的文章，也能看得出，云雷厚道，他对很多作品直言批评，但从来都是诚恳的，没有炫耀和傲慢，我想，即使是被批评者也不会从他的话中感到恶意，他只是坦诚，说真话，讲道理，而且他总是在更大的社会历史背景下寻求理解而从不简单地对作家个人横加判断。

这样一个人，他的凛然和硬是一种精神气质，他真的相信自己之所说，在很久之前（在这个时代，十余年前就是很久了），他已经选定了自己之所信，而且这份信有着坚实的历史和理论根基。假设每个批评家的心中有一个王国，很多人的王国乱七八糟，是个杂货铺子。而云雷的王国一开始就秩序井然、目标朗然。其中包括一系列相互联系的元素：对中国现代以来历史道路的认同，对中国革命和社会主义的认同，对中国新文学传统和左翼传统的认同，相应的，他对上世纪80年代以来的主流文学观念持反思和批判的立场，他坚信文学对现代民族国家所负的责任，他把这视为文学的光荣，他对作为历史和实践主体的人民和民众抱有信念，对现实主义抱有信念，他坚信中国在全球化世界中必须建构和创生自身的主体性，所有这一切，使他心中的“中国”和“中国故事”成为社会和美学理想，既是历史的，又是现实的，更重要的是面向未来，敞开着新的广阔可能性。

——这一切，十多年来都没有什么改变。他如此清晰和坚定，这使他成为了站在这个时代思想前沿的一个批评家。

云雷必也时时感受着理想和现实的落差。他的关于“中国故事”的论述包含着对这个时代复杂经验的充分理解。是的，他不是一个封闭于抽象理念的人，他忠实于现实和真实，而且他确信，抵达这现实和真实必须付出艰苦的努力，必须有勇气，有强大而审慎的思想能力，还要有改变世界的行动激情。但读完这本书，我还是觉得，他可能一直苦于没有足以与他的理论相匹配的作品。他走在了时代的前边或后边，在后边使他具有历史感，由历史感而生的现实感使他走在前边。他为自己确立了一个理想向度，也同时是一个批判立场，在这个视野中，一切作品皆处于残缺的、未完成的状态，所有的一切都是某种中间体，是向着一个可能的理想状态的过渡。

——这恰是一个目光高远的批评家注定承受的。正是这种中间、过渡，使他获得批评的自我意识，使他坚定、清晰。

在昨夜，重读了《在延安文艺座谈会上的讲话》。我想，云雷于此肯定也反复读过。其中一段话，在新的阅读中忽然产生了新的意义，纷至沓来：

“人类的社会生活虽是文学艺术的唯一源泉，虽是较之后者有不可比拟的生动丰富的内容，但是，人民还是不满足于前者而要求后者。”

（这个时代的作家正在惊叹，真实超过了虚构，现实胜过了小说。多么天真可爱：什么时候，文学竟可以大过人类的社会生活了？）

“这是为什么呢？因为虽然两者都是美，但是文艺作品中反映出来的生活却可以而且应该比普通的实际生活更高，更强烈，更有集中性，更典型，更理想，因此就更带普遍性。”

（可以而且应该，更典型、更理想，因此就更带普遍性。）

“革命的文艺，应当根据实际生活创造出各种各样的人物来，帮助群众推动历史的前进。例如，一方面是人们受饿、受冻、受压迫，一方面是人剥削人、人压迫人，这个事实到处存在着，人们也看得很平淡。”

（“这个事实到处存在着，人们也看得很平淡”，文学将社会的无意识唤醒为意识，把很平淡的、到处存在着的“事实”呈露出来。）

“文艺就把这种日常的现象集中起来，把其中的矛盾和斗争典型化，造成文学作品或艺术作品。”

（“日常的现象”，隐没于生活世界的现象，“矛盾和斗争”，恩格斯所说的“隐秘的结构”，把它典型化，化为被意识的对象或“事件”。）

“就能使人民群众惊醒起来，感奋起来，推动人民群众走向团结和斗争，实行改造自己的环境。”

（惊醒或本雅明式的“震惊”、感奋，团结、斗争，革命美学中内在地具有实践向度，它导向主体的觉醒，导向历史的创造，导向改造自身与环境或世界的斗争。）

——在中国的历史语境下，作为社会、精神和美学的革命的文学，这段话说得如此凝练而彻底。抄下来，与云雷共思之。

2017年5月20日夜初稿

5月21日午间定稿

（李敬泽：著名文学评论家、作家，中国作家协会副主席。）

目 录

Contents

第二辑　现实主义

第三辑　底层文学

第一辑

中国故事

如何讲述中国的故事

——对近期三部长篇小说的批评

1. 解题

文学与现代民族国家的关系，已有不少人揭示过了，文学在塑造民族情感、凝聚国家认同等方面的作用，也成了一种共识。但“中国的故事”可以有不同的讲法，从不同的角度可以看到不同的中国，这与不同人所处的位置、所看的角度密切相关。

杰姆逊将第三世界的写作视为一种“民族寓言”，但其中仍不乏西方中心主义的视角；华裔作家哈金提倡“伟大的中国小说”，希望能写出一种“包罗万象的小说”，但他仍把中国看作一个凝固的客体，而并没有将之作为一种正在发展、变化中的“活的中国”，一种在现代化转型中有无限可能性的存在，这仍是一种外在的视角。

在这样的意义上，“如何讲述中国的故事”便成了一个重要的问题。中国作家能否在瞬息万变的现实中，书写出独到的中国经验与美感，不仅是作家个人的能力问题，同时也是一种“文化政治”。这涉及一个民族是否具有自我认识、自我表述的能力，并能在文学中加以表现的问题。而在这样的表述中，我们是将自己的故事融入西方文学的叙事体系中，成为一个补充或者附庸；还是别开生面，寻找到一种新的叙述艺术，充分表达出中国人的情感——这同样是一个重要的问题。

“想象中国的方法”是王德威先生一本书的名字。在这里，他仅将文学叙事作为一种“想象”，而忽略了中国文学与中国现实的联系，忽略了其中体现出来的饱经苦难的中国人的情感，因而难免失之偏颇；同时王先生的“方法”也有其局限性，他视野中的“中国”仅限于大城市，在他的新作《如此繁华》中，我们看到的只是“北京”“上海”“香港”“台北”等辑，却看不到更为广大的中国农村、工厂与边疆。如果我们只看到北京、上海，难免会得出“如此繁华”的印象，但如果我们忽略了中国的农村、工厂与边疆，就不能更为深刻而真实地理解中国。

张颐武教授最近提出了“新文学的终结”这一命题，他认为伴随着中国逐渐“脱贫困”“脱第三世界化”，出现了一种关于中国的新的想象（即他命名的“新新中国”），这将使人们摆脱百年以来中国积贫积弱的印象，而出现了一个正在融入全球化“和平崛起”的大国形象，在这一进程中，以“新文学”为核心的现代性中国的想象便终结了。张教授的分析不无道理，但他所分析的对象仅限于大城市，甚至仅限于中产阶级、大众文化，而并没有对“中国”有更为整体性的理解和把握。

以上是“中国故事”的两种典型讲法，在这里我们将着重分析近期的三部长篇小说，看看它们是如何叙述“中国的故事”的，这三部作品是：严歌苓的《第九个寡妇》、阎连科的《受活》、莫言的《生死疲劳》。它们都描写到了20世纪50—70年代的中国农村，为我们提供了一种不同于以往的想象与叙事，并在某种程度上具有一致性。我们希望通过对这些作品的分析，来回答这些问题：如何将中国经验加以艺术化；如何评价近期作品和“十七年”时期的一些作品；新的叙事艺术如何可能。

2. “合作化”与意识形态问题

《第九个寡妇》等作品虽然描写的同样是20世纪50—70年代的中国农村，但与《三里湾》《创业史》《艳阳天》等作品相比，有着很大的不同。其中最大的一点，就是它们并非以认同、赞扬的态度来描写农业“合作化”和这段历史，而是大体持否定、讽刺的态度。

《第九个寡妇》讲述了这样的故事：在解放后的镇反期间，错划为恶霸地主而被判死刑的孙怀清，执行时侥幸未死，被儿媳妇王葡萄藏匿于干红薯窖中二十多年，直到改革开放后，才走出地窖，但这时他已经须发皆白，奄奄一息了。小说以这一故事为主要线索，结合王葡萄“作为寡妇以强烈情欲与不同男人偷欢”的故事，重点塑造了王葡萄、孙怀清等人物形象。小说中的王葡萄，是一个忍辱负重，而又单纯执着的人物，有论者称其以“浑然不分的仁爱与包容一切的宽厚超越了人世间的一切利害之争”。孙怀清则勤劳善良、足智多谋，既是一位值得尊重的老人（他在村里被尊称为“二大”），也是一位无辜的受难者，在他身上凝聚了中华民族的诸多传统美德。

《第九个寡妇》对20世纪50—70年代的历史进行了重述，对以往的历史观也做了颠覆，在这个小说的视野中，这一年代是对象征着勤劳、善良、正义的“二大”加以镇压，使其在地下“变成鬼”、无法见到天日的时期，也是蔡琥珀、春喜等人不近人情地搞“合作化”的时期。小说同情与关怀的对象，与以往描写这一时期农村题材的小说完全相反，作者同情的对象，用过去的话说，是“地主”孙怀清和“落后群众”王葡萄，而在《三里湾》《创业史》《艳阳天》等作品中，这些恰恰是被批判、争取的对象，这些作品用大量篇幅赞扬的是农村中的“新人”，在梁生宝、萧长春等人身上寄予了农村的希望。

有评论认为，《生死疲劳》“叙述了1950年到2000年中国农村50年的历史，围绕土地这个沉重的话题，阐释了农民与土地的种种关系”。从直接的阅读经验来说，这显然是不准确的。小说对20世纪80年代以后农村土地关系的描写明显付诸阙如，而将重点转移到城里“子孙们”命运的描写，使得小说在结构上严重失衡。如果这尚可以用缺乏这一时期的直接经验来解释，那么将“单干”理解为历史正确，以其反对“合作化”的进程为重要线索，甚至将“单干”与20世纪80年代的“土地承包”简单地等同起来，则不仅对历史缺乏理解与同情，而且缺乏基本的了解。在小说中，蓝脸被塑造为坚持“单干”的“一根筋”，他在月光下劳作的场面具有诗意的美，而领导“合作化”的洪泰岳，在改革开放后则成为一个失意者与“复辟狂”。在这里，体现出了作者对土地、对“合作化”与“土地承包”的看法。

阎连科的《受活》，则以受活庄要退出“人民公社”为主要线索之一，描写茅枝婆带领村民参加了“合作化”后，遭遇了重重灾难与折磨，从而幡然悔悟，想要摆脱政治上的强制，带领村民重新回到“三不管”的状态。在小说中，茅枝婆是一个落伍的老红军，她为受活庄引来了革命，也引来了灾难，因而成了全村的“罪人”，她自己也深感内疚，她后半生的一切努力，都在试图弥补自己的过失。

以上三位作家的艺术追求都不一样，比如从严歌苓的美学追求来说，她显然是想塑造一个如陈思和先生所说的“地母”形象，而莫言或许想在“六道轮回”中构造中国式的“魔幻现实主义”，阎连科则力图在历史中驰骋超现实主义的想象。但在有意无意之中，他们都对20世纪50—70年代的农村做了类似的否定性描述。这样同一性的态度，可以说反映了当下作家对“合作化”的认识。改革开放后，随着“土地承包”的实行，否定“合作化”、赞扬“土地承包”成为一种潮流，也成了20世纪80年代的一种主流意识形态，这些作家的想象也没有超出其外。但是，在这里存在着两个问题：

首先，“土地承包”并非是对“合作化”的简单否定，而是对“合作化”的继承与改造。“土地承包”与“单干”所坚持的土地私有化不同，是建立在土地的集体所有制基础上的，而土地的集体所有正是“合作化”的重要成果，它打破了小农一家一户的小生产模式，同时土地的定期调整，也为避免贫富分化、保持社会安定提供了保障。

有研究者指出：“中共十一届三中全会后，我国广大农村普遍实行了家庭联产承包责任制，从形式上似乎回复到了农业合作化前的个体经营状态，于是有些人便发出了‘早知今日，何必当初’的感慨，甚至认为当年的农业合作化运动根本就是不必要的，是多此一举。其实，以包产到户为基本特征的家庭联产承包责任制，与农业合作化以前的个体农业是有本质区别的。这就是作为农村主要生产资料的土地，合作化之前是个体农民私有的；而包产到户之后只是经营方式由集体生产变为农民个体劳动，土地的所有权仍是集体的，农民与集体是一种承包关系。当年农业合作化的目的，就是要将主要生产资料的私人占有改变为合作社集体所有。这说明，家庭联产承包责任制并没有否定农业合作化运动的成果，而是‘合作化’

事业在新的历史条件下的发展和深化。”[①]

另外也有人指出，迄今为止，我们对人民公社制度的成就认识还不充分，“众所周知，人民公社是在1983年中央决定撤销的，但在各地真正贯彻实施却是1984年之后的事情了”，而“新时期”以来，农村经济的增长事实上“到了1984年就达到了高峰，到1985年就出现了产量下降，之后就进入长期徘徊状态……从1984年至2003年近二十年的时间里，全国粮食产量只增加了2338万吨，年均增长率只有0.3%，增长速度不到六七十年代公社时期的十分之一。2003年全国人均占有粮食比1979年还低，全国农民年均收入只有2600多元。而这恰恰发生在人民公社被撤销以后”。[②]

其次，20世纪90年代中期以来，“土地承包”政策也遇到了很多新的问题，比如，在市场经济条件下一家一户的农民如何去与全球化的市场交易的问题；在大量农民工进城的情况下，农村土地撂荒的问题，等等。解决这些问题，“合作化”的历史经验值得汲取，目前在河南、山东、湖北、东北都有新型的农村“合作组织”，重新探讨合作的可能性。在此情况下，对“合作化”的简单否定，是不符合历史与现实的实际情况的。

“新时期”以来对《创业史》等作品的主流意见，是认为它们受到了当时意识形态的限制，但透过这一限制，我们仍能看到当时农村中不同阶层的心态和社会的思想文化氛围。人们也普遍认为“新时期”以后的作品更加自由、多元，更加艺术化。但是从《第九个寡妇》等作品中我们可以看到，它们同样受到了意识形态的制约，所不同的是，已经到了“新世纪”，它们受到的还是20世纪80年代主流意识形态的制约。我们不能只看

① 罗平汉 :《农业合作化运动史》，福建人民出版社 2004 年版，第 377 页。

② 燕凌斯 :《公正地对待历史》，群众论坛出版社 2006 年版，第 63 页。

到旧意识形态的影响，而忽略新意识形态对思维的控制，后者是更隐蔽的，也更值得警惕。正是意识形态限制了作家的思考，使作家无法对历史、现实有自己独到的观察，因而呈现出了一种雷同性。

在某种意义上，《第九个寡妇》可以说是翻转了《白毛女》的故事，如果说《白毛女》讲的是“旧社会使人变成鬼，新社会使鬼变成人”的故事，那么《第九个寡妇》则可以说讲的是“革命使人变成鬼，改革使鬼变成人”的故事。不过这里的两种“人”是并不相同的，《白毛女》里的是喜儿、大春、杨白劳这样的贫苦农民；而在《第九个寡妇》中，指的则是“地主”孙怀清，在小说中，他重复了喜儿由鬼变人的命运，而王葡萄作为另一个意义上的喜儿（被地主家收养、欺凌的童养媳），反过来拯救了他，这使小说在多重意义上对《白毛女》构成了反讽与解构。

陈思和先生在此书的“跋语”中，以“慈母 / 大王”“民间 / 政治”的二分法来把握与分析这篇小说，并在《古船》《白鹿原》的文学史脉络上给予了高度肯定。有意思的是，在一篇论述《白毛女》的文章中，孟悦也以“民间与政治”的视角来分析，她认为在《白毛女》最初的歌剧剧本中，政治的合法性正是建立在民间伦理的合法性基础之上的，正是因为保障了民间伦理的逻辑，共产党才得到了民心，获得了力量。如果以这样的角度来看，《第九个寡妇》中民间伦理的合法性，也论证了孙怀清的“政治”的合法性，在这里他无疑代表的是一种“地主”的立场。如果仍在《古船》《白鹿原》的脉络中来讨论，我们可以发现，“新时期”以来的文学史，也就是“地主”不断翻身的历史，他们从剥削、压迫者，一变而成了中华民族优良传统的化身。

不只《第九个寡妇》，《生死疲劳》《受活》等作品也都表现出了对“革命”及其逻辑的拒绝，对“地主”、富农的同情与赞美。在某个作品中，即使作家个人写的是“个别的地主”，但作家们不约而同地对地主加以美化，也是很值得关注的现象。“地主”在文学中翻身当家做主人，现实中的农民则饱受压迫，其中可以说有着密切的关系。在这个意义上，《第九个寡妇》等作品可以看作不同阶层在时代中命运翻转的寓言，也可以看作新意识形态的一种体现。

3. “一根筋”与形式探索

在艺术层面上讲，《第九个寡妇》等作品中的故事，多由人物性格中的“一根筋”来推动，显然这些“一根筋”式的人物并非来自于生活，而是来自于作家的主观意念，可以说正是意识形态上的偏执导致了人物形象的单薄与浅白，从这一点上，我们可以看出意识形态对作品的艺术性带来的伤害。

在《受活》中，我们看不到茅枝婆、柳鹰雀等人行为做事的内在逻辑，在《生死疲劳》《第九个寡妇》中同样如此，当一个人的行为无法为人理解的时候，作者便会将之归结为主人公性格的“执拗”。于是，在《第九个寡妇》中，当我们无法看到王葡萄二十多年掩藏“二大”的合理解释时，作者便将这些归于王葡萄性格上的“一根筋”：“她真是缺一样东西，她缺了这个‘怕’，就不是正常人。她和别人不同，原来就因为她脑筋是错乱的。”[①]在《生死疲劳》中也是这样，蓝脸在“合作化”大潮中一直单干，洪泰岳在公社解散后仍然坚持“合作化”，似乎都没有什

① 《当代》2006年第2期，第106页。

么道理，仿佛都是因为他们“认死理儿”，是性格上的孤僻、偏执所导致的，将故事的进展及逻辑推进仅仅诉诸人物的“一根筋”，大大削弱了作品的美学意义和社会普遍性。

另一方面，在《生死疲劳》等小说中，我们很少看到“中间人物”。而在《三里湾》《创业史》《艳阳天》等作品中，我们既可以看到“社会主义新人”王金生、梁生宝、萧长春，也可以看到丰富多彩的“中间人物”，如范登高、梁三老汉、弯弯绕、滚刀肉，等等。如果说前者代表着时代方向和作家的社会理想，因而不免有些单薄，那么为数众多的“中间人物”则让我们看到了农村中的更多侧面，其中既有作家对时代精神内涵的把握，也有对民间文化、农民心理的深入了解。这些“中间人物”所体现出来的美学和社会意义，即使在这些作品的价值被普遍质疑的“新时期”，仍受到研究者的肯定，比如在谈到《创业史》中的梁三老汉时，有人说，“正因为梁三老汉这个人物比较全面准确地概括了中国农民贫困、屈辱的历史，以及因为这种贫困、屈辱而形成的落后狭隘、裹足不前的性格侧面，同时又表现了中国农民勤劳、朴实的性格侧面，他反而成为《创业史》中概括变革中农民心理的复杂变化过程最生动、最典型的形象”。[①]而在《受活》《生死疲劳》等作品中，我们看不到类似梁三老汉这样丰富、典型的形象，它们多是从一个既定的理念出发，没有对农村中各色人物具体、生动的描绘，主题和场景都是主观化的，因而无法呈现出农村中丰富、复杂的情景和各具特色的人物形象。

在艺术形式上，与《创业史》等小说不同，《生死疲劳》等小说并非

① 宋炳辉：《“柳青现象”的启示——重评长篇小说〈创业史〉》，《上海文论》1988年第4期。

现实主义的，而采取了更为多样的艺术形式与技巧。比如《受活》被称为“超现实主义的狂想”，《生死疲劳》被认为是东方式的魔幻现实主义，《第九个寡妇》虽具有更多现实主义的因素，但小说以故事性见长，有着坚硬的故事“内核”，整个叙述围绕故事而非历史展开，因而更接近通俗小说。

阎连科在《受活》的“代后记”中，表达了他对现实主义的不满，他“越来越感到，真正阻碍文学成就与发展的最大敌人，不是别的，而是过于粗壮，过于根深叶茂，粗壮到不可动摇，根深叶茂到早已成为参天大树的现实主义……至少说，我们几十年所倡导的那种现实主义，是谋杀文学的最大元凶”。[①]

相对于现实主义的单一，“狂想”与魔幻现实主义在艺术上也显得比较多样，寻求“超越”也是值得尊重的。但作为对现实主义的“超越”，“现代主义”是诞生于都市并反对都市文明的一种艺术形式，更善于表达现代情绪和形而上的反思，这对于成长于农村并更了解农村的作家来说，并不是完全适合或擅长的。从阎连科的话中，我们可以看出“现代主义”作为一种审美范式在“新时期”以来所形成的话语霸权，它以一种“不断创新”的面孔，规范着讲述“中国故事”的方法。

在这个意义上，我们可以将《受活》看作一个充满张力的“被撕裂”的文本，一边是中国乡村几十年的历史，一边是在形式上要超越的冲动与焦虑，这两种力量都有自己内在的规范，而它们之间的相互拉扯、牵制与侵犯，便形成了现在这样一个怪异的文本，它既那么“土”，却又那么“洋”，但又没有巧妙地融合在一起，因而显得分外生硬、牵强，像“夹

① 阎连科：《寻求超越主义的现实》，《受活》，春风文艺出版社 2004 年版，第 327 页。

生饭”一样，虽然材料、技法都不错，但火候却欠缺了许多。

《受活》对方言自觉、大胆的运用，颇为一些评论家所称道。作品的整个基调都是河南土话，很多关键的语汇是“土说法”或作者自创的“受活人”特有的说法。为了使读者理解，作家连篇累牍地做注解，每一章的注解汇集起来称为“絮言”，有的“絮言”被单独列为一章，这被称为“絮言体”，也被认为是一种重要的文体尝试。据阎连科称，原汁原味地使用土话，是为了“打破普通话的霸权”，丰富汉语创作，对各种方言的使用者都会产生“家园召唤”般的亲和力。[①]

作家的大胆尝试是值得肯定的，但从具体的阅读效果来说，却并不那么理想，方言的运用不仅没有亲和力，反而成为一种阅读上的障碍。不仅“方言”与作者独创的“语言”阻隔了读者对作品的理解，“絮言体”的尝试也将小说的正文区分开来，形成了叙事的中断，为读者的接受人为地制造了障碍。在这里，我们看到的不是作家贴近民间文化的真诚，而是为“方言”而“方言”的一种姿态。如果我们将《受活》与韩少功的《马桥词典》《暗示》相比较，可以发现它又缺乏哲学意义上的语言自觉，如果说在《马桥词典》那里，方言的运用是一种在反思中不得不为之的探索，那么对《受活》来说，方言则更多是一种点缀，使用方言似乎只是为了给叙事添上某种色彩，而并非叙事本身所内蕴的必然。

在“十七年”文学中，也有对方言的自觉运用，赵树理将方言融化进普通话，形成了一种自己的叙事风格，周立波的《山乡巨变》《暴风骤雨》分别对南、北方两种方言的出色运用，是独特地方风情描绘不可分

① 参看邵燕君：《与大地上的苦难擦肩而过》，http://www.eduww.com/lilc/go.asp?id=3968。

割的一部分，梁斌的《红旗谱》在最初的版本中也有不少方言与注释，但在后来的版本中，为了更好地让读者接受，作者又将方言化成了“普通话”。在这里，我们可以看到两种不同的倾向，《受活》等作品是面向批评家、面向某种外在标准的一种写作，而赵树理等人则是面向普通读者、为大多数人而写作的，无疑后一种写作是更有意义的。

艺术上的创新，形式上的探索，是一种最可宝贵的精神，但取向的不同，也会产生不同的艺术效果。一般人会认为“十七年”时期的作品在艺术形式上较为陈旧、保守，但这同样也是“新时期”以来形成的一种偏见，只不过这种探索是面向普通大众的，因而不易为精英知识分子认识到而已。

有研究者指出，“再次读《艳阳天》，我是非常震惊的。因为这部最具时代精神的长篇巨著中居然看不到中国文人文化影响的痕迹，也看不到西方哪怕古典知识分子文化影响的痕迹，只有彻头彻尾的充满民间文化的泥土气息，仅此一点，就值得我们刮目相看。在今天，这种写作是多么不可思议，而当年的浩然，居然创造了这样一个文本。他用纯粹民间的文化改造了已非常知识分子化的长篇小说形式，并创造了在一个封闭时代才能实现的适合农民读者阅读的艺术表现形式。据我所知，在当代文学中，还没有哪一个作家能够如此建设性地给出一个长篇形式。贡献一种艺术形式，是所有作家梦寐以求的理想”。①

假如我们抛弃“新时期”以来的意识形态偏见，那么就会认为上述说法并不夸张。《艳阳天》虽然也带着时代的烙印，但它在形式上的探索，如结构上的独创性，叙事上复杂与简洁的统一，语言的灵活、贴切、圆润

① 木弓：《关于浩然的一点随想》，《新闻与写作》1997 年第 10 期。

等方面，确实是值得称道的，可惜对这一点迄今为止我们的研究还不够。

如果我们以对历史、现实的深刻理解与把握来衡量，那么《受活》等作品在总体成就上并没有超过《三里湾》《创业史》与《艳阳天》。同样在艺术层面上，《艳阳天》等小说提供的世界也是更为丰富、复杂的，在语言、结构、人物等各个方面，要比《受活》等作品更出色，也更能为普通读者所接受。

4. 民族形式：转化与创新

如何将民族形式转化与创新，是最近不少作家的努力方向，莫言的《生死疲劳》便是一个典型的例子，可惜并不是很成功。

《生死疲劳》采用了一些传统的手法，比如章回体，比如驴、牛、猪、狗、猴的六道轮回，有人称之为“向我们伟大的古典小说传统致敬的作品”，但这些传统形式似乎只停留在表面上，并不能给我们提供一个新的理解与把握世界的方式。同样，小说以蓝解放、大头儿和莫言三个人来叙述，在叙述中拼贴小说中“莫言”的一些作品，以及“莫言”作为小说人物的出现，也为新潮的批评家提供了理论阐释的广阔空间，但也仅此而已。这正如一盘豆芽菜，表面上鲜嫩水灵，但根须扎得不深，也就无从长成一棵大树。

小说当然也有精彩的地方，流畅奔放的语言，丰富细腻的感觉，狂欢恣肆的情节，这些具有莫言特色的艺术仍不逊于他以前的小说，其中对动物与人意识交汇处的描写颇见功力，西门牛夜巡、西门狗对味道的敏感等一些细节，也能给人留下深刻的印象，小说前半部对小讨厌鬼“莫言”的描绘中既有调侃，又有挖苦，但不乏可爱之处，可以见出作者心态的放松、自然，可惜到后来这一形象也模糊了。小说可圈可点之处还有很多，但总体让人感觉华丽而苍白。

相比之下，贾平凹的《秦腔》似乎更加出色，《秦腔》在表现形式上也有所突破，贾平凹是从表现生活的自身逻辑出发，寻找到了《金瓶梅》这样展现生活全貌的“奇书体”加以借鉴，并结合以往的创作经验进行创新，才写出了这部描绘当前农村整体面貌的作品，虽然它不无细碎、琐屑，因而让某些批评家不得不“硬着头皮”去读，但正是这些细碎，呈现出了乡村世界从传统到现代、从计划经济到市场经济等多重转变中的细微之处，也是“宏大叙事”解体之后知识分子心灵的微妙写照，是作家基于个人经验去重新把握整体的努力，它的破碎感来自当前农村的破碎和作家内心的破碎，这两方面都体现出了时代的症候，值得人们关注与探讨。

而《生死疲劳》则仅从“六道轮回”的观念出发，以之剪裁生活与素材，构成了一个故事，他并没有去探讨轮回对农民的影响，所谓“东方想象资源”只成为作家的框架，只成为“剪裁”的一把剪刀，而与现实生活无关，与农民的命运、农民的心灵无关。或许这仍延续了作者“魔幻现实主义”的追求，小说中“种的退化”的隐性结构，结尾处残疾人大头儿的出现，都显示了《百年孤独》的深刻影响，莫言多年来对马尔克斯的学习与模仿已受到了不少批评，其实学习也并非不可以，但如何将之融化为自身的血肉，还需要更多的功夫。

在这方面，赵树理将“传统小说”与现代小说融合的经验，也值得借鉴。在一篇文章中，董之林分析了赵树理小说与晚清小说的相似之处，但“它们却摆脱了传统章回小说‘套路’上的俗气……在此意义，赵树理小说既是传统的，又不全是传统的；既是现代的，又不全是现代的，恍然你中有我，我中有你，有一种大俗大雅的气度”。她还特别分析了赵树理小说在细节上对传统小说与现代小说的融会创新：“现代小说中，细节具有一种特别的媒介功能，具体表现为强调叙述的缜密和角度的独特。作为一种现代艺术追求，它使一般人看来不起眼的生活纤毫毕现，从中可见对社会和人性新的发现。赵树理笔下的细节具有这种功能，但又强烈地体现出传统小说特点，它们不是心理分析式的，不繁冗、沉闷，而是传统的白描，语言简约传神，仿佛信笔所至，实则匠心独运，比如一段板书，一些人物的绰号，小孩子学舌，夫妻斗嘴，邻里争执，女人之间的闲话，就像乡村的日子，‘一事一事又一事’，由作者细细道来，密密麻麻地织成一片。这些细节淹没了故事的经纬，冲淡了传统的套路。”[①]

不只是细节，赵树理的小说在语言、结构上都有这样独出机杼的创造。在小说的社会功能上，赵树理也将“启蒙”与“娱乐”结合了起来，将“化大众”与“大众化”结合了起来，这同样将小说的传统功能与现代功能融为了一体。他的小说既是面向现实的，又是面向普通读者的，他通过小说的大众性与娱乐性，传达了自己对现实的关切与看法。

赵树理将自己的小说称为“问题小说”，他总是善于在生活中发现具体的问题，以小说的形式呈现出来。如果将赵树理的小说称为“问题小说”，那么我们可以将《创业史》《艳阳天》等小说称为“道路小说”，这些小说所要解决的不是“具体问题”，而是走哪一条道路的“总体性的问题”，在这些小说中，农村中两个阶级、两种路线的斗争往往成为结构上的主线，而对具体生活、经验的描述则处于从属的位置。在这个意义

① 董之林:《关于“十七年”文学研究的历史反思——以赵树理小说为例》,《中国社会科学》2004 年第 4 期。

上，我们可以说，赵树理的《三里湾》是“问题小说”与“道路小说”的一个中间状态，一个过渡，它虽然涉及了“道路”的问题，但还是在经验范围内加以把握，而没有从更高、更为抽象的理论视野去认识。

无论是“问题小说”，还是“道路小说”，我们都可以将之看作贴近现实、把握现实的一种方式，它们以不同的方式将文学与现实紧密联系在一起。而民族形式的转化与创新，也应该建立在对现实的观察与理解之上，只有在对现实的思考中，在对形式的不断探索中，才能创建出新的民族形式。这样的民族形式才不仅仅是对内容的一种点缀，而是与内容融为不可分割的整体。

正是在这个意义上，《秦腔》的努力值得尊重，它没有回避20世纪80年代以来的问题，甚至没有回避自身的矛盾，这在当代作家中是难能可贵的。小说中有着对乡村中革命与改革的双重反思，同时也是贾平凹的自我反省。在这里，贾平凹并未给我们提供一个明确的答案，但他对现实的体验与思考，对土地的贴近，对人物内心的把握，却能给我们以广阔的思考空间，让我们了解到当下农村的破败景象和农民的命运，农民的心灵。正是在对现实问题的深入思考中，作家才寻找到了适合表现这一内容的形式。而《生死疲劳》所缺乏的是对历史与现实的深刻认识与反思。在这些最需要作者做出独立思考的地方，他却回避了，他没有以真诚的态度面对现实，而以华丽的言辞与丰富的想象将我们引向了另一个方向，这个方向是空洞的，是没有现实感和生命力的。

“民族形式”是一个在文学史上聚讼纷纭的话题，今天我们重提这一话题，是希望在对民族形式的转化与创新中，能出现更多“为中国老百姓所喜闻乐见的中国作风与中国气派”的作品，能出现更多深刻地表现中国人心灵与处境的作品。同时我们也应该认识到，“民族形式”不是对旧形式的因袭，而是在新的历史条件下的融合与创新，这需要作家付出艰辛的努力，在这方面，赵树理、贾平凹等人的探索是值得肯定的。

5. 小结

以上，我们从不同角度分析了《第九个寡妇》《受活》《生死疲劳》等几部作品，并在与《创业史》等作品的比较中，阐明了这些作品各自的艺术成就及不足。从上面的分析中我们可以看出，《第九个寡妇》等作品在对历史与现实的描述中，并没有超出20世纪80年代主流意识形态的规范；在艺术形式上虽则求新求变，但并没有取得超越前人的成就；在民族形式上的努力虽然值得赞赏，但也没有新的探索和突破。

或许需要解释一下，在这里我们并非是有意要贬低《第九个寡妇》等作品，相反这些作品可以说是我们这个时代的优秀之作，它们各自所取得的艺术成就足可称道，正是因为它们所具有的代表性，我们才将之与文学史上的经典作品加以比较。这些作品之所以还存在上述的不足，不仅是作品本身的问题，也与我们这个时代的精神氛围、文学思潮存在密切的关系。

如果我们将《第九个寡妇》等作品与《创业史》等加以比较，那么在“讲述中国故事”的方法上，它们存在着以下差异：

（1）对待中国革命与社会主义建设，《创业史》等作品是“置身其中”并能够理解与赞扬的；而《第九个寡妇》等作品则从某种理念出发，对之持否定、讽刺的态度，这是与20世纪80年代以来的主流思潮相一致的，余英时辨析“激进与保守”以否定激进的“革命”，李泽厚以启蒙与救亡的双重变奏来“告别革命”，都是同样的思路。如果说这样的思路在20世纪80年代特定的情境下不无其理由，那么在今天我们可以看出，它们既缺乏对历史的理解与同情，也缺乏与中国普通民众的血肉联系。

（2）《创业史》等作品是与中国历史、现实紧密联系在一起的，它们产生于现实并能在现实中发挥作用，而这是《第九个寡妇》等所不可比拟的，它们只是对历史的一种“想象”，或者以故事的形式对历史加以“编织”。

（3）《第九个寡妇》等作品是面向市场、面向国外、面向批评家的，而《创业史》等作品则是面向中国普通读者的，它们各自在艺术上探索的指向也是如此。

在这个意义上说，《第九个寡妇》等作品虽然写的是农村，但与王德威、张颐武两位先生讲述“中国故事”的方法却有相似之处，这也正是我们这个时代文学思潮上的“主旋律”，而现在，也是对这一“主旋律”加以反思的时候了。这一“主旋律”的主要特征是，以全球化的“普遍规律”否定中国及中国文学的自主性，认为中国文学只能作为西方文学的“他者”或附庸而存在，评价中国文学只能用“西方”或者“现代”的标准。因此，当代中国知识分子和中国作家必须要考虑的一个问题是，“如何在‘全球化’的背景下保持文化的自主性，如何让价值的、伦理的、日常生活世界的连续性按照自身的逻辑展开，而不是又一次被强行纳入一种‘世界文明主流’的话语和价值体系中去”。[1]

在这一方面，《创业史》等作品体现出来的品质值得我们借鉴，它们与中国普通民众血肉相连的关系，它们对中国农村自身内在逻辑的尊重，

---

① 张旭东：《全球化时代的文化认同》，北京大学出版社 2005 年版，第 1 页。

它们对中国现实变化的表现及在其中所起到的作用，都值得我们思考。当然这也并不是说这些作品一切都好，只是“新时期”以来我们对这一文学传统已鄙视、忽略许久了，我们今天需要做的只是认真对待，认真去汲取它们的经验与教训。

文学上的“中国道路”，正与社会现实中的“中国道路”一样，既应该突显自身的独特之处，也应该对世界秩序造成根本性的挑战，使之更趋于公正、合理，而不应该以既定的西方标准来加以衡量。在这里，我们并非是简单地以“民族性”或“特殊性”来否定“普遍性”，而是希望在“民族性”的现代化转型中，能发展出自己的“普遍性”，这既不同于传统的“民族性”，也不同于现存的“普遍性”，而是一种全新的创造，是在“民族性”与“普遍性”的相互融合中，创造出多元文化中的一种。这是一个新的“中国故事”，也需要新的讲述“中国故事”的方法，我们希望在不久的将来可以看到。

如何生产中国的形象

——对近期三部长篇小说的批评之二

文学的生产方式，不仅决定着作品的传播范围，而且内在地决定着作品的叙述与想象，对不同读者和市场的预期，在很大程度上影响着作家的构思，在他们作品中呈现出来的“中国”也便有所不同。在诸种文学样式中，长篇小说无疑是市场化程度最高的，在文学整体上被淡漠、被边缘化的情况下，长篇小说出人意外地呈现出一枝独秀的局面，这是一个很有意思的现象。2006年长篇小说出版达到1200部，各种文学期刊纷纷推出长篇小说“选刊”，长篇小说热仍在持续。易晖指出，“决定长篇小说的整体态势乃至具体一部作品的生产、销售甚至评价的，已不像原来那样天经地义地被认为是作品本身的思想水平或艺术价值，而更是资本运作和市场开发的结果”。[①]

在这种情况下，我们不能再简单地运用思想主题、创作方法、艺术得

① 易晖：《2006 年长篇小说观察》，《文艺理论与批评》2007 年第 1 期。

失等分析工具来讨论当下长篇小说的整体态势，而应该结合长篇小说的写作、出版、传播过程来加以分析。本文将以《碧奴》《新结婚时代》《凶犯》等作品为例，具体探讨文学的生产与流通方式如何影响了作品的想象，如何决定了它们对“中国”的叙述。

1. 《碧奴》：先锋、神话与全球化

苏童的小说《碧奴》的出版，是2006年长篇小说中一个重要现象。小说出版之后，不少批评家纷纷发表文章，有的从中研究“先锋派剩余的力量”，有的探讨小说中孟姜女的寻夫、复仇与眼泪，还有的分析其想象历史的方式。但在我看来，这本小说的重要意义，并不在于上述命题，而在于它独特的出版方式，或者说只有将上述命题纳入到对其出版方式的考察中，我们才能更准确地理解这部小说的价值。

《碧奴》是“重述神话”项目推出的作品，据介绍，“重述神话”是由英国坎农格特出版公司发起的全球首个跨国出版合作项目，各国作家以本国神话故事为原型，融合个性风格，重塑影响世界文明中沉淀了数千年的神话经典，苏童凭借《碧奴》入选成为“重述神话”的首位中国作家，获得高达百万元人民币的版税。早在2005年4月，苏童加入“重述神话”便成了文学界的新闻，而此后，关于神话的选择、写作进程、出版首发式、作品研讨会等也一再成为媒体关注的对象。一个显而易见的事实是，在长达一年多的时间内，围绕这部小说的出版已经形成了一个“文化新闻”的热点，而此书的畅销，在很大程度上也与这一热点密切相关。

在这里值得我们注意的有两点：一是“跨国出版”，一是“重述神

话”。就前者而言，小说所面对的并不仅是中国读者，而是参与这一项目的15个国家，这种出版方式让我们领略到全球化商业运作的威力。正如跨国公司在中国设立分公司一样，他们所企图的不仅是占领中国市场，而且也要迎合、引导中国消费者的趣味。苏童作为在中国文学界具有象征资本的“先锋作家”，在这里正如跨国公司的“中国区总裁”一样，也成了跨国资本在中国的“代理人”。如果说中国区总裁肩负着开拓中国市场的使命，苏童也一样要为这一“跨国出版合作项目”开拓市场。所以在这里，我们不应只是看到中国作家“走向了世界”，而为之欢欣鼓舞，以为20世纪80年代的文化理想得到了实现，我们同样应该看到在商业化运作的背后，“出版项目”也在借助苏童在中国文学界的影响力推销着他们的精神产品，占领着中国的图书市场。或许有人认为这一说法夸大其词，也可能有人觉得即使中国市场被他们占领一部分也没关系，我们应该提醒这些好心人注意，正如跨国资本在其他领域中所做的那样，他们并不是要到中国来“扶贫”，而是最终要将中国变为原材料产地和市场。在这里，我们只需考虑一下可能的“受害者”就够了，那就是中国的出版机构和年轻一代的作家，他们代表着中国文学新的“生产力”，现在他们受到的损害，还只是在利益和名声上受到一些影响，而如果他们被彻底压抑或摧毁了，那么中国文学也就彻底失去了希望，而这正是商业与文学上的垄断集团所希望的。

“重述神话”，是对作家在题材上的要求，是一种“命题作文”，也是一种营销策略。“本国神话故事”对本国人当然最具亲和力，这正如麦当劳在中国也要适合中国人的口味，或者可口可乐的广告也要借助熊猫和“迎春接福”的观念一样。另一方面，“神话”很容易让人们离开现实，沉浸在虚幻的梦境之中。在一次访谈中，苏童就曾谈到“神话是飞翔的现实”，有的批评家也在《碧奴》中解读出以眼泪抵抗长城／暴政的意义来，这都是有价值的，但同样我们也应该看到“神话”的另一方面，即它以审美的方式逃离了现实。

复旦大学副教授张业松指出，“孟姜女为什么要费尽千辛万苦哭倒长城？这确实是一个问题，苏童在讲述故事的时候，实际上把孟姜女故事的逻辑推动力抽掉了。统治者专横、强暴的这一面在作品中是不存在的。孟姜女的故事本来有两个动力，一个是寻找，另外一个是复仇，然而，复仇这个东西不存在了，就只剩下了寻找。原来苏童是以先锋作家的面貌出现在中国文坛上的，先锋是什么？先锋是文化反叛的，可是今天我们在《碧奴》里面看到的是什么？看到的是苏童对权力的膜拜，对所有的君，对所有的王，对所有的钦差的尊重，然而民女在这样一种秩序下温柔敦厚地、忍辱负重地寻找”。[①]据说在复旦大学的这次研讨会上，张业松与苏童还发生了争执。在我们看来，“对权力的膜拜”的说法或许有些误解，但小说叙事态度的暧昧，对“复仇”主题的抽离，则是造成这一理解的重要因素。神话在一代代的传承中，凝聚了一个民族的民族无意识与集体无意识，应该能更深地切入人们的内心世界，而不应该只浮于表层。在孟姜女的传说中，弱者的反抗无疑是故事的精华，苏童的《碧奴》虽然触及了这一主题，但对眼泪的奇观式描写却极大地削弱了反抗的力度。我们可以将《碧奴》与鲁迅先生的《铸剑》加以比较，在《铸剑》中，“复仇”的力量借助诡异离奇的审美不是弱化了，而是得到了强化，但在《碧奴》中却恰恰相反，故事虽然同样是神奇的，但却失去了力量，成了缥缈无定的“寻夫”之旅。

在上述写作要求中，还特意强调了作家的“个性风格”，苏童在《碧

① 《沉默四载〈碧奴〉出世》,《文汇读书周报》2006 年 9 月 22 日。

奴》中也确实显示出了自己的个性，这一点得到了不少批评家的赞誉。陈晓明教授指出，“苏童始终走在自己的文学道路上，从不算计，也不抵制，他可以完全超出这些场所，只面对文学写作。他既有那种对文学的诚实和纯粹性，又能自由自在地保持个人的选择和趣味。”[①]陈思和先生更在以下意义上为“先锋派”的叛逆性辩护：“作为一种先锋意识，它所反叛的正是传统的主流文化意识，而不能机械地认为先锋一定反抗专制，否则就不能解释意大利未来主义如何倒向法西斯政权。”[②]按照陈思和先生的逻辑，《英雄》这样为专制辩护的影片就更是先锋派了，因为它“反叛”的不仅是传统的主流文化意识，而且也是现代的主流文化意识，那么所谓“先锋”和保守的界限在哪里呢？而在精神产品的生产逻辑中，陈晓明教授所说的“个人趣味”恰恰是一种商业品牌，因之也就不可能存在“纯粹性”和“自由自在”，或者说“自由自在”是在文学订货商所划定的范围内展开，并为之取得更高利润服务的。当然，我们在这里并非要简单地否定苏童的才华和《碧奴》的艺术成就，在“纯文学”的意义上来说，《碧奴》可以说是一部不错的小说，我在这里所提醒的只是，我们只有从这个角度才能肯定《碧奴》的成就：即它是在“跨国资本”的上述限制或询唤机制中产生的作品，是在镣铐中跳出的优美舞蹈，在“飞翔”时它也受到了阉割，如果一定要说它是“先锋”，我们可以将之视为“跨国资本”抢占中国市场的先锋。

在以上的分析框架内，我们可以来看看《碧奴》所呈现的“中国”形象：首先这是一个半人半神的蒙昧世界；其次这是一个专横暴政的国家；

---

① 《轻松穿过历史和残酷——苏童新著〈碧奴〉解读》，《青年文学》2006 年第 9 期。

② 《自己的书架：陈思和评〈碧奴〉》，《文汇读书周报》2006 年 10 月 27 日。

再次这是一个人民无以反抗暴政只能寄托于眼泪的国家。而时间上的模糊不清，可以视为“超稳定结构”的一种隐喻。在这里作者建构的是现实世界的一种“他者”，但在全球商业化的传播中，却可以作为西方文明的“他者”而成为认识中国的一种途径。我们不必具体讨论这一形象与现实中国的异同，我们应该指出的只是，这一形象无疑是按照西方的“订单”生产出来的，是他们心目中的中国在艺术上的投影。尽管这在作家未必是自觉的，但作品的生产方式却决定了这一形象产生的必然。

据悉在苏童的《碧奴》之后，叶兆言的《后羿》和李锐的“白娘子传奇”也被列入了下一批“重述神话”的项目。现在叶兆言的《后羿》已出版，它对神话与历史的想象更为混杂，而且在艺术上也并没达到叶兆言的通常水准，我们希望中国的知名作家不要在“新历史主义”之后，再一一陷入“新神话”的陷阱之中了。

2. 何为“新结婚时代”

王海鸰的《新结婚时代》，是继《牵手》《中国式离婚》之后的一部新作，此书讲述了来自高知家庭的女编辑顾小西嫁给了从农村考进北京的何建国，两人结婚后，常常因为“门不当，户不对”的家庭、不同的价值观发生争执的故事。

小说主要描绘了“门不当，户不对”婚姻的痛苦，涉及了城乡文化的分歧与矛盾，作者所谓的“新”，便是对“门当户对”的强调，用作者的话说就是，“如果在其他条件都相同的情况下，门当户对无疑是很重要的，但是这不等于说门不当、户不对的婚姻就注定失败，只不过是门不当、户不对肯定会有一些矛盾和摩擦，但这些矛盾和摩擦不是不可以通过磨合、沟通解决的，但是双方的人生观、价值观一定要一致”。[1]

尽管作者加了不少限制性的说明，但对“门当户对”的强调是原则性的。这虽然名之曰“新”，却是极为保守的婚姻观念，是等级观念在婚姻领域中的一种投射，也是对五四以来“个性解放、恋爱自由”观念的一种反动。“恋爱自由”可以说是资产阶级自由平等观念的一部分，从19世纪资产阶级革命以来，多少人为之奋斗，为之付出了生命。在中国新文学中，从胡适的《婚姻大事》、鲁迅的《伤逝》，到巴金的《家》，到赵树理的《小二黑结婚》，到路遥的《人生》等，贯穿着一条追求“恋爱自由，婚姻自主”的线索。“门当户对”观念的重新出现及其大受欢迎，可以看出20世纪90年代以来，我们将五四以来思想革命的成果丢失到何种地步了。

在文学上，我们可以从两个脉络上来理解《新结婚时代》。首先是20世纪90年代初出现的“新写实小说”，这一潮流以刘震云的《一地鸡毛》《单位》，池莉的《不谈爱情》《太阳出世》，以及刘恒的《贫嘴张大民的幸福生活》等为代表作品，这些作品在总体上对现实秩序持一种无奈、承受与认同的态度，在文学表现上则以“零度叙述”的方式描摹日常生活中的琐屑与灰色，这反映了当时知识分子面对社会转型的一种犬儒主义态度，他们摒弃了精神的维度，开始在世俗生活中寻找合理性与现实的安慰。王海鸰小说的叙述态度与方式，在很大程度上继承了“新写实小说”，她的长处在于对日常生活细节的把握，并能将之纳入到总体性框架

---

① 王海鸰：《婚姻是个人的事情 门当户对很重要》，http://www.booker.com.cn/GB/69362/5114637.html。

之中，构成具有“戏剧性”的作品。但其不足则在于，她在对现实秩序的描述中将之合理化了，无法看到改变的可能性。

这在一个有趣的话题中可以看出来，在《新结婚时代》中，主人公何建国的家乡被设定为“山东沂蒙山区”，作者在书中对于城乡矛盾的描写，引起了山东网友的质疑。王海鸰对此特别在博客中发出了一封道歉信，“在此，向我的山东老乡致歉。但请放心，在电视剧里是没提具体地方的。关于书，我向出版社的编辑们问问，看再版时有无可能将具体地方模糊掉。”[①]而另一个网友则尖锐地指出，“你不仅应该向山东老乡道歉，而且应该向全国的农民道歉！你根本不了解农村、农民，而且有意在丑化他们……你是成功了，却伤害了亿万农民兄弟的感情！”[②]在这里，网友对《新结婚时代》的不满，不仅在于小说对农村“陋俗”的刻画，而且在于作家对现实秩序的认同所带来的偏见，也就是说，她（或许是不自觉地）承认城乡二元分割及其造成的文化差异的合理性，并对乡村文化持一种贬斥的态度，而不是对这一现象加以反思，探讨改变的可能性。

其次，我们可以在“言情小说”或“世情小说”的线索中，来考察《新结婚时代》。“言情小说”是通俗小说的一种，与经典的“言情小说”，比如琼瑶的小说相比，王海鸰的小说具有两个特点，这是很有意思

---

① 《〈新结婚时代〉引争议，王海鸰向沂蒙老乡道歉》，转引自 http://book.sina.com.cn/news/c/2006-11-01/1314205789.shtml。

② 同上，王海鸰在另一次谈话中说：“目前，对于这个剧关于对农村人的看法一直存在着两种声音：一种声音认为歧视，一种声音认为是批评。我个人认为，事实上我是在给农村人和城里人相互了解而展现出了双方各自的困难和窘境。农村人有落后愚昧的一面，城里人同样也是。所以说，不以城乡论，而是是非论。”这里的态度较为客观，我们不怀疑作家的真诚，但从作品的实际来看，“城里人同样也是”并没有得到充分的表现。

的：第一是“门当户对”的观念，即使是琼瑶的小说也在宣扬“恋爱自由”，事实上从后期“鸳鸯蝴蝶派”开始，言情小说无不吸收了“恋爱自由”的观念，这构成了言情小说故事冲突的一个重要模式，王海鸰对“门当户对”的强调，可以视为一种“落后”，也可以说是面向现实而对“言情小说”模式的一种反拨；第二点是王海鸰的小说所写的是“婚姻”，而大多言情小说写的则是“恋爱”，虽然写的都是爱情，但题材侧重点的不同，使王海鸰的小说带上了独特的色彩，即它并不像“言情小说”那样浪漫，而是充满了洞穿世事后的豁达与“保守”。在这个意义上，或许我们将之与“三言二拍”、《金瓶梅》、《红楼梦》等“世情小说”相比较，才能更容易理解王海鸰的小说，即她是以“世情小说”的笔法来写言情故事的，而这便使她的小说区别于一般的“世情小说”与“言情小说”，而处于二者交叉的地带。

此外，理解王海鸰小说最重要的一点，便是它与电视剧的联系。王海鸰的小说不少都改编成了电视剧，或者可以反过来说，她的小说不少都是在电视剧脚本的基础上改编的，《中国式离婚》是这样，《新结婚时代》也是如此。王海鸰说，“《新结婚时代》先写的是剧本，而后被改成了小说。这种转换是相当痛苦的，不管先写小说还是先写剧本。小说已经删除了很多突发的事件，很多画面的东西在小说里会一带而过，着重去写心理”。[①]电视剧脚本与小说是两种不同的艺术创作方式，在这里有两点应该引起我们的注意：一是电视剧预期观众对剧本创作的影响，二是剧本创作对小说“艺术独立性”的影响。

---

① 《〈新结婚时代〉引争议，王海鸰向沂蒙老乡道歉》，转引自 http: / / book.sina.com.cn / news / c / 2006-11-01 / 1314205789.shtml。

电视剧是一种商业性运作，是一种通俗性的文化，我国的电视剧产业还没有发展出较为成熟的“偶像剧”模式。王海鸰的电视剧介于“偶像剧”与“家庭伦理剧”之间，它体现了一般市民阶层较为“保守”的价值观与伦理观，其预设观众也是这一阶层，《牵手》《中国式离婚》的成功运作，为《新结婚时代》奠定了基础，作者也正是在这一模式的基础上，写出了这一阶层新的悲欢离合。

如果我们将《新结婚时代》与路遥的《人生》《平凡的世界》等小说加以比较，就会发现一个有趣的现象，这些小说同样写到了从农村到城市里来的年轻人，但在《新结婚时代》中，王海鸰所认同的是顾小西、简佳等城市女性，而在《人生》《平凡的世界》中，路遥所认同的却是高加林、孙少平等农村青年。在这一意义上，我们可以将《新结婚时代》视作《人生》的续写与反写，它让我们看到了这些“向上爬”的农村青年在城里人眼中处于怎样尴尬的处境：无论他们“个人奋斗”获得了怎样的成功，身后总有一条“愚昧、落后”的农村尾巴。

在这一阶层的视野中，城乡二元结构是有现实合理性的，城乡之间是“文明与愚昧”的冲突，婚姻应该讲究“门当户对”，《新结婚时代》所呈现的就是这样一副“中国”形象。这一形象可以迎合市民阶层的欣赏趣味，却无法认识完整而真实的中国，他们所认识的只是城市的市民阶层，只是他们置身其中的生活及其逻辑，只有我们不将农村视为“愚昧”，而是看作“另一种文明”并能理解其内在逻辑时，也即当我们不再认为何建国父亲的行为可笑时，我们才能真正理解农村，而不理解农村，我们也就永远无法理解中国。

3. 《凶犯》与“国民性”的视野

张平出版于十四年前的长篇小说《凶犯》，2006年由作家出版社再版，作者坦承这是搭车正在热映的电影《天狗》，因为该片根据《凶犯》改编而成，并获得了第九届上海电影节“评委会大奖”和第十三届北京大学生电影节“最佳故事片奖”等诸多奖项。

这本书能再版并畅销，借助的是电影的力量，但它与《新结婚时代》等“影视同期书”不同，它不是专为影视改编而写作的，只是电影将它从尘封的历史带回了当下的文学界，成了人们阅读与讨论的对象，这样一种错位的生产方式为我们带来了新的理解。如果讨论一下影视改编与文学创作的关系，我们可以发现这里有一个演变的过程，在20世纪80年代不少电影是从文学作品改编的，如《芙蓉镇》《红高粱》等，在20世纪90年代中期则出现了“影视同期书”，到了新世纪的“大片”时代，文学则变成了电影的一种“后产品”。这一过程是电影的力量逐渐增强的过程，也是文学从“原著”逐渐走向陪衬的过程。产生这一变化的原因，首先在于市场经济对文化领域的渗透，其次是传播媒介权力中心从文字到影像的转移。从这个角度来看《凶犯》，它体现了一种“双重性”，即它既是“原著”，从畅销的角度来说也是一种电影“后产品”。

在张平的小说中，《凶犯》不是最典型的，《抉择》《十面埋伏》和《国家干部》可以说是“张平式”的小说，这些小说具有两个特征：在内容上是以“反腐”为题材的主旋律小说，而在写作方式上，则是按照畅销书的模式来写作的，注重戏剧性与故事性，正如张平所说，“我的小说在

《十面埋伏》之后基本上都是畅销书，要设置很多悬念，把读者吸引进去，不能让读者走开。现在看电视剧也有一个担心，几秒钟就要换一个台，要把观众吸引进去，需要下一番功夫的。”[①]——可以说正是“主旋律”与“畅销书”两结合的模式，保证了张平小说在政治与商业上的成功，《凶犯》可以说是这一模式尚未成熟之前的作品，但已具备了这一模式的一些特征，比如情节的戏剧性、主人公的英雄主义气概等等。

但与这些小说不同，《凶犯》以两条线索推动情节发展，展现了主人公李天狗（狗子）在被殴打成重伤后爬回山林取枪，再爬下山来杀死孔家四兄弟的完整过程。其中一条线索写审讯案件的过程，另一条则专门写狗子在爬行时的心理感受。像这种两条线索分头并进的方式，尤其是对人物心理刻画的重视，在张平后期的小说中都看不到了，但从“纯文学”的角度来说，这些正是最具文学性的部分。

在小说中，有三股相互冲突的力量：一个是小说的主人公狗子，他是对越自卫反击战的战斗英雄，复员后被分配到偏远的国有林场当护林员，为守护国家森林资源几乎成了全村人的公敌；另一个是孔家四兄弟（电影中是三兄弟），他们是地方恶势力的代表，与当地农村的官员相勾结，为了从这片森林中获得利益试图收买狗子，在遭到拒绝后竟停水停电，威胁他的妻儿；最后则是村里的群众，在《凶犯》中，群众被描述为怯懦、愚昧、追随恶势力的形象。张平曾经说，“我也进行了一些典型化的处理，有对山西农村国民性的一种剖析，对当地农民依靠强势、依靠富人致富的心态和行为也做了一些批判”。“虽然时代不同了，农村这种情况还是存

① 张平做客新浪谈小说《凶犯》实录，http://book.sina.com.cn/author/subject/2006-07-05/1659202933.shtml。

在的，还是有的。另外社会发展很快，但是在一些山区、偏远的农村，老百姓的生活，包括村里边的环境、法制观念并没有很大的改观。”①

在这里，作者将这一现象的出现归结于“国民性”和法制观念的问题，而不论是狗子或者孔家四兄弟，都是处于群众之上的支配性力量。作者所采取的视角是精英式的视角，他对整个事件的描述是从上而下的俯视角度，而这则与他对狗子的英雄主义的描述结合在一起，他所肯定的是狗子的“个人英雄主义”，直接否定的是恶势力，间接否定的则是村民及其代表的“国民性”。

有不少评论文章也在“国民性”的意义上对《凶犯》加以肯定，在这里，一个值得讨论的问题是，为什么怯懦、愚昧、追随恶势力等现象会被作为“国民性”的代表？难道狗子不是中国人吗？为什么代表这些“国民性”的是农民，而不是别的阶层呢？我觉得，正是在这里表现出了精英阶层的两面性，一是对农民的歧视（或许是不自觉的），另一方面则是对“身为中国人”的自卑，这两方面结合起来，构成了这些精英的集体无意识。在这里，我们并不是要否定农民中有怯懦、愚昧、追随恶势力的现象，而是要指出：（1）这样的现象并不限于农民，而是各阶层都有的，也不仅限于中国，其他国家也是会有的；（2）农民不只具有这一层面，他们或许有别的优点未被精英们发现，即以中国革命为例，如果离开了无数农民英勇的反抗与斗争，其胜利是不可想象的。

另一个问题则是，为什么在2006年，“国民性”话语会成为围绕《凶犯》与《天狗》的一种批评实践？刘禾指出国民性是现代性理论的一个神

---

① 张平做客新浪谈小说《凶犯》实录，http: / / book.sina.com.cn / author / subject / 2006-07-05 / 1659202933.shtml。

话，“说它是神话，我不过在这里用了一个隐喻，指的是知识的健忘机制。理由是，国民性的话语一方面生产自己的知识，一方面又悄悄抹去全部生产过程的历史痕迹，使知识失去自己的临时性和目的性，变成某种具有稳固性、超然性或真理性的东西。”①在这里，批评者显然并没有对知识自身反思的意识和能力。

在《凶犯》作品的内部，我们也可以看出“国民性”想象的痕迹，而这则具体伤害到了作品的艺术性。小说在描写狗子从山上取了枪、爬到孔家去枪杀四兄弟的过程中，因为口渴，曾找到了刘全德、老七叔、“小伙子”等几户人家讨口水喝，但无一例外地都遭到了拒绝，小说细致地渲染了这些人拒绝给他水喝的种种表现，尽管彼此相异，但大体是雷同的，在艺术上有些单调、重复。在这里我们可以考虑一下，现实中是否有冒着强力的威胁给人一口水喝的人？在作品中写这样的人是更单调还是更丰富了？我的答案是肯定的，我觉得作者在这里的处理，囿于“国民性”的观念而损伤了艺术表现的可能性。

探究《凶犯》对“国民性”的表现，我们可以看出这是精英主义、“主旋律”和市场经济相互交织的一种产物。精英主义来自于20世纪80年代的新启蒙主义，它在政治、经济、文化领域中区分出精英与群众，并将前者置于后者之上，这事实上是一种新的“等级制”；“主旋律”对英雄人物的突出，则在结构与主题上削弱了群众的重要性；市场经济则将群众编织入生产关系的下层，他们只是“劳动力”与消费者，无法干预物质生产与精神生产的规则。在以上三种框架中，群众都是处于底层的，而这是

---

① 《跨语际实践——文学，民族文化与被译介的现代性（中国，1900—1937）》，三联书店2006年版，第103页。

他们被塑造为所谓“国民性”代表的根本原因。

于是在《凶犯》中体现出来的整体形象，便是一个世界的两面：一面是怯懦、愚昧、追随恶势力的底层世界，另一面是暴力欺压、暴力抗争的地方精英世界。这样一个艺术世界的产生，正是我们上述的生产条件决定的。

4. 文学场与“活的中国”

以上我们具体探讨了《碧奴》《新结婚时代》《凶犯》等作品的生产与流通方式及其如何影响了作品的想象，如何决定了对“中国”的叙述。我们选择这三部作品，并不是认为只有这三部作品存在上述问题，而是认为它们在同类作品中“艺术性”较高，是可以作为典型来分析的，但我们并不着重分析它们的艺术性，因为已有不少批评家这样做了，我们在这里只侧重从“生产”的角度来加以观察。

从“生产”的角度来理解文学，或许会触犯某些人对文学的浪漫主义想象，在他们的视野中，文学是充满“个性”的，是独立于历史之外的“纯文学”。我们不否认文学具有美的属性，但现在的问题是，很多人忽视了它是产生于历史并在历史中发挥作用的，只有从历史和美学两个角度，我们才能正确地评价和分析一部作品。本雅明在《作为生产者的作家》中指出，“一个透彻思考过当代生产条件的作家”的工作“不只是生产产品，而同时也在于生产的手段”，“如我们所知，社会关系是以生产关系为条件的。如果唯物主义的批评对一部作品进行评价时，它常常会问，这部作品和时代的社会生产关系的关系怎样。这是一个重要的问题，然而也是一个复杂的问题。对它的回答常常是意义模糊的。”[①]我们以上所做的分析，是对这一“复杂问题”加以研究的尝试。

在以上分析的基础上，我们可以将上述三种类型的作品视为一个“文学场”，它们分别代表了三种不同的作品类型与生产模式：适应海外市场跨国运作的先锋派作品；面向市民阶层、与电视剧制作紧密相关的新写实作品；借助于影视媒介权力的“主旋律”作品。事实上，这三类作品构成了当前文学作品尤其是长篇小说的主体。它们借助媒介、意识形态、市场的力量，构成了一个互相交错又互相制约的“文学场”。一个有趣的例子是，在《当代》杂志最新的一期“阅读排行榜”上[②]，《碧奴》和《新结婚时代》分别获得了专家奖与读者奖，这反映了这两部作品在艺术与商业上的成功，但同时也说明，它们的生产方式尚未得到足够的重视与反思。我们不否定这些作品在某一类型中是优秀的，但在这些作品中我们看不到“真的中国”，它们所提供给我们的或是意识形态的幻象，或是商业化的通俗故事，或是“纯文学”的幻觉。而关于当下中国的真实情况，却没有被表现或者被很片面地表现了出来，呈现在作品中的是暧昧不明的形象，是一个死气沉沉的中国。

在这里，我们可以看到，当前的文学主潮已背离了“中国新文学”的传统，背离了五四以来思想革命与文学革命的方向，这是值得所有文学从业者关注的问题。从20世纪80年代开始，在我们文学的视野中，逐渐告别了“左翼文学”的传统；而自由主义宣扬的“人的文学”，关注的对象从“人性”逐步滑向了“性”，并与商业、通俗化的文学合流，逐渐走

---

① 《作为生产者的作家》，转引自 http: / / www.eduww.com / Article / ShowArticle.asp?ArticleID = 11633。

② 《当代 · 长篇小说选刊》2007 年第 1 期。

向了其反面；“为艺术而艺术”的先锋派，因无病呻吟和故作姿态而失去了创造性，处于萎靡不振的状态。以上这些，是自五四运动以来所没有过的，这使中国的“新文学”又重新走向了“旧文学”，被五四先驱批判过的“将文艺当作高兴时的游戏或失意时的消遣”的文学观，以及新形式的“黑幕文学”“狭邪小说”和“鸳鸯蝴蝶派”又卷土重来，并充斥了中国人的精神空间，这是很可悲的。在今天，我们首先要做的应该是继承“新文学”的传统，重新建立中国文学与中国人生活之间的关系，使文学成为一种新的“高级文化”，它不是要迎合海外市场、批评家或读者，而可以为我们提供一种想象未来、构建现实的能力。我们希望我们的文学能够“活”起来，能发人深省、促人深思，正如卡夫卡所说的那样，好的文学应该能使人好像挨了“当头一棒”一样，这也正是本雅明所不断强调的“震惊”。只有在“活”的文学中，我们才能看到活的人生，活的中国。

20世纪30年代埃德加·斯诺编选了小说集《活的中国》，他在序文中说看到了中国“到处都沸腾着那种健康的骚动，孕育着强有力的、富有意义的萌芽。它将使亚洲东部的经济、政治、文化的面貌大为改观。在中国这个广大的竞技场上，有的是冲突、对比和重新估价。今天，生活的浪涛正在汹涌澎湃。这里的变革所创造的气氛使大地空前肥沃。在伟大的母胎里，新的生命在蠕动”。[①]这也可以说是对当下中国的描述，然而这一切，我们在以上那些作品中都看不到，能让我们看到这些的恰恰是文坛不为人重视的“底层文学”。然而正如鲁迅所讽刺的，这引起了一些感觉敏锐的“学者”的愤慨，“他以为文艺原不是无产阶级的东西，无产者倘要创作或欣赏文艺，先应该辛苦地积钱，爬上资产阶级去，而不应该

① 《活的中国——现代中国短篇小说选》，湖南人民出版社 1983 年版，编者序言第 2 页。

大家浑身褴褛，到这花园中来吵嚷”。[1]然而尽管“这样子，左翼文艺仍在滋长。但自然是好像压于大石下的萌芽，在曲折地滋长”。[2]历史是何其惊人地相似，正如斯诺所选择的鲁迅、茅盾、丁玲、巴金、柔石、沈从文一样，在这些年轻的作家身上，我们可以看到中国文学的希望，他们在对底层生活的描述中，发现了一个“活的中国”，这里虽然到处是苦难、压迫、剥削和无数人的泪水与鲜血，但却充满着生机和活力，他们将冲破精英集团对“文学场”的垄断，写出一个民族在艰难竭蹶中奋勇前进的步伐。

在当前的各种文学形态中，如果说“主旋律文学”是一种意识形态的文学，通俗、商业作品是一种市场的文学，“纯文学”是一种中上层精英的文学，那么“底层叙事”则是一种表现底层、代表底层利益的文学形式。同其他各个领域一样，文学界也是由意识形态、市场、精英的力量控制着，“底层叙事”处于弱势的地位。但是底层并不是所谓的“弱势群体”，作为个体的民众虽然在政治、经济、文化等方面处于无力的状态，但从总体上来说，正是“底层”这一群体从根本上决定着中国的将来，而并不像某些精英所想象的那样，底层是社会发展中的累赘，是可以牺牲、可以抛弃、可以忽略不计的因素。“底层叙事”的先锋作用在于，它不仅要打破意识形态、市场、精英在文学上的垄断，讲述底层的故事，发出底层人的声音，而且要以文学的变革为先导，唤起民众的觉醒，在政治、经济等领域中真正体现出底层的利益与力量，从而改变现实秩序中不公正、不合理的部分。

---

① 《黑暗中国的文艺界的现状》，《鲁迅全集》第 4 卷，人民文学出版社 1981 年版，第 285 页。

② 同上，第 288 页。

而在这一过程中，对于一个作家来说，“他的工作从来不只是对产品的工作，而同时总是对生产工具的加工。换句话说，他的产品在产品特征之外和之前必须具有一种组织作用。而且它的组织作用决不只限于它的宣传作用，仅靠倾向是做不到的”。[①]他们靠的不仅是倾向，也是作品的“文学性”，他们要改变的也不仅是文学作品本身，也将是文学的生产方式以及现实中的生产关系与社会关系。我们希望能在更多作品中看到“活的中国”，其中有苦难，也有苦难中的欢欣，有对现实的深入刻画，也有对高远理想的不懈追求，这是一个作为“主体”的中国，一个独立自主、丰富而又复杂的中国。

① 《轻松穿过历史和残酷——苏童新著〈碧奴〉》解读，《青年文学》2006年第9期。

如何讲述新的中国故事

——在全国青创会上的发言

很高兴能来参加全国青创会，我发言的题目是《如何讲述新的中国故事》，为什么要讲这个题目呢？我觉得有两个方面，一个是我们中国已经发展到了一个新阶段，中国文学也形成了一种新格局，我们需要以新的视野去重新看待中国与中国文学，在这样一个历史时期，我们有必要，也有可能讲述出与以往不同的新的中国故事；另一个是对于青年作家来说，他们在经验、视野、美学等各方面，与前几代作家已经有了很大的差异，他们处在一个新时代，处在最有创造力的年龄，也有着远大的抱负与追求，如果他们有这样的愿望与能力，必定可以讲述出新的中国故事。

近代以来中国遭遇了严重的民族危机与社会危机，只是在新中国成立以后，中国人才开始掌握自己的命运，但是我们在社会经济与生产方面仍处于落后的状态；改革开放以来，我们开始实行以经济建设为中心的政策，在短短三十年的时间内，我国的经济实力得到了飞跃式的发展，现在已成为世界第二大经济体，在世界上占据着举足轻重的位置。可以说我们这个时代是中国自近代以来一个重要的转折点，中国人不再是“弱者”，也不再是“落后者”，而正走在民族复兴的伟大道路上，我们不仅在探索中国的未来，也在探索着整个世界的出路。这可以说是中国人在世界上位置的转折点，也是中国人自1840年以来精神历程上的转折点。五四以来，中国新文学伴随中国走过了最为艰难险阻的道路，从“启蒙”到“救亡”，从“为艺术而艺术”到“为工农兵服务”，中间经历了那么多波折与苦难，可以说“新文学”记录了中华民族的“心灵史”，开拓了20世纪中国人的精神空间，也为我们奉献出了最为优秀的作家和作品。在当前这个历史时期，中国与中国文学都处在一个重要的历史转折点上，我们期待青年作家可以讲出新的中国故事。

当前青年作家创作较为活跃，他们可以说是当代文学创作的主要力量之一，不少青年作家已经出现了大气象。但在这个青年作家会议上，我更想谈的是局限，以期在相互砥砺中共同提高。在我看来，青年作家的局限主要在于两个方面：一是他们的视野与格局较小，大多从日常生活的角度切入现实，很难有一种更宏大的把握历史的能力，在思想上也缺乏创造力，而只注重个人感受，个人感受当然很重要，但仅有个人感受是不够的，还需要思想的穿透力，我认为这是当前青年作家需要思考的重要问题；二是他们受前辈作家美学上的影响过于强烈，尚未从他们的影响中摆脱出来，形成真正属于自己的艺术世界与艺术风格。一个真正成熟的作家当然会汲取前辈作家的营养，但更重要的是要真正有自己艺术上的创造，这样的创造不是写得像前辈作家那样，而是像前辈作家那样写——即为自己丰富、复杂而微妙的个人体验寻找到一种恰当的艺术形式，而不是以一种固定的美学规范去制约自己丰富的体验。

“文学是国民精神前进的灯火”，我们讲述“中国故事”，并非简单地为讲故事而讲故事，我们是在以文学的形式凝聚中国人丰富而独特的经验与情感，描述出中华民族在一个新时代最深刻的记忆，并想象与创造一个新的世界与未来。所谓中国故事，是指凝聚了中国人共同情感的故事，在其中可以看到我们这个民族的特性、命运与希望。在这个意义上，《红楼梦》讲述的是"中国故事"，鲁迅讲述的是"中国故事"，我们今天则需要讲述新的中国故事。对于今天的青年作家来说，我们可以讲述一个"个人"的故事，可以讲述一个家族的故事，也可以讲述一个阶层的故事，但更重要的是，我们如何将个人、家族或阶层的故事讲述为"中国故事"——这需要作家具有深刻的洞察力、开阔的视野，以及创造中国新文化的自觉意识。

首先，青年作家要有"历史感"。现在的青年作家所经历的时代是一个剧烈变化的时代，改革开放三十多年来，我们国家的各个方面都发生了巨大的变化，置身其中的每个人也都经历了这一重要的历史进程，青年作家对这些变化更加敏感，这些在他们的作品中也有不少表现，如果能够真正写出这一巨变，写出我们这个民族的"心灵史"，将会是重要的经典作品，我想这也是不少作家追求的目标。但是要写出这一剧烈的变化，我们不能沉浸在日常生活中，不能将当下的现实视为"自然而然"的存在，我们需要具备一种"历史感"，我们要充分意识到我们的民族和文化是怎么来的，要到哪里去，我们需要在历史的变迁中考察中国人的经验与情感，衣食住行的变化，这里面既有激烈的冲突，也有细微的差异，但只有在历史的视野中，我们才能看到很多事情并非自然而然的，也并非从来如此的，我们才能够更深刻地认识我们的时代。我们具有了"历史感"，也就具有了"现实感"，这可以让我们对现实生活更加敏感，也可以在现实的变化中去把握未来。

其次，青年作家要有新的“世界视野”。由于中国的迅速发展，中国文学在世界上的位置也越来越重要，我们可以在世界文学的范围内来考察当代青年作家的创作。在今天，青年作家不必再以追赶的心态去面对世界，我们拥有对我们自己文化、我们所走的道路以及未来的自信，可以用一种更加平和的心态去观察与思考，这可以说是一个新视野。我们的青年作家与其他国家的青年作家共同面对着这个世界，他们不是“走向世界”，而是在“世界之中写作”，我想这对于中国作家来说也是前所未有的一种新坐标。五四以来尤其是20世纪80年代以来，中国文学有一种强烈的“影响的焦虑”，我们在西方文学的参照下写作，但是现在，我们的青年作家可以说与其他国家的青年作家站在同一起跑线上，在某些方面或许我们还占有优势——比如作为生活资源的改革开放以来的剧烈变革的时代，以及作为思想资源的传统中国文化等，这些都是别国青年作家所难以深刻体验的。我们不仅在创造中国文学的历史，而且有可能改变世界文学的格局，这是时代为我们的青年作家提供的机遇，当然他们尚需要通过作品去充分证明自己，但我想这对于有追求的青年作家来说，无疑是值得去努力的。

再次，青年作家要有一颗“中国心”。最近在文艺界有所谓“中国风”，这可以说是巨大历史变化的一部分，我们的作家、艺术家不再以西方文化为圭臬，而开始以中国文化的眼光打量世界。在这个意义上“中国风”是值得肯定的，但又是不够的。真正的问题在于，我们怎么让“中国风”转变成真正表达中国人的经验、情感与精神的艺术，怎么从“中国风”变成“中国心”。我们可以说“中国心”是当代中国人正在蓬勃发育中的民族精神，是千千万万中国人在创造生活实践中体现出来的时代精神。只有有了“中国心”，我们才能从内在的角度更深刻地把握中国人的经验与情感，才能呈现出中国人的精神与灵魂。需要强调的是，我们所说的“中国心”是当代中国人的精神，它不同于传统中国文化，也不同于现代西方文化，而是既“现代”又“中国”的新文化，是在当代中国现实中熔铸而成的新的中国文化。可以说这样的新文化尚在形成之中，而我们青年作家讲述的新的中国故事，或许可以为新的民族精神融入自己的力量。

如何讲述新的中国故事

——当代中国文学的新主题与新趋势

所谓“中国故事”，是指凝聚了中国人共同经验与情感的故事，在其中可以看到我们这个民族的特性、命运与希望。在文学上，主要是指站在中国的立场上所讲述的故事，这主要包括以下几个层面：相对于20世纪80年代以来的“个人叙事”“日常生活”“私人生活”，“中国故事”强调一种新的宏观视野；相对于五四以来，尤其是20世纪80年代以来的“走向世界”，“中国故事”强调一种中国立场，强调在故事中讲述中国人（尤其是现代以来）独特的生活经验与内心情感；相对于“中国经验”“中国模式”等经济、社会学的范畴，“中国故事”强调以文学的形式讲述当代中国的现代历程，在中国经验的基础上有所提升，但又不同于“中国模式”的理论概括，而更强调在经验与情感上触及当代中国的经验真实与内心真实。在这个意义上，我不在“现实与虚构”这一普遍的范畴中看待中国与故事的关系，而将讲述“中国故事”作为一个整体，一种新的文艺与社会思潮，这可能会更能启发我们的思考。我们讲述“中国故事”，并非简单地为讲故事而讲故事，而是以文学的形式凝聚中国人丰富而独特的经验与情感，描述出中华民族在一个新时代最深刻的记忆，并想象与创造一个新的世界与未来。

在新的世纪，中国已经发展到了一个新阶段，中国文学也形成了一种新格局，我们需要以新的视野去重新看待中国与中国文学，在这样一个历史时期，我们有必要，也有可能讲述出与以往不同的“新的中国故事”。

1. 新的时代及其主题

伴随着中国由弱到强的转变，中国人的“文化自觉”越来越构成了一个重要的文化现象，在学术界与社会民众中间，民族主义与保守主义成为重要的思潮。对于我们来说，问题是什么意义上文化的“自觉”，如果说传统文化构成了中国文化的一个侧面，20世纪的革命文化以及改革开放以来的改革传统同样构成了中国文化的不同侧面。在具体的文化创造上，也体现出了鲜明的自觉意识。这表现在不同的层面：一是在当前的小说创作中，作家越来越注重表达中国人的经验、情感与文化性格；二是有的作家开始以新的眼光审视中国所走过的道路，在对时代的反思中探索新的可能性；三是一些新的文类如科幻小说、官场小说的盛行，也突破了五四新文学的传统，在一个新的层面上展现了中国人建构文化主体性的努力。

胡学文是底层文学的代表作家之一，他小说中的不少主人公具有一种执拗的性格，一种百折不挠的精神，一种为了一个目标虽九死而不悔的气质，如《命案高悬》中的吴响、《向阳坡》中的马达等，这些人物都是最底层的民众，没有“文化”，但是他们为什么能够如此坚韧呢？如果我们停留在20世纪80年代构建起来的思想框架中，在文明与愚昧的视野中，根本无法了解这样的人，也根本无法了解中国与中国农村。在这样的思想框架中，农民或者底层常被视为“愚昧”的代表，或者被视为国民“劣根性”的集中表现，被视为没有“文化”，但这只不过是来自西方、城市或现代资本主义的“傲慢与偏见”。他们所有的并非精英阶层的文化，而是另一种“文化”——从周公、孔子到程朱陆王的传统文化在民间千百年来的积淀，以及“燕赵自古多慷慨悲歌之士”的地方文化传统。胡学文的小说写出了这种文化在民间、农村的积淀，写出了传统文化、民间文化与地方文化所养成的“人格”，或者“精神”。而这样的“精神”，正是底层或中国人最可宝贵的精神。只有这样认识中国人，认识中国的农村与底层，才能解释为什么中华文明历数千年而不坠，为什么中国经历了“数千年未有之变局”而没有亡国灭种，为什么现在中国又奇迹般地浴火重生。

付秀莹的《旧院》在对个人独特经验的描述中，写出了中国人经验、情感的独特方式，或者说写出了我们的“民族无意识”。小说写的是一个大家庭之间复杂微妙的关系，幽婉细致地深入了每个人的内心深处，以及人们微妙的关系之间，向我们揭示了其中的隐约曲折之处。感叹时光流变与世事沧桑，并通过一个家庭的盛衰来表现，可以说是中国叙事文学的一个传统，从《红楼梦》到《呼兰河传》都是如此，而《旧院》可以说是这一美学的当代继承者。而在一个更为开阔的精神视野中，我们可以说《旧院》不仅写出了个人记忆与“民族无意识”，而且写出了一种人类共同的悲哀与惆怅，那就是一个美好世界的消失，人们面对世事变迁的沧桑与无奈，以及重返旧日时光的渴望。在这篇小说中，我们不仅看到了中国人独特的情感结构，也可以看到中国人情感与美学的普适性。

新的时代不仅表现在作家开始以自觉的文化意识讲述中国故事，也在于对以前故事的重新讲述，正是在旧时代故事的新讲法中，我们可以看到时代的变迁。在这个意义上，韩少功的《日夜书》是一部值得重视的长篇小说。小说所写的内容是“知青”，但韩少功并非将目光局限于“知青生活”，而是在四十余年的宏大视野中，描述知青在时间中的流变与命运的波折。小说所写到的这个时期可以说是中国历史上变化最为剧烈的时期之一，从“文革”到“新时期”，到20世纪90年代，再到新世纪，中国仿佛处于一股激流之中，社会结构与精神氛围都发生了天翻地覆的变化，知青们置身于这一剧烈的变化之中，他们怎样走向了各不相同的人生？他们的内心世界发生了怎样的变化？在这部小说中，韩少功通过他与知青朋友们的人生历程，为我们呈现出了这一代人的精神面貌及其在历史中的变化。小说在叙述方式上虽然回归“传统”，但并不注重故事，而是以五六个主要人物为中心，以“列传”的方式描述这些“典型人物”各自的命运与生活故事，他们的命运相互交织在一起，在时代大潮中沉浮与漂移。在这部小说中我们可以看到韩少功厚重的“历史感”，正是对时间变化的敏感，让他可以站在今日的视角重新审视知青一代的命运。如果从韩少功的创作历程来看，他最早写作的便是《西望茅草地》等“知青文学”，其后是以《爸爸爸》为代表的“寻根文学”作品，在经历了《马桥词典》等实验性的阶段之后，现在他又重新关注“知青”，但无论在题材还是写法上，都已超越了原先“知青文学”的范围，这可以说是当代文学的最新进展之一。韩少功在对具体事物的描述中体现出宏大的视野，在互相辩驳的思辨中表现出了历史内在的复杂性，而或许只有这样的方式，才能写出当代中国经验的丰富与微妙。在巨大的历史变迁中，每个人的命运与内心世界都在发生前所未有的变化，韩少功以他的视角与方法写出了这个变化的世界。

同样，刘继明的中篇小说《启蒙》，为我们讲述了一个不同的“右派”故事，让我们看到了历史与现实的另一面。20世纪80年代以来，曾经被划为“右派”的作家王蒙、张贤亮等人集体归来，为我们讲述了右派“受难”的故事。在这样的叙述模式中，“右派”知识分子历尽苦难痴心不改，一心为党、为国、为民，他们崇高的理想与悲惨的境遇构成了强烈的戏剧性冲突，冲击着20世纪80年代中国人的心灵，在文学界也引起了极大的关注。一时间“右派”成了受难知识分子的一种光环，象征着在苦难中坚守、在困境中拼搏，为人民而受难等丰富的含义。这一叙述模式流传甚广，不仅在20世纪80年代家喻户晓，而且影响至今，“右派”几乎成为一种光荣称号。但是，“右派”真的像他们所描述的那么高尚吗？在20世纪80年代重新登上历史舞台后，他们又说了什么、做了什么？当他们的境遇不再悲惨而是众星捧月时，他们是否仍在坚持当初的“理想”？《启蒙》所回答的正是这些问题，在这一右派叙述模式停止的地方，《启蒙》开始了它的讲述，并向我们揭示出上述右派叙述模式的裂隙，以及历史与现实的另一种“真相”。在文学史的脉络中，20世纪80年代张贤亮的《绿化树》《男人的一半是女人》为我们塑造了“为人民而受难”的右派知识分子形象，形成了一种典型的叙述模式；20世纪90年代，王安忆在《叔叔的故事》中表达了对这一代知识分子的失望，但也只是在情绪与情感上感到他们不可信任；而刘继明的《启蒙》则让我们看到，这一代知识分子如何褪去了光环，走向了民众与人性的反面。这部小说饱满扎实，它不仅向我们揭示了历史与现实的“真相”，让我们反思精英知识分子的所作所为，更让我们在历史的断裂处重新思考“启蒙的辩证法”，重新选择未来的道路。

如果说在“新文学”的传统之内，我们已经看到了巨大的变化，那么

“新文学”传统之外一些文学类型的兴起，我们更可以看到时代的变化，这其中尤以最近盛行的官场小说与科幻小说为甚。20世纪90年代以来，“官场小说”颇为兴盛，在社会上引起了广泛的影响，但在文学界却很少被纳入研究的视野。在我看来，“官场小说”作为一个研究对象的价值在于，它为我们提供了一个考察当代社会的窗口，我们可以从中看到当代社会运行的规则与“潜规则”，中国政治文化和政治文明的现状与进程，以及从中折射出来的当代社会的价值观念与精神氛围。而在《沧浪之水》《国画》《二号首长》等优秀的官场小说中，则蕴含着一种不断进取的时代精神，主人公总是不满足当下的生活现状，力求超越现实，超越自我，追求一种更美好的生活，这样的追求或者表现为个人理想的自我实现，或者表现为官场的生存智慧，虽然其中有很多可以反思的因素（尤其是官场的权力争斗），但这种进取的精神恰恰是一个民族保持活力的象征。而在这些优秀的官场小说中，当主人公到达一种新的生活处境后，他们也会对官场中的进取保持一定的反省，但在他们身上体现出的“进取—反思”精神，则可以说是我们时代精神的一种体现。

科幻小说同样如此，在刘慈欣、韩松等优秀科幻作家崛起的背后，其实蕴含着一些深刻的时代命题，那就是“谁能够代表人类”与“谁能够想象未来”，在一个民族国家构成的世界体系中，并非所有的国家都能够代表人类与想象未来，在西方经典的科幻小说与电影中，能够代表人类与想象未来的，只是西方白种人，但是在今天，在刘慈欣的《三体》等作品中，我们可以看到，在面临外星人的挑战与威胁时，中国人作为一个重要的力量和人类的代表开始出现在科幻世界的舞台上。在这个意义上，在科幻小说崛起的背后，有着中国人的自我定位与想象作为重要的支撑。

在新世纪的新时代，可以说我们已经超越了近代以来“启蒙”与“救亡”的总主题，中国历经一个多世纪的艰难险阻已经浴火重生，“救亡”的忧患与焦虑对于今日的中国来说已经并不构成主要的问题了；而对于“启蒙”来说，在今天也面临着复杂的局面，一方面在我们的社会中仍存在着前启蒙的依附性关系，另一方面我们也在承受着启蒙的“后果”——“个人化”“理性化”与“世俗化”已经造就了更多“精致的利己主义者”[①]，在电视剧《甄嬛传》与盛行的官场小说中，我们可以看到这些理性利己主义者的微妙博弈，可以说启蒙的这一后果构成了当今社会应该反思的主要对象。李泽厚曾以“启蒙与救亡的双重变奏”[②]概括五四以来中国的思想文化运动，在这篇写于20世纪80年代中期的文章中，他以“救亡压倒启蒙”的结论呼唤新的启蒙。但在我们今天看来，无论是启蒙还是救亡，都已经无法概括我们这个时代的主题了，可以说我们已经走出了近代以来中国史的一个阶段，必须探索新的主题与方向。

2. 新的中国人形象

“新时期”以来，中国改革开放，开始重新融入资本主义世界体系。三十多年来，中国在经济上取得了飞跃性的发展，但是20世纪80年代“走向世界”的趋向与“文明与愚昧的冲突”的思想框架始终构成了社会思潮

---

① 《钱理群:北大等在培养利己者》，钱理群指出，“我们的一些大学，包括北京大学，正在培养一些‘精致的利己主义者’，他们高智商，世俗，老到，善于表演，懂得配合，更善于利用体制达到自己的目的。这种人一旦掌握权力，比一般的贪官污吏危害更大。”http: / / news.sohu.com / 20120503 / n342213439.shtml。

② 李泽厚 :《启蒙与救亡的双重变奏》《中国现代思想史论》，三联出版社 2008 年版。

的主流。在这样的思想视野下，“中国”（包括传统中国与革命中国）是落后的，只有融入资本主义现代化的世界潮流中，才是唯一的出路。而在新世纪，我们看到了一个新的转折。中国经济的飞速发展增强了中国人的自觉与自信，而西方国家的金融危机与经济危机也彰显了资本主义的本性。在这样的情形下，“先进”与“落后”，“文明”与“愚昧”便转换了坐标与视野，我们需要重新认识世界，重新认识历史，重新选择前进的路。而在这个过程中，中国人的形象也发生了巨大的变化。

李蔚的长篇小说《闯荡非洲》，描写新世纪以后中国人到西南非洲某国首都的创业生活，让我们看到了中国商人如何闯荡的故事，小说描述了中国人与当地人的关系，以及中国人内部的倾轧与矛盾，让我们对非洲可以有一个直观而具体的了解，也对“国民性”在国外的表现有更深刻的认识。20世纪80年代以来，中国文学中很少有表现非洲生活的作品，此部小说可以说弥补了这一缺憾，小说中表现的很多问题值得我们思考，尤其是中国人在创业中表现出来的优越者心态，值得我们批判地加以审视。泽津、李林合著的长篇报告文学《中国农民在俄罗斯纪实》生动地展现了中国农民走出国门到俄罗斯之后，打工谋生、开荒种地、勤劳致富的故事，他们从无到有，由小到大，最终集体致富，赢得了俄罗斯社会各界的好评。这部作品展示了主人公在俄罗斯艰难创业的经历。在这些作品中，我们可以看到中国人在世界各地创业的身影，在这里，“中国人”的形象与以往已经大不相同。如果说以往中国人主要以“落后者”的形象出现，那么出现在这些作品中的“中国人”已经转化为精明强干的“创业者”。如何认识与适应这一形象的转换，并批判性地审视其中“殖民主义”的因素，将是中国知识界需要研究的重要课题。

最近，海外华人作家写出了一些优秀的作品，这些作品与20世纪80年代以来的“留学生文学”有着显著的区别，主要是对西方国家（主要是美国）的价值观念与生活方式，不再持一种理想化的态度，不再无条件地认同与追求，而更注重中国经验、中国文化或中国人的“身份”。这一变化，可以说与中国在世界格局中位置的变化有着密切的关系。袁劲梅的小说将中西文化冲突作为小说处理的主要题材，无论是《罗坎村》还是《老康的哲学》，其间都纠缠着中西文化的冲突以及中国内部不同时代、不同人群在价值观念上的冲突。在《老康的哲学》中，从“等级观念”“大一统”“人情和法理”等命题，我们可以看到老康所代表的更多的是传统中国文化，老康哲学的主要对立面是他的儿子戴小观所受的美国教育，所谓中西文化的冲突主要体现在他们两人身上，但是还有另一种冲突，那就是老康和他的妻子之间的矛盾，老康的妻子代表的是一种官本位思想与裙带或依附关系。叙述者位置的选择，同时也是情感与思想倾向的选择。我们可以看到，小说中叙述者“我”的立场并不清晰，她大体认同戴小观的美国文化，不过她又试图去理解老康，虽然叙述中不乏调侃与嘲讽的意味，但她却又认真地去追溯他的“哲学”的形成过程，表达了一种努力去了解的意愿。小说的叙述姿态是值得注意的，如果历史地看，与20世纪80年代的作品相比较，中西文化的冲突至少不再被视为“文明与愚昧的冲突”，而是“文明之间的冲突”，是两种不同的价值观念与生活方式的矛盾。

加拿大华语作家李彦的长篇小说《雪百合》，描述了来自中国的新移民在适应新环境的过程中寻找心灵归属感的历程。故事发生在加拿大一个小城，小说主人公百合是一个在社会主义制度下成长起来的典型的理想主义者，小说主要描写她面对现实和理想冲突时的困惑，以及对生活价值观的反思。小说中对加拿大现实生活的描述让我们看到了资本主义社会中的性别、种族矛盾，同时突显了以白求恩为代表的革命精神对宗教的超越，这可以说是以理想的名义对中西文化的一种对比。在亨廷顿“文明的冲突”理论的构架中，不同文明之间的冲突构成了国际秩序重建的基础，在这一构架中，中国作为“儒家文明”的代表，也构成了世界的一极，而在现实的国际秩序中，中国作为“社会主义国家”，也是现代资本主义世界体系的“他者”，这样双重的“他者”身份让中国在当今世界处于一种尴尬的地位。在这部小说中，中国人已突破了传统的落后者形象，而在精神层面上显示了其现代价值。

如果说在国外，中国人的形象已经发生了巨大的变化，那么在国内也同样如此。这主要表现为中国人的形象由哪个群体来代表的问题，以往中国人的形象主要是中国农民的形象，这是乡土中国的一种必然，但新世纪以来，伴随着乡土中国向城镇中国的转变，伴随着乡土文学的衰落与都市文学的兴盛，中国问题更多地表现为城市中的问题，中国人的形象则更多地表现为都市中的中国人。孟繁华指出，“在乡村文明崩溃的同时，一个新的文明正在崛起……流动性和不确定性是这些新移民最大的特征，他们的焦虑、矛盾以及不安全感是最鲜明的心理特征。这些人改变了城市原有的生活状态，带来了新的问题。正是这多种因素的综合，正在形成以都市文化为核心的新文明”。[①]在文学上，中国文学的重心正在由乡土文学转为都市文学，不仅消费主义的文学生产以都市中的青年为主人公与预期读者，严肃文学（纯文学）关注的中心也在由乡村转向城市，一个重要的现象是在不少杂志的文学奖评选中，以乡村为题材的作品越来越少见，更多的则是都市文学，我们可以看到，中国故事的场景也正在由乡村向都市

① 孟繁华:《乡村文明的变异与“50后”的境遇——当下中国文学状况的一个方面》,《文艺研究》2012年第6期。

转移。

方方的《涂自强的个人悲伤》，可以说是2013年中篇小说最重要的收获之一。小说讲述的是出身农家的青年涂自强考上大学、在城市奋斗的故事，这也可以看作是新世纪的“高加林的故事”，但是与路遥《人生》中的高加林相比，涂自强的个人奋斗已处于一个完全不同的社会环境之中。在高加林的时代，个人可以凭借才能向更高的社会阶层流动，但是在涂自强的时代，这一流动已经变得越来越不可能了，所以尽管涂自强吃苦耐劳，对社会的微小温暖抱有感恩之心，也不像高加林、拉斯蒂涅那样有着强烈的自尊心与宏伟的抱负，而只是想在城市里立足，但他的故事仍以悲剧结束——身患癌症的他，最后将母亲托付于寺院，自己走上了绝路。这篇小说让我们看到，我们这个时代的社会断裂已经达到了何种程度，不同阶层之间的鸿沟如同天堑一样难以跨越，对于置身社会底层的青年来说，他们的前景只能是一片黯淡。

石一枫的小说《红旗下的果儿》，以四个青年的成长为线索，描述了他们从少年到青年的心路历程，写出了一代青年的困惑、孤独、迷茫，以及在时代变迁中逐渐成熟的过程。小说中有悲欢离合的爱情，有共同成长的友情，也有对时代细致入微的捕捉与刻画，让我们看到了成长于北京大院的“80后”，怎样从懵懂少年成长为有责任感的青年，小说将他们的变化置于整个时代的变迁之中，清晰地描绘出了这一代青年独特的人生体验，他们感知世界的方式，以及他们的社会历史处境。在《红旗下的果儿》中，石一枫将一代人的成长经验准确、细腻地刻画了出来，也让我们看到了北京这个城市在十数年中的剧烈变化。

在《第八日》中，文珍描述了白领女青年顾采采的生活，让我们看到了在她平静外表下所隐藏的孤寂与焦灼，在忙碌的工作之外，她无法找到心灵寄托与情感慰藉，只能沉浸在幻想中自我安慰，只能在难以忍受的失眠中煎熬，小说写出了当代城市青年的生活状态。《第八日》的姊妹篇《录音笔记》，讲述的是一个都市中孤独的女孩曾小月的故事，她是一家礼品公司的接线员，除了一副好嗓子，她别无长处，既少有男性青睐，在公司的地位也很边缘。对于声音的敏感，让她总能听到同事之间钩心斗角的对话，也时常淹没在电话铃声和顾客的扯皮中。偶然之间，她发明了一个自己玩的小游戏——用录音笔将自己的声音录下来，再放给自己听，这让她与周围嘈杂的声音隔离开来，沉浸于自我的世界中。在她与自己的对话中，我们看到了她在这个城市卑微的处境，错过的爱情，疏远的友人，以及无聊的工作，构成了她的生活，在这样的生活中她看不到希望，也得不到安慰，只能自己与自己交流。这篇小说写出了当代都市白领的生活与内心困境，让我们看到了她们孤独、压抑乃至于自闭的心灵。

在以上作品中，我们可以看到不同于传统中国人形象的另一种中国人——都市里的中国人，当然这并不是说乡土中国或中国乡村并不重要了，而是在一种新的视野中重构了我们对于中国人的想象。在国外的中国人形象也是如此，当我们以一种新的思想框架与历史眼光重新认识中国人时，可以发现“中国人”的形象已经发生了巨大的变化，而这些新的因素与新的想象既是时代发展的反映，也预示着一种新的世界图景与中国形象的出现。

3. 新的中国美学及其探索

五四新文化运动以来，“小说”作为一种外来的文体，如何表达中国人的经验与情感，始终是一个没有得到完全解决的问题，但是仍有一些作家在孜孜不倦地探索着。“新时期”以来，在“走向世界”的趋势下，很多作家注重向国外作家学习，却忽略了中国本土的思想与文学资源。新世纪以来，伴随着中国在世界格局中位置的提升，中国作家的自信心也在不断增长，而中国经验的丰富性与复杂性也在呼唤着中国作家突破“小说”的固有观念，创造出能够充分表达出中国人经验与内心世界的新的“小说”形式。

贾平凹的《古炉》表现的是“文革”时期的古炉村，作品的重点不在表现“文革”，而在表现这一村庄的“生态”，小说以一个儿童狗尿苔的视角去观察与描述整个村庄的生存状态，人与人千丝万缕的关系，具体而微妙的日常生活，以及这一生态在“文革”剧变中的种种变化、撕扯、冲撞，在整体上描述出了“古炉村”在这一特殊时期的全貌，也为我们展现出了“文革”时期中国的一角或“缩影”。在写作方法上，作者不注重故事性与戏剧性，也没有中心情节，而以散点的方式将细节与人物连缀起来，细部极为真切琐细，而整体上形成了一种莽苍的厚重感。自《废都》以来，贾平凹就尝试以一种“世情小说”的方式描述当代生活的浮世绘，这一方式在《秦腔》中得到了集中的表现，《古炉》也可以说是这一创作方式的延续及其最新成就。在这里，值得注意的是两点：一是贾平凹试图表现的是中国式的经验、情感、生活方式与人际关系，他并不是以一种外在的视角来观察，而是力图进入中国村庄与生活的内部，表现出其内在逻辑及其运作方式，同时他所描述的也不是传统中国人的生活，而是置身于现代性变化之中的中国人的生活，或者说贾平凹所切入的现实，是中国从传统到现代过程中的一个切片，他让我们看到了这一特定时期中国人的生活与内心世界。另一点，贾平凹的表现方式是一种中国式的表现方式，在他的小说中，我们可以看到传统“世情小说”的影响以及中国画的笔墨与技法，他放弃了中心故事，而在生活中人与人关系的微妙变化中推进小说，也放弃了透视，而注重细节与整体意蕴的表达，在这背后，则隐藏着中国人的思维方式与世界观。

王安忆的《天香》，由明清之际上海的申家建造“天香园”发端，描写了申家几代人命运的起伏与“天香绣”的兴起，展示了明清之际的沪上风情与世间万象。这部小说笔法细腻圆熟，故事则将大开大合的转折与人物命运的沉浮融合在一起，让我们看到了作家游刃有余的控制力。这部小说的主角可以分为三个不同的层面，首先是天香园申家的女人小绸、闵女儿、计氏、希昭、蕙兰，这些性格与色彩各异的女性构成了天香园这个小世界的主角。她们在申家这个大家庭里有着各自的身份，她们复杂而微妙的关系显现了传统中国家族的特色，她们命运的起伏也显示了盛衰转换之际中国人的处世态度。“天香园”就像《红楼梦》里的大观园一样，既有日常生活的细微表现，也有命运转折之际的苍茫之感，让我们看到作家对传统中国生活的整体把握。小说的另一个主角是“天香绣”，这种精致细腻的绣品，贯穿着整部小说的始终，它在小绸、闵女儿两个人的手中诞生，在希昭手中得到提高与升华，又在蕙兰的手中走入了寻常百姓家。“天香绣”的故事与申家女人的命运相互交织，构成了《天香》的主体，不仅如此，“天香绣”作为一种民间工艺的珍品，也代表着中国传统工艺的精神。作者以“天香绣”为主角也显示了她对这一精神的认同，而她的文字也正如“天香绣”一般细腻微妙，为我们织出了一幅《天香》。小说的最后一个主角是“上海”，小说追溯的是现代上海的“前世”，让我们看到了西方文明来临之前上海的“本来面目”，但即使如此，我们在小说中也能够看到中西文明交流的滥觞，利玛窦、徐光启等人物的出现，让我们在小说平静的叙述中看到了上海的“未来”，传统生活与现代因素在小说中融为一体。

格非的《春尽江南》是他“乌托邦三部曲”的最后一部，在《人面桃花》《山河入梦》中，他探讨的是民国时期与新中国初期知识分子的命运，《春尽江南》延续了这一主题，探讨的是20世纪80年代到新世纪初期知识分子的命运。小说主要集中于主人公谭端午如何从20世纪80年代的著名诗人转变为一个无聊的小职员，以及他的妻子庞家玉如何从文学青年转变为一个如鱼得水的律师，他们以及他们身边人物的变化，让我们看到了中国三十多年飞速发展造成的剧烈变化，以及主人公的生活与内心世界的巨大转变。小说中最值得注意的是，作者如何将现实生活的表现与其清丽典雅的艺术风格结合在一起。格非将早期的先锋形式与富有古典意趣的语言相融合，形成了一种新的艺术风格，这主要表现为，在结构与意象上他更侧重于先锋式的探索，而在叙述中则更多借鉴了中国古典小说的语言，他巧妙地将二者融汇在一起，使小说具有一种雅致而内省的气质。

长篇小说“中国化”的尝试，可以说是中国文学自觉的一种表现，但是如何“中国化”，如何在对现实的描述中体现出民族精神，如何创造出一种新的民族风格，仍是一个需要继续探索的问题。在中短篇小说中也是如此，我们可以王祥夫的小说为例，谈一谈中短篇小说如何继承中国传统美学。

王祥夫的中短篇小说，有着中国美学的独特韵味。在他的小说中，我们可以看到中国人的经验与情感，他的小说也为我们描绘出了当代中国的众生相。如果我们做一下比较就可以发现，即使题材相近的小说，王祥夫小说的处理方式也与西方作家不同。比如王祥夫的《愤怒的苹果》，显然借鉴了斯坦贝克《愤怒的葡萄》的命名方式，但我们可以看到，《愤怒的葡萄》描述的是美国20世纪30年代大萧条时期农村破产的悲惨景象，作者的侧重点在于揭示资本主义的掠夺与农民的悲惨命运。《愤怒的苹果》讲述的同样是一个破产的故事，但是这个故事却更具有“中国特色”，小说中的农大毕业生亮气，因为承包果园与当地乡民和当权者展开无奈抗争，小说通过对三次“白条大战”的生动描绘，将中国人错综复杂的人情世故和重重叠生的矛盾纠葛层层推进，在市场运行规律下荒谬绝伦的“哄抢”，在乡土的逻辑中却显得“合情合理”，让我们看到了转型期中国的丰富性与复杂性。再比如，王祥夫的《风车快跑》写风车的母亲去世了，他惊慌失措地去公墓买墓地，却意外地被当作精神病关在了医院里，家人找他找不到，他也无法出来，而陷入了一种荒唐的境地。马尔克斯2008年的短篇小说《我只是来打个电话》，写的也是一个人被关进精神病院的故事，但马尔克斯在小说中强调的是正常的人生命运如何被偶然因素彻底改变，更富哲理性，小说中的主人公是一位女性，故事也主要在她、丈夫与精神病院之间展开，而在王祥夫的小说中，中国人则更多重视伦理关系因素，风车的母亲、妻子和兄弟在小说中都是重要的因素，在推动着故事的进展，小说讲述的故事虽然荒诞，但也透着暖色调，并不像马尔克斯小说的色调那样诡秘与阴冷。王祥夫的短篇小说关注底层，关注小人物，关注现实生活，但是在写法上却极富特点，他的小说很少有中心情节，而是以富于变化的笔墨不断逼近核心，而在结尾处“灵光一闪”，将故事推向高潮，同时留下悬念与丰富的想象空间，让读者去回味与思考。比如《蜂蜜》，故事的核心是安莉的孩子丢了，她又将别人的孩子偷来，当自己的孩子养，这样一个充满戏剧性的故事，小说中却只是从安莉的朋友张北、小晨的角度侧面去写，很大的篇幅在写他们两人的关系与斗嘴，也没有点明孩子是怎么来的，充满了悬念与暗示性。这篇小说在写法上很像契诃夫的《凡卡》，读者已经明白了故事，明白了即将到来的灾难，但当事人却仍在懵懂中。与契诃夫不同的是，王祥夫在此篇小说中更多留白，更多侧面勾勒，也更有中国特色。王祥夫的小说向我们展示了“中国故事”的一种讲法，他取材于当代中国丰富多彩的现实生活，回应我们这个时代的重要问题，又以中国式的美学加以书写与描绘，显示了传统中国美学的生命力及其在当代的创新，值得我们关注与思考。

“中国故事”是一个创造，新的中国故事需要创作者去观察、思考与表达，也需要讨论与争鸣。当然每个作家的认识与理解可能不同，但“新的中国故事”的诞生，恰恰在于创作者的探索之中。“新的中国故事”既是历史的创造与展开，也有赖于文学家创造性的感知、体验与表达。在价值观念与美学风格方面也是这样，我们讲述的中国故事，既要是“现代”的，又要是“中国”的，我们可以继承传统中国的某些价值观念与美学风格，但也要融入现代中国人的生活与情感，熔铸成一种新的价值观念，新的美学。“中国故事”并不是绝对的，中国作家也可以讲述人类故事或宇宙故事，但就当前的历史阶段来说，作为一个社会主义国家和一个独立的文明体，中国在资本主义世界体系中的崛起是前所未有的事件，不仅对于中国，对于世界来说也是需要重新认识、理解与接受的。在这样一个具有世界历史意义的时代，如何理解中国在世界上的变化，如何理解中国内部的变化，如何讲述新的中国故事，对当代中国作家来说是一个巨大的机遇与挑战。

当代中国文学的前沿问题

我主要谈两个大的问题：一个是“新文学终结”，另一个是“如何讲述新的中国故事”，这是两个大的理论和历史的问题，后面结合一些具体作品谈四个小问题：一个是底层文学，一个是非虚构，另外两个是“官场小说”和“科幻小说”，我认为这些方面大体能够概括新世纪以来当代中国文学所发生的一些变化。

我现在先从“新文学终结”的话题展开，为什么先从新文学谈起呢？主要是针对新世纪以来文学的变化，主要包括三个方面。一个是80后这一批作家出现以来，我们的文学基本观念已经跟以前发生了很大的变化，以前从五四一直到80年代，我们对文学的基本观念还是将文学作为一种精神和艺术上的事业，当作一个事业来追求的，但是80后和“青春文艺”出现以来，更多的是强调文学的娱乐和消遣作用，这是文学基本观念的一个巨大变化。另一个变化是文学基本的运行机制发生了变化，五四一直到80年代，我们文学界有很多论争，从五四开始到左翼文学的各种论争，包括新中国成立以后的各种批判运动，一直到80年代的文学论争，新文学的一个基本运作机制，是通过不同文艺思潮的论争，介入当下的社会问题与精神问题，但是这样一种机制在20世纪90年代以后，特别新世纪以后已经越来越少了，我们现在很少看到有论争，围绕一个问题，大家发表不同的观点，这样的现象越来越少，说明文学运行机制现在发生了大的变化。另外一点，文学的媒体也在发生变化，新世纪以来网络的发展，尤其最近几年的移动互联网，这些媒体形式的变化，都对新文学的整体运行产生了很大的影响。大家知道，新文学最早以报刊为核心，是一种新兴文艺的运载方式，现代新媒体的出现可能会对我们整个文学的载体与运行方式有比较大的影响，现在已经有了一些影响，可能将来还会有比较大的影响。

我刚才说的三个层面，基本观念、基本运行机制与媒体，这三个方面让我们看到现在的文学跟以前的文学相比发生了很大的变化，这个变化可以说是五四以来最大的变化。所以在这个意义上，我将从五四到80年代这样一个文学脉络、这样一个历史阶段，称作新文学的体制。以前我们大家，尤其我们做现当代文学研究的人，都会做现当代文学史内部的“断裂”研究，现代文学和当代文学的“断裂”，1949年前后的变化，还有“文革”文学结束以后，“新时期”文学这样的“断裂”。但是我觉得在这样一种新的“断裂”面前，以前的“断裂”都是新文学内部的“断裂”，而现在新文学的观念和基本运作机制整个都在发生变化。

我这个思路其实受到洪子诚老师关于左翼文学研究的启发，学当代文学的都知道，洪老师对左翼文学的研究有一对著名的概念——“一体化”和“多元化”，他把20世纪40年代到70年代的文学史，描述成左翼文学“一体化”的过程，20世纪80年代则是“一体化”解体的过程，他在文学史和文章中对20世纪80年代“多元化”的倾向持比较乐观的态度。我们现在看，洪老师所说的“多元化”也有其局限性，我和他交流也谈到这个问题，洪老师虽然对20世纪80年代的“多元化”比较乐观，但是他对“多元化”本身的理解是有限度的，他的“多元化”限制在“新文学”的范围之内，他很难接受“新文学”之外的通俗文学或者大众文化。在20世纪80年代，当时金庸比较流行，别人问他对金庸的看法，他说他其实看不下去，为什么看不下去呢？我认为主要是他的基本文学观念是“新文学”的观念，所以我们现在开玩笑说洪老师是有小资倾向，他虽然对左翼文学尤其是左翼文学的“一体化”有所不满，但他其实分享着新文学的基本观念，他看金庸、看通俗小说，更看不下去，这样一种对文学的严肃性的理解，或者说将文学直接与现实、社会、人生联系在一起的观念，是比较牢固的。我从洪老师那里得到启发，我认为像他说的左翼文学本身是一种观念和体制相结合的历史过程，相对于他说的左翼文学一体化的过程，新文学从五四以来一直到80年代末的过程，可能是一个更大的“一体化”过程，这包括“新文学”的体制、观念、运行方式，也包括新文学自身的建构和解体的过程。

当我们置身在新文学传统里面时，可能不会认为这个问题有多重要，当我们在20世纪90年代以后，面对大众文化、面对新的娱乐文化的时候，我们发现我们的文学又回到了五四以前那些“鸳鸯蝴蝶派”、黑幕小说这样的文学观念中。在这种情况之下，我们再去看从五四到80年代的文学史，就会发现无论它们内部有多少争论，或者在历史发展之中有多少断裂，但其实它们分享着很多共同的观念，我刚才所说的将文学当作一种精神或艺术事业，周作人给文学研究会起草的宣言里面的一句话，最能概括新文学的态度，“将文艺当作高兴时的游戏，或失意时的消遣的时候，现在已经过去了”，他其实对通俗文学，对“鸳鸯蝴蝶派”、黑幕小说、武侠小说都有批判，新文学其实共同分享着这样的观念，认为文艺是一个严肃认真的事业，包括“新文学”内部不同的派别都在分享这样的观念。自由主义的梁实秋、沈从文、萧乾等人和鲁迅等左翼文学家有论争，但其实在这一点，他们是相同的。包括四五十年代，胡风和周扬他们的争论也很激烈，但在把文学作为自己终生追求的事业上，他们是相同的，虽然他们内部有很多分歧。

但是，如果站在我们现在大众文化占主流的文化场域来看，当我们面对新的环境或者新的问题的时候，其实他们的分歧并不严重。我们都知道，胡风和周扬在“典型”的问题上争论更注重个性还是更注重共性，或者在文化传统上争论更注重五四文化的传统，还是更注重延安讲话的传统，他们有很大的分歧。但是他们在文学的基本理解上其实是一致的，他们是左翼文学传统的不同流派。

所以基于我们对当下文学问题的观察和思考，我觉得可以把“新文学”作为一个完整历史阶段，从五四到80年代。那么问题就来了，当我们把它当作一个完整阶段的时候，它们有什么共同特征，我刚才也大体介绍了以下三个方面：文学的基本观念——把文学作为严肃的艺术事业；运行机制——通过思想论争介入社会问题的讨论；媒体——主要是以纸媒为主的媒体。当我们对“新文学”做这样一个整体概括的时候，我们其实是想通过对“新文学”整体概括来应对当下的问题，我们当下的问题是，大众文化和通俗文学占据了我们文学市场或者文学格局里面主要的部分，我们的严肃文学、左翼文学也好，自由主义文学也好，为艺术而艺术的文学也好，它们其实都是新文学传统的一部分，但是这个传统在当前整个文学格局里面处于一个特别弱势的地位。

这也涉及另外一个问题，正因为“新文学”在整个20世纪中国的历史上有那么重要的位置，有鲁迅等大家存在，所以文学才那么重要。如果没有“新文学”，或者我们不再重视“新文学”传统，如果只有那些通俗文学，我们只研究这些人的话，那么我们还有没有必要设立中文系，有没有必要成立作协，有没有必要从国家层面上这么重视文学，这是重大的问题，中文系的同学以后靠什么吃饭？

另外一个问题，“新文学”到底起到什么重要的作用，我在一篇文章中也提到，20世纪90年代把金庸首次列入经典，引起很大的争论，我们怎么来看通俗文学和“新文学”或者是严肃文学之间的关系？金庸自己说他是没有办法和鲁迅相提并论的，这确实也对，在整个文学史，或者在现代中国历史、中国文化史上的地位，金庸是没有办法和鲁迅比的，鲁迅的重要性在于他在整个中国文化现代化过程中起到关键而独特的作用。他从最早批判传统文化到去世以后成为“民族魂”，通过“反传统的传统，反现代的现代”的方式，完成了我们中国文化从传统到现代之间重要的转折，所以他会被称作“民族魂”，鲁迅这样的作家，是通俗文学没有办法取代的，对现代中国人灵魂的探索和塑造，我们在通俗小说中是读不到的。吴冠中先生说过两句话，他把鲁迅和齐白石比较，他说“一千个齐白石也比不上一个鲁迅”，我们怎么来理解他的话？他的话是有深意的，齐白石是国画大师，但是他不像鲁迅这样深入地介入现代文化的转型，做出自己独特的贡献，所以吴冠中先生另外一句话就是“丹青负我”，意思是我虽然去画画也达到很高的成就，但是绘画艺术本身没有办法和“新文学”达到的成就相比。在这个层面上，鲁迅确实代表了“新文学”在文化中的巨大作用，包括在整个现代中国历史和文化史上的不可替代的作用。

在当前，我们是不是有可能把“新文学”传统的不同资源整合起来，应对当下文学的变局，因为当前“新文学”可能面临一个最大的危机。以前的种种争论，基本上都是在“新文学”内部的争论，包括20世纪80年代肯定钱钟书、沈从文、张爱玲这样的传统，也是在“新文学”内部的自我调整，现在面临通俗文化或者大众文化的时候，“新文学”是不是可能重新建立起一种整体性，一种整体的观念，来应对这些变化，这是我的一个思考。也是想通过这方面的思考，来对当下文学的位置与它在整个社会中的作用做点反思。

日本的柄谷行人在六七十年代的时候，面对的问题跟我们现在有点像，柄谷行人的文章谈到日本现代文学终结的问题。日本的现代文学在六七十年代已经陷入这样的危机之中，他说现代文学只有重新将自己投入到活的现实之中，才有可能焕发出新的生命力，这确实对我们也有一种启发。这是我说的第一个问题，“新文学终结”。

第二个问题，如何讲述新的中国故事。这个问题和上一个问题也是相关的。从20世纪90年代，尤其是新世纪以来，我们中国文学包括我们这个时代，正在发生比较大的变化，主要是五四以来，我们都说中国近代史的主题就是启蒙和救亡，但是新世纪以来，我们好像正在走出这样的时代。对于“救亡”来说，当然我们中国的发展也还有危险，但是并不像以前那样有迫切的威胁。在“启蒙”方面来说有两个方面，一方面我们现在社会中存在很多需要启蒙的东西，人与人之间的等级关系、依附关系，类似这样的问题，在现实生活中仍然存在。另一方面，启蒙本身带来的后果也越来越严重，像我们讨论过的《甄嬛传》，官场小说，像钱理群说“我们大学培养的都是精致的利己主义者”，“启蒙”现代性召唤出来的世俗化、理性化、个人化，现在转化成了一种个人主义，以及将个人利益最大化的思想倾向，这个时候我们或许应该对“启蒙”本身有一个反思。所以在这样一个大的变化之中，启蒙和救亡已经不再能概括我们时代的主题，可能会有新的主题，但是这个新的主题是什么，现在还不是很清楚，可能需要我们去分析、探索、提炼，这是一个方面。

另一个方面就是中国人在国外的形象在发生变化，我们从写中国人在国外的作品来看，我们中国人已经不是以前那样的追赶者、落后者的心态，以前《北京人在纽约》这样的作品，把融入美国主流社会当作主要的追求，但是现在，中国人不是简单地“融入”，而是带着中国人独特的经验和思想，甚至对西方社会的规则也有改变。也有作家写中国人在非洲的作品，我们会看到里面的主人公像19世纪西方的殖民小说那样去开拓，当然我们中国的资本进入到非洲，跟19世纪西方殖民者不完全一样，是作为“创业者”出现的，这与我们以前经常看到的中国人形象发生了很大的变化。另外，我们的中国文化在与西方文化做对比的时候，以前像20世纪80年代有一个概括——“文明与愚昧的冲突”，会将我们中国的传统文化当作一种落后的、保守的、封闭的文明。但是新世纪以来，特别是最近有一些作品，涉及价值观念的时候，会把我们中国的价值观念，起码当作跟西方文明可以相等的一种观念，文明与愚昧的冲突变成了文明之间的冲突，可以看出中国的作家在某些方面对自己文化更加自信。

这是在国外的一个变化。国内也在发生变化，国内发生的变化大家都知道，之前我们说找一个形象代表中国人的话是中国农民的形象，阿Q这样的形象，朱老忠这样的形象，80年代是陈奂生这样的形象，能够整体性地代表中国人。但最近几年，我们现在的文学从整体来说，写乡村故事的越来越少，写中国城市的越来越多，这应该是一个很大的变化，这其实有中国社会的具体变化来支撑，有两个统计，2011年我们中国城镇人口首次超过农村人口，2012年我们中国城镇的家庭数量首次超过农村家庭的数量。我们中国快速地进入城镇化的过程，有乡土经验的年轻作家越来越少，他们自己塑造的中国人的形象更多的是城市中的中国人，或者是从乡村到城市变化中的中国人，这对我们中国和中国文学来说，都是一个比较大的变化，我们以前习惯于想象“乡土中国”，还不能适应城镇中国或者城市中国。而在这样的变化过程之中产生一些不同于从阿Q到陈奂生这样的中国人的形象，可能会有一些新的中国人的形象出现，这也是一个比较大的变化。

另一方面我们可以看到，最近几年来我们中国的作家很多在借用传统文学的思想和艺术资源，与20世纪80年代一窝蜂去模仿西方有很大的不同，在80年代我们很多作家被称之为中国的卡夫卡、中国的博尔赫斯、中国的某某某，这是80年代的文化氛围，现在很多作家很自觉地开始借用中国传统文学的资源。像贾平凹的《秦腔》《古炉》对世情小说的借鉴，像王安忆的《天香》其实也有点像《红楼梦》，用《红楼梦》的笔法写明清时代大家庭的故事，像韩少功的《日夜书》，其实也借鉴了笔记小说的传统，还有很多。

所以综合这几个层面，我觉得，我们中国的时代在发生变化，中国人的形象在发生变化，中国作家的自信心也在增加，从这几个方面可以看出来，我们面对中国本身发生比较剧烈变化的时代，这些作家开始用更具中国美学特征的方式来把握这个时代，这应该是我们当前的文学界的一个重要转向，他们不再像20世纪80年代一样要讲述一个普世的故事、个人的故事，我们开始讲中国故事，并且用中国美学的方式来讲中国故事。

我刚才说的是两个比较大的层面的问题，“新文学终结”和“如何讲述新的中国故事”这样两个历史与理论问题。接下来结合一些具体的小问题，谈一下新世纪以来我们中国文学的一些变化，我刚才说了有四个层面，先从底层文学说起。

底层文学从2004年开始兴起一直到现在有了很大的发展，我自己也写了很多文章，不再具体地展开，有一些代表性的作家，像曹征路写的《那儿》和《问苍茫》这样的作品，像胡学文写的《向阳坡》《命案高悬》这样的作品，包括王祥夫、陈应松、刘继明等作家，我觉得他们重要的一点，是从底层文学的视角来看待整个世界的变化。我讲两个最近比较引起关注的重要现象，一个就是现在我们的文学开始关注“失败的青年”，有一些具体的作品，像方方的《涂自强的个人悲伤》，像石一枫的《世间已无陈金芳》、文珍的《录音笔记》、马小淘的《章某某》等作品，这些作品其实都在关注青年的失败和失败的青年，除了方方以外，我后面说的三个人都是比较年轻的作家，都是80后或年龄相似的作家，这些作家集中关注的一个问题是，在当前比较巨大的社会鸿沟下处于社会底层的青年的出路和命运，这样一个问题当然到最后比较悲惨，有的小说主人公死了，有的主人公最后发疯了，有的主人公打回原形了，一个农村来的青年在城市混了差不多二十年了，在城市里面没有办法生存，又回到农村，或者写一个都市女白领，都市生活中她的那种焦灼、绝望。这些作品让我们看到，都市生活中的这些白领阶层也是一种底层，这种底层可能和我们以前关注的下岗工人、农民、打工者不一样，他们这些人应该是新穷人的一种，他们是受过一定的知识教育，但是生活条件达不到预期的这样一些失败的青年，“失败的青年”形象的集体出现，是我们当代文学中具有症候性的现象，也是很值得关注分析的。

另外一个是关于新工人诗歌、草根诗歌的问题，最近引起了比较大的关注，许立志自杀，最近网上传得比较火的余秀华，被称为农民诗人或者脑瘫诗人，她的出现当然有具体的媒体的原因。但是，我觉得还是一个比较大的变化，以前我们的文学界对这些诗人基本上很少关注，谈打工诗歌谈了很多年，像这样引起集中的全国性关注的很少，最近有两场活动，一个是在皮村举行的“我的诗篇——工人诗歌云端朗诵会”，在网上与媒体上报道的很多，前两天作协有一个研讨余秀华和底层诗歌的活动，题目叫“草根诗人与诗歌新生态”，这个研讨会去了一些诗歌界比较重要的人物，他们从他们的角度对这些现象，对底层者写的诗歌进行了一些分析，但我觉得缺乏一个整体性的研究。其实底层者写作诗歌面临的一个困境，是怎么样把底层经验生成诗歌的美学的这样一个过程，因为我们很多打工者的诗歌其实写得还不错，但是处于一个需要提高的层次。但是另外一方面，我们现在关于诗歌的美学的规范或者是美学的观念本身束缚了这些诗人的写作，这又涉及我们怎么来反思80年代或者是“新时期”以来我们对诗歌的观念，这些观念最早是“三个崛起”塑造的。“三个崛起”是谢冕的《在新的崛起面前》、孙绍振的《新的美学原则在崛起》和徐敬亚的《崛起的诗群》，这些文章在“新时期”早期起到了重要的作用，从20世纪80年代一直到今天塑造了诗歌界的一些基本观念，但我们现在重新看也有问题，那就是诗歌是精英化的、西方化的和现代主义式的审美标准倾向。我发言的时候提到在面临草根诗人的崛起的时候，我们有必要反思诗歌中精英化、西方化和现代主义审美标准的倾向。当然我们反思也不是完全否定，他们也带来了一些新的东西。我们现在关注底层文学，可以看到这两个新的层面的进展。

另一个是非虚构文学，大约是从2010年的时候，《人民文学》专门开设了一个栏目叫“非虚构”，把非虚构这样一个门类带入到我们的文学当中。“非虚构”是比较有针对性地面对我们当代文学面临的问题，问题主要是两个方面：一个方面是我们的文学比不上我们的现实精彩，另外一个方面是我们20世纪80年代以来文学的传统，尤其是先锋小说更加注重形式、技巧、叙事的传统面临一个危机，我们作家的想象很难适应中国剧烈的变化。所以在这样两层意义上非虚构的提倡还是有道理的。非虚构文学代表性的作品像梁鸿的《中国在梁庄》《出梁庄记》，这两本书在文学界有较大的影响。《中国在梁庄》主要是梁鸿回到河南老家做的社会调查，采访了一些人，主要是对农村中二三十年变化有一个梳理，总体呈现出我们农村从80年代末到新世纪初的状况。《出梁庄记》同样写他们村子里的人到全国各地打工，她到不同城市寻找打工的人，采访他们打工的经验，做一个整体呈现出来，这两本书确实给我们呈现出90年代以来，我们中国乡村，留守乡村里面的和外出打工的人群，他们的经验和他们的变化。

乔叶写了一本书叫《拆楼记》，写农村拆迁的一个故事，她写拆迁跟一般的人写拆迁不一样，她整个介入到拆迁里面，不是像我们经常在报纸上看到的，是比较简单的一个新闻或者是一个事件，她的写作之中把乡村的政治或者是伦理的逻辑，包括乡村跟拆迁方乡政府和拆迁公司之间犬牙交错的矛盾，乡村政治生活的原生态表现了出来，这是比较突出的特点。这本书还有一个特点很值得讨论，因为这个小说发表的时候用了一个新名字——非虚构小说，所以非虚构与小说之间文体有一个什么样的关系值得研究。这个小说有一个很有意思的点，它第一人称的叙述者“我”介入到拆迁的过程中，她是介入到姐姐家拆迁的过程中，因为她的介入然后得到了比较高的赔偿。但我们从作品叙述中可以看到，其实在理的一方是要拆迁者。所以作为叙述者“我”的这样一个形象，并不像五四以来文学传统中的形象代表着“公理”或“正义”，这对叙事伦理造成一个困境，一个问题，这个作品其实没有展开比较深入的讨论，其实是很值得展开的。另外还有一些作品，像慕容雪村的《中国，少了一味药》，是写传销的作品，写作者打入到传销内部，冒着生命危险，了解传销的各种规则和潜规则，最后他逃出了传销的圈子，然后把整个的过程写了出来。还有写打工的，肖相风写了一本《词典：南方工业生活》，把打工生活的种种经验用词条的方式写出来。

非虚构也存在一些理论与实践问题，比如它和我们经常说的纪实文学和报告文学是什么关系，到底什么样才是虚构和非虚构，这样一些理论问题，或者非虚构的传统问题，它与中国历史上的直录精神，或者与西方的非虚构作品之间的关系，这样的问题现在大家都在讨论，也是一个比较热的点。去年阿来的《瞻对》写的是他对云南一个地方的历史的梳理，因为他评鲁迅文学奖终评时得了零票，成为一个事件，这涉及评奖的机制，其实也涉及非虚构的定位问题，他当时报的是报告文学组的评选，但是非虚构与报告文学是什么关系，跟报告文学有没有明确的界限，这样一些关于文体的问题也值得我们思考。

最后我介绍一下官场小说和科幻小说，这也是我们新世纪以来比较发达的两个小说类型。应该说底层文学和“非虚构”是纯文学或严肃文学内部的一些变化与进展，而官场小说和科幻小说，则超出了我们“新文学”的范围之外。关于官场小说我写过一个文章，梳理了90年代到新世纪以来发生的变化，有一些代表性的作品，王跃文的《国画》《梅次故事》，阎真的《沧浪之水》是最早的代表作家和代表作品。前两年比较火的是《二号首长》《侯卫东官场笔记》，我梳理了官场小说从阎真和王跃文到《二号首长》《侯卫东官场笔记》的变化，我们看阎真和王跃文的作品，其实是以知识分子为主体的，他们故事的核心情节是一个知识分子或者是一个主人公，怎么放下清高融入世俗或者官场之中。他决定放下的时候他很快成功了，而后来的小说呈现了更加真实的官场经验，当你决定放下你的身份和清高的时候，其实才是刚刚进入官场的开始，里面有很多比较精彩，或者比较细致的描写，确实挺值得我们关注。如果我们追溯官场小说源头的话，可以往前追溯到20世纪80年代改革小说，20世纪80年代改革小说《新星》《沉重的翅膀》《花园街五号》，其实小说中也存在两种不同势力的斗争，但在改革文学中，表现为两种不同思想观念的斗争。是改革还是保守，像《乔厂长上任记》一样，当改革派掌握主导权，大刀阔斧地改革一切都很顺利了，但是这些小说中也存在权力斗争的因素，这些因素依附于思想观念斗争的因素之下。但是从官场小说以后，王跃文和阎真以后，包括后来的《二号首长》发生了很多变化，小说中其实很少再涉及思想观念的斗争，而是试图围绕权力本身的获得、分配、交易编织故事，这是很大的一个变化。这个变化其实反映了我们社会本身对待思想观念，包括对待权力态度的一个变化。为什么官场小说值得研究呢？有两个方面，一个方面它确实提供了我们中国最现实、最直接的社会经验，另一个方面是呈现了中国人很微妙的人与人之间的关系，虽然是以权力为核心，但也有现实的意义。

与此对比的是科幻小说的兴起，科幻小说在五四新文化运动以来不是很发达，五四以前我们有一些人写科幻小说不是很成功，梁启超写过《新中国未来记》，他其实写得很简单。科幻小说真正兴起并且能够引起大家的关注就是最近几年，尤其是刘慈欣《三体》的发表，确实把中国科幻小说的水平提高到跟世界科幻文学相媲美的高度，不只刘慈欣一个人，还有其他别的作家，如韩松、王晋康等。科幻小说主要是科幻小说界在研究，很多科幻迷们在做，我们从社会思潮或者文学思潮来看，科幻小说在新世纪的崛起，给我们带来什么新的可以思考的点，对我来说其中有两个问题，可能确实跟整个中国社会、时代的变化有关系。当我们看科幻小说的时候，因为我们以前看的大多数都是西方的科幻作品，在科幻小说里面看到中国人出现的时候感觉是不一样的，我们中国人作为主人公参与到宇宙事务之中的时候，你会想到在我们这个时代，中国人确实是可以代表人类的，可以代表人类的某一个方面，我觉得这和我们民族新世纪以来整体的自信有很大的关系。另一个值得关注的点是我们中国人也可以想象并把握一种未来，不只是作品内部，背后有我们中国人整体在世界上变化的投射，文本的分析更值得深入地做，但是就这两点来说，在科幻小说的崛起背后，确实也有我们文学，包括我们社会思想整体变化的一个投影。

以上，我简单谈了两个大问题——“新文学终结”与“如何讲述新的中国故事”，以及四个小问题——底层文学、非虚构、官场小说与科幻小说，这都是我们当前中国文学最值得关注的问题，也是新世纪以来中国文学的新发展与新变化，希望能引起更多人的关注。

“文学”与我们的生命体验

“文学观”即关于何谓文学的基本观念，不同的人有不同的看法，从不同的角度去看，也会有不同的结论。有的人认为“文学”是永恒的，这是20世纪80年代较为流行的一种看法，也是将文学浪漫化与神圣化的一种表现，但是正如研究者所指出的，英文literature的出现不过二百年，而汉语“文学”一词虽然在先秦已经出现，但它的现代内涵——“以语言文字为工具借助各种修辞以及表现手法形象化地反映客观现实的艺术，包括戏剧、诗歌、小说、散文等形式”——却是五四新文化运动之后才形成的。所以并不存在所谓“永恒”的文学，对于“文学”，我们也只能历史地理解，而不能将之作为亘古不变的一种形式。另一方面，有的理论家在理论的推演中，则否定了“文学”的存在，或者忽视了文学的独特性与独立性，将“文学”仅仅作为阐释理论或世界的一种材料，无论是传统的社会学批评，还是后现代或“全球化”理论，都易于将文学作为附属性的资料，而否定其作为主体的存在。与以上两种看法不同，我认为“文学”虽然不是永恒的，但在每个历史时期或一定的范围内，我们却可以对“文学”有一种共同的理解与认识，只有在此基础上，我们才能探讨文学的标准与规范，而另一方面，我们只有认识到这种理解的暂时性与局限性，才有可能灵活而不是僵化地理解文学规范，并不将某一种“文学”视为文学的全部，而可以勇敢地去开创新的文学道路。

在这方面，可以说是“一代有一代之文学”，《诗经》、楚辞、唐诗、宋词、明清小说，文学与历史的不断演进，在拓宽着我们对“文学”的理解，但又不仅仅如此，我觉得某些特殊的问题，也可以拓展我们对“文学”的认识，比如鲁迅先生晚年的杂文是否属于“文学”，是文学史上聚讼纷纭的一个话题，肯定者与否定者都有充分的理由，但是在我看来，更重要的问题却是，鲁迅先生为什么要创作“杂文”？他是为了要创作文学而写“杂文”的吗？显然并非如此，他是心中有所郁积才不得不写的，至于他写作的杂文是否“文学”，则并不是他所太关心的。而他的这种创造性表达，则将“杂文”这种体裁带入了“文学”之中。这只是一个例子，我认为，文学正是在不断突破成规的过程中，才不断发展与创新的，就像托尔斯泰的“心灵辩证法”和“对位式结构”突破了当时欧洲小说的流行方式一样，或者马尔克斯的“过去现在将来时”也打破了小说的写作方式，他甚至说自己在“发明文学”。但是另一方面，他们也并非为创新而创新，而是表达的需要让他们打破了叙事的成规，从而在艺术与形式上有了全新的创造。

所以在这里，我愿意强调“文学”与创作主体之间的密切联系，我认为，每一篇优秀的作品都是有生命的，它的生命来源于创作者生命的对象化，其中包含着创作者的思想、性格、情感，也包含着创作者的呼吸、体温与气息，在那些独特的语言、语调以及叙述方式中，我们可以读到创作者的生命密码，我想这也可以解释，为什么优秀的作品即使在千百年后，仍是那么生机勃勃，仍可以与读者息息相通，比如我们读《诗经》或唐诗宋词，或者古希腊悲剧和莎士比亚与歌德，总是能够为之感动，我想这并不仅仅是因为我们在读“文学”，也是因为我们在阅读一种生命体验与情感经验，“昔我往矣，杨柳依依，今我来思，雨雪霏霏”，千载之下仍能令人动容，就在于它表达出了诗人对时光流逝、物是人非的深沉感喟，也表达出了人类共通的情感体验，而这引起了我们的共鸣。

但是在我们强调“文学”与创作者生命联系的时候，并不是要将这种联系神秘化，我们知道，每个人的生命也都是具体环境的产物，是受制于泰纳所说的“种族、环境和时代”的，当然也受制于阶级、性别与国别，所以一个创作者的作品也只能是这样具体环境的产物，但是我们也可以看到，一个优秀的创作者往往能突破某些个人或时代的限制，深入到人类的集体无意识层面，在一种更深层次上表达出某个群体或人类共通的情感与生命体验。我想，那些经典作家与经典作品之所以能打动一代代读者，原因或许就在此。当然，从古至今，人类的情感与生命体验愈趋复杂，“文学”的形式也愈趋精致繁复，中国古代的诗歌，从四言到五言，到七言，从古体诗到律诗、绝句，不仅是文学形式的演进，其中所蕴含的情感与经验也更加丰富复杂，西方小说的发展也同样如此，从最初的罗曼司，到浪漫主义，到现实主义，再到现代主义与后现代主义，也是一个愈趋复杂的过程，而这也是人类情感与生命体验愈趋复杂的一种映射。

当我们强调“文学”与创作者生命的内在联系，以及文学的演化的时候，主要是想对这样的文学创作现象提出批评：创作上的毫无个性，千篇一律，以及固守某种边界，将小说写得太像小说了，将诗歌写得太像诗歌了，以所谓“文体”的要求禁锢了创作者的个性及其创造力、想象力。我们可以看到，每个历史时期都有主流的文体及其内在规范，它们形成了一套美学标准与秩序，如果说这种文体及其美学在最初形成时，是具有革命性与冲击力的，可以充分表达当时人们的思想、情感与情绪，但是当这种美学成为一种统治性力量的时候，也便会对创作者的个性造成压抑与损害。在这样的情形下，一个创作者是按照个人真切的生命体验与情感体验去写作，还是按照既定的美学标准去写作，便成为一个不得不认真思考与选择的问题。按照既定的美学标准去写作，可以写得圆熟或光滑，但同时也失去了个性与独特性，成为某种标准化的“产品”，只是沿着既定的边界在划定的区域中腾挪，这样的作品虽然也会具有一定的艺术性，但在根本上却寄托于外在的标准，从而在不同程度上窒息了作品的生命力与创造力，因而只能日益枯槁。而只有按照个人真切的生命体验与情感体验去写作，才能使创作者生气勃勃，才能使作品元气淋漓，这样的作品或许并不“成熟”，但因其与创作者的生命体验密切相连，因而更能让我们看到其真切与珍贵的一面，或许我们可以说，这样的作品与这样的写作方式才是属于将来的，虽然从表面上看，它们不属于这个时代的主流作品，但是如果我们细心体察，正是在这样的作品中才隐藏着这个时代及其心灵的奥秘，也只有这样的作品，才有可能成为这个时代的经典。而在今天，我们可以看到，按照既定美学标准写作的作品是那么多，以小说而论，我们可以看到故事，看到人物，看到场景，唯独看不到作者的情感与态度，也看不到作者的思考，很多人只是满足于讲述一个跌宕起伏的故事，更多的人则连这一点也很难做到，他们在故事的讲述中迷失了自我，泯灭了一个创作者应该具有的主体性与独特性，因而只能追逐某种潮流，只能沦于千人一面的模糊形象。

其实，每个人的生命都是独特的，每个人的情感、态度、感触都是不同的，只要我们意识到这种不同，并以合适的艺术方式表达出来，就是独一无二、不可替代的，所以我现在宁愿看不像小说的小说，不像诗歌的诗歌，因为在既定的对小说与诗歌的理解模式之中，我们已经难以看到新鲜的经验与新鲜的感觉，而只有在那些突破既定模式的新的写作方式与新的艺术形式中，我们才能看到新的生活与审美经验，这些作品充分表达出了创作者的思想、情感与态度，也因其出自创作者在现实生活中的感触与感悟，因而也能唤起读者的共鸣与思考，我认为这样的创作方式与现实息息相通，并出之于创作者不得不发的创作冲动，才是最值得珍视的创作，也只有这样的创作方式才能突破既定美学标准的规范，给我们带来新的文学经验，开辟出新的文学道路，也只有这样的创作方式，才能与创作者的生命体验合而为一，才能写出创作者观察和理解的整个世界，包括意识以及潜意识、无意识等不同层面，也因此才能为读者呈现一个更加丰富、复杂而深邃的艺术世界。

在这里，我们可以鲁迅先生的《野草》为例，我们可以看到，《野草》并不是诗歌，也不是散文，也不是散文诗，它是那么独特的一种文体，但是这种文体的产生，正是鲁迅先生表达内心感受的过程中一种挣扎的凝固或定型化，他独特的思考与感受并不能以某种既定或现存的文体来表达，他的表达受到既定文体的束缚，若按照既定文体的固定规范，他那丰富而独特的生命体验便难以完整地表述出来，而既然要充分地表达，他就不能不寻求一种新的方式，于是他只能突围，只能挣扎，这就是我们所看到的《野草》，虽然我们不能以某种文体概括《野草》中的篇章，但是我们却能从中感受到鲁迅先生深邃、矛盾而痛苦的灵魂。同样，在这些篇章中，鲁迅先生所写的虽然只是“个人”的思想与感悟，但是透过他的描述，我们可以看到那个时代的面影，甚至也可以看到人类共通的精神体验，它并不因为写“个人”而渺小，却因为深邃、独特而丰富，反而能在更深层次上抵达一个开阔的世界。

不只《野草》如此，我们可以发现，每一部经典都是如此，每一部经典都是独一无二的，也是不可替代的，《罪与罚》不同于《安娜·卡列尼娜》，《神曲》不同于《浮士德》，《水浒传》也不同于《红楼梦》，它们既是创作者生命体验的结晶，也包含着丰富复杂的时代、环境、民族、阶级、性别等诸种因素，每一部都包含着对“文学”的新的理解，都可以让我们理解的“文学”更丰富。比如我们通常说《红楼梦》是一部小说，但是按照现在通行的小说标准，我们却无以解释《红楼梦》，因为它不仅有故事、人物、场景，而且包含着更为丰富的社会、心理、哲学等各方面的内容，在这个意义上，《红楼梦》是大于或者说超越了“小说”这一概念的。同样，《呼兰河传》《边城》等小说，也不是通常意义上的“小说”，我们可以说，这样的小说拓展了我们对“小说”的理解，拓展了“小说”的可能性，而只有从生命体验出发，不断拓展文学的边界，我们才能更真切地表达出我们切身的感受，以及我们对这个世界的观察与思考，也才能使“文学”更加丰富，更加多姿多彩。

重申“新文学”的理想

当前，文学的“边缘化”似乎已经成了一个被默认的事实，有的人为之愤愤不平，有的人认为这才是一种“正常”的状态。另一方面，在文学及文学研究界，对当代文学整体评价的争论此起彼伏，批评者认为其中大部分是“垃圾”，赞同者则认为当代文学“达到了前所未有的高度”，或者“处于最好的状态”。这样的争议在文学界引起了激烈的讨论，而在外部看来，则只不过增添了一些“话题”与热闹。

在我看来，上述争论的表面喧嚣，掩盖了一个重大而深刻的变化，即我们的文学正在经历一个新的转折，这一转折不仅是对20世纪80年代以来文学秩序的挑战，而且是对五四“新文学运动”所确立的基本的文学观念与文学体制的挑战，如果站在“新文学”的立场上来看，那么我们的文学正在经历一种前所未有的危机或者变化。

这也有必要让我们将五四以来“新文学”的不同流派、脉络、阶段视为一个整体，在一个更加开阔的视野中加以审视，从而在历史经验中探索文学的未来。具体说来，无论是“五四文学”“左翼文学”“解放区文学”“十七年文学”“‘文革’文学”“新时期文学”“后新时期文学”等不同的发展阶段，还是“‘为人生’的文学”“为艺术而艺术”“左翼文学”“自由主义文学”“民主主义文学”“工农兵文学”等不同的文学追求、主张和流派，都可以视为“新文学”的一部分，它们在整体上既区别于传统的中国文学，也不同于西方的现代文学，而是在中国创建民族国家的过程中所发展出来的“现代”的“中国文学”，是现代中国人探索、奋斗、挣扎的心灵史，而在今天，这样一种“新文学”却面临着整体性的危机。

我们知道，“新文学”是在对传统中国文学及通俗文学的批判中发展起来的，在这一过程中，不仅现代中国的文学语言从文言文转换为白话文，而且“文学”的观念也发生了极大的变化：“文学”不再是“著诸竹帛”的所有文字，也不再包括传统中国文学的某些文类（如碑、铭、赋、诔等），而是现代性的“小说、诗歌、散文、戏剧”的特指；同时，“文学”也被赋予了先锋性、精英性与公共性，而不仅仅是私人之间的酬唱，或仅仅是一种消遣或娱乐，而被视为一种精神或艺术上的事业。与此同时，也发展出了一种新的文学体制，如以作协、文学期刊和出版社为中心的文学生产——流通——接受机制，以大学中文系与研究所为核心的文学教育、研究、传播机构，以文学批评、文学史、文学理论为基础的文学知识再生产模式，等等。这些新的文学体制既是“新文学”发展的制度或机制保证，也与“新文学”一起，构成了现代民族国家及其公共空间的一部分，并在其构建与发展的过程中起到了不可替代的作用。

在今天，我们遇到的挑战，是文学的先锋性、精英性与公共性的丧失。这里的“先锋性”不是指20世纪80年代“先锋文学”对形式、语言与技巧的重视，或者对“现代”“后现代”思潮的模仿与追逐，而是指文学在整体社会生活及思想文化界中所处的位置，即在社会与思想的转折与变化之中，文学是否能够“得风气之先”，是否能够对当代生活做出独特而深刻的观察与描述，是否能够提出值得重视的思想或精神命题，是否具有想象未来的能力与前瞻性。我认为这是判断文学是否“先锋”的重要尺度，在这个意义上说，从五四一直到80年代，文学在整个社会与思想文化界一直处于“先锋”的位置，而从20世纪90年代之后，我们的文学逐渐丧失了这样的地位，在今天，文学界所讨论的基本问题，不仅落后于思想文化界，甚至落后于社会民众，很多人只满足于文学内部或小圈子的自我欣赏与满足，对中国乃至文学体制发生的巨大变化视而不见，其“边缘化”的命运也就不可避免了。

所谓“精英性”并不是指创作者的身份，而是指“新文学”本身的严肃性与“精英性”，即“新文学”不是像通俗文学一样，要去迎合读者的阅读趣味，而意在通过艺术所具有的魅力与感染力，改变或提升读者对人生与世界的认识，在意识领域中引发读者对自我、世界或艺术自身的思考，从而扩展、丰富个人的审美体验，同时对自身的现实与精神处境有一种新的体认。正是在这个意义上，文学才是一种精神或艺术上的事业，而不仅仅是一个故事或讲述故事的方法，文学才是一种“高级文化”，而不是一种消遣或游戏。

而“公共性”，则是指文学所可能产生影响的范围不限于私人领域，不是小圈子的互相欣赏，而是更为广泛的思想文化界及整个社会。这既是指“文学”的生产过程，不仅在于作家的私人“创作”，而且有赖于出版、印刷、发行、流通、阅读等不同环节，才能最终“完成”；也是指“文学”作为意识或象征领域的一个特殊部分，是不同身份、阶层、性别、种族、观点的声音相互交流、争夺与斗争的一个公共空间，这一空间的有效性不仅在于文学从业者是否具有自觉意识，也在于这种“公共性”范围的大小。在今天，文学读者数量的日益缩小已成为一种公认的事实，而且仍有进一步缩小的趋势。令人忧虑的是，“文学”已经很难成为公共话题，或者说很难产生公共影响，这可以说是“文学”丧失“公共性”的一种表现。

从五四到80年代的中国文学，尽管有可以鲜明区分的不同阶段，以及不同思想、政治、艺术派别的争论、批判甚至运动，但无论是“为艺术而艺术”“为人生”，或者“工农兵文学”，在将文学作为一种精神与艺术事业上，或者说在坚持文学的先锋性、精英性与公共性上，却是一致的。而这样的文学理想或文学观念，面临着巨大的危机，这可以说是我们这个时代文学所面临的最大挑战。

在今天，当“文学”日益通俗化、娱乐化的同时，我们有必要重建文学的先锋性、精英性与公共性，我们必须重申“新文学”的理想。

重建文学批评的“中国视野”

所谓“中国视野”，既应该包括当代中国的现实，也应该包括传统中国文化与近代以来的中国历史，我们应该在这三个维度上重建文学批评的中国视野。中国视野是与世界视野相对的，当我们强调重建文学批评的中国视野时，并非是要摒弃世界视野，而是要在充分具备世界视野的新情势下，重建中国文学与文学批评的主体性。

当我们谈论重建文学批评的“中国视野”时，主要是想在以下层面对中国文学的未来发展做出新的思考：（1）五四以来的中国“新文学”，是在学习与借鉴西方现代文学的基础上发展起来的，甚至被认为是“世界文学的一支新拓的支流”，在今天，我们应该如何重新思考民族性与现代性的关系？（2）20世纪80年代以来，中国文学重新“走向世界”，模仿与借鉴西方现代派文学蔚成风气，影响至今，而在今天，我们应该如何重新认识中国文学与世界文学的关系？（3）新世纪以来，伴随着中国在世界格局中位置的不断提升，中国文学与中国作家在文化上更加自信，不少作家开始重新借鉴传统中国的思想与艺术资源，那么在今天，我们该如何重新认识传统中国文化，如何重新认识近代以来的中国历史，如何重新认识当代中国的现实？

五四以来的中国“新文学”，致力于创建一种中国现代文学——即一种既“现代”又“中国”的文学，与古典文学的不同在于，它是“现代”的，是用现代汉语描述现代中国人经验与心灵的文学，而与西方文学的不同在于，它又是“中国”的，是用中国人的语言描述中国人生活与情感的文学，在不到一百年的时间里，中国的“新文学”取得了重要成就，不仅出现了鲁迅等文学大师，而且在与人民生活的血肉联系中，在20世纪中国人的苦难与奋斗中，发挥了独特而重要的作用。可以说相对于古典文学，“新文学”是一种活的中国文学，相对于西方文学，我们在中国“新文学”中，可以看到中国人的生活与心灵史，可以看到中国人的欢笑、泪水与悲伤。可以说，“新文学”在今天已成为了中国文学的重要传统，当代中国文学的发展应该也必须沿着“新文学”开辟的道路前进，在与人民、与生活的血肉联系中，描绘新的中国经验，讲述新的中国故事。

20世纪80年代以来，“走向世界”成为文学界最为引人注目的倾向之一，但在我们今天看来，这一倾向也存在不少值得思考的问题。首先，中国本来就在“世界”之中，所谓“走向世界”却先在地将中国排除在了“世界”之外，尽管这只是一种抽象的表达，但在理论与语言层面却都难以自圆其说。其次，所谓“走向世界”，走向的“世界”是有特指的，主要是指西方发达资本主义国家，而不是“全世界”，在这个“世界”中，不包括印度、伊朗等亚洲国家，也不包括非洲和拉美国家，更不包括今天“一带一路”沿线的国家。在我们今天看来，20世纪80年代的世界图景只是特定年代的一种“想象”，我们今天应该打破这样的思维框架，重建一种新的世界图景，只有在这种新的世界图景中，我们才能更清醒地认识中国，也才能更清醒地重建“中国视野”。

值得一提的是，类似“走向世界”这样的20世纪80年代的文学观念还有很多，比如“三个崛起”，比如“论文学的主体性”，比如“论文学的向内转”，比如“怎么写”与“写什么”，等等。应该说，这些观念在特定时期有一定的历史合理性，但时过境迁，这些理论命题的现实针对性已经消失，我们应该对其重新审视与评价。可以说这些观念形成了20世纪80年代的审美规范，至今仍影响着我们文学评价的标准，甚至潜入到我们的无意识之中，形成了一种西方化、精英化、现代主义式的审美原则，这是一种从外部视角评价中国文学的“标准”，也是一种以特定的文学观念审视丰富的中国经验的“原则”。今天我们重建文学批评的“中国视野”，重建中国文学的主体性，应该将这些观念“历史化”，在一个更高的层面对之做出反思，为中国文学开辟更加开阔的道路。

新世纪以来，中国作家更多地借鉴传统中国的思想与艺术资源，相对于20世纪80年代我们对西方文学的学习与模仿，可以说这一“转向”，既显示了中国作家的文化自信，也显示了我们民族认同感的增强。但是另一方面，我们也应该认识到，生活是文艺创作的唯一源泉，对于文化与传统，无论是西方的，还是中国的，我们只能学习与借鉴，而不能简单地模仿，我们应该以当代的生命体验去激活传统，让传统真正地活在当下，活在我们的生命中，而不是单纯地摹写。换句话说，我们不需要写得像《红楼梦》，而需要像《红楼梦》那样凝聚中国人的经验与情感，正如我们不需要写得像《百年孤独》，而需要像《百年孤独》那样深刻摹写一个民族的心灵史。新经典的创造，必定来自于对当代生活的深刻体悟与理解，以及艺术上的融汇创新。在这个意义上，重建文学批评的“中国视野”，不仅仅是更多地借鉴传统中国的思想与艺术资源，更重要的或许是如何更深刻地理解当代中国的现实，如何更深刻地理解近代以来的中国历史，只有我们以鲜活的生命体验激活传统，才能让传统活在我们的生活中，才能在新视野中创造出活的中国文学。

青年批评家面临的时代问题

新一代评论家面临的问题，不仅仅是对文艺作品做出具体的分析与评判，还有更多深层次的问题，这主要包括：我们为什么要评论，在什么样的环境中评论，评论能够起到什么样的作用等一系列的问题。这些问题的提出，既是时代语境变化的结果，也可以让我们更深入地面对批评本身运营的机制及其所遭遇的问题。如果我们不能对这些最具根本性的问题做出让自己信服的回答，批评自身的发展便会缺乏内在的动力，缺乏生机与活力，也无法负担起时代所赋予批评的使命。新一代评论家只有将这些问题纳入自己的问题意识之中，并加以探索，才能在文学史上留下足迹。

回顾五四以来的文艺批评发展史，我们可以看到，批评最重要的一个转变即是公共空间的开拓，在五四之前，以评点、诗话为代表的传统中国文艺批评，更注重对文艺作品的鉴赏品评，更多的是三五好友“奇书共欣赏，疑义相与析”。但五四以来，文艺批评的社会职能与面对的对象发生了重要的变化，伴随着现代报纸刊物等新兴媒介的发展，批评成了一个公共事物，不再面向私人，而是面向社会公众，批评本身也成为一个公共空间，任何读者，只要有兴趣与能力，都可以进入这个空间，这个空间也是开放的，任何人都可以阅读，既向作家与知识界敞开，也向社会公众敞开。应该说公共空间的开拓，并不是一件容易的事，这既是五四知识分子社会与文学整体理想的一部分，也是其重要载体。20世纪中国的“新文学”，正是在这样的公共空间中传播发展，并在历史中占据了重要位置。但我们今天所面临的问题，则是这一公共空间的萎缩。萎缩的原因有很多，其中最重要的就是文学在文化与社会整体领域位置的变迁，以及文学观念的变化。在一个泛娱乐化与消费主义的文化环境中，文学的消遣娱乐功能得到突显，而其认识启迪功能则大为弱化，文学尚且如此，批评的位置便显得更加尴尬。在这样的情境下，严肃的讨论与争鸣很难引起社会公众的关注，也很难发挥其社会功用，我们为什么要评论、评论能够起到什么样的作用等问题便突显出来。当然在这里，也存在批评自身的问题。20世纪90年代以来，伴随着学院体制的建立及其规范化，文学批评也被纳入学科建设之中，更多地成为学术研究的一部分，而不再直接面对读者、公众与当代社会及其精神问题，更多地在理论层面展开论述，而较少涉及当代的作家作品，文风也更加晦涩难懂，普通读者很难进入，这些都让文学批评从公共空间中退出，而成为一种专业领域的研究。

在这样的情境下，青年批评家要想在批评领域有所作为，不仅要对当代作家作品发声，而且要致力于重建文学批评的公共空间，让文学批评走出专业领域，在文学批评与当代社会之间建立起一种有机的连接。在这个意义上，我们有必要借鉴20世纪中国“新文学”的历史经验，研究文学批评的运行机制及其与社会发生联系的方式。在我看来，五四以后文学批评运行机制最重要的特征在于，文学批评构建了一个平台，在其中提出并讨论重要的文学、思想与社会问题，而在不同派别之间的争鸣、讨论与商榷中，共同推动社会的整体进步。可以说这是一个更为开阔而又宏大的视野，文学批评所关注和评论的不只是文学，而是包括思想、艺术、社会等问题在内的一个时代的大问题。在这方面，我们只需看看鲁迅、陈独秀、胡适、茅盾、周作人等五四时代的批评家，他们虽然讨论文学问题，但文学问题只是他们整体问题意识的一部分，他们身处传统中国向现代中国的巨大转型中，以其思想的力量承担起知识分子的使命，为中国文学开拓出了新的境界与命运。值得关注的是，他们的思想、观念与态度并不相同，比如陈独秀谈的是“文学革命论”，胡适谈的是“文学改良刍议”，周作人谈的则是“人的文学”与“平民的文学”，但就整体而言，他们所谈论的问题却构成了一个整体的话语场，一个公共性的文化空间。他们以文学的方式提出了一个时代最为核心的精神命题，引领时代风气之先。不只是五四时期如此，可以说从五四一直到80年代，文学批评都走在时代最前沿，提出并回应时代提出的文学、思想与社会问题，在整个社会中也处于重要位置。

新世纪以来，文学批评最大的问题在于缺乏问题意识，缺少严肃的思想与艺术争鸣，我们并不缺乏对具体作品的评论，在这方面毋宁说是“过剩”的，但却大多是就文学谈文学，而缺少一种更加宏观的视野。对于新一代评论家来说，缺乏问题意识并不是没有问题，而是尚没有将个人所遇到的问题学术化与历史化，让之成为其文学批评的一部分，或者说不少人的问题意识仍然是来自师长一辈的问题意识，并未将新一代人的经验、情感与思考带入到研究之中，从而提出新一代人所面临的新问题。这可以说是新一代评论家所面临的瓶颈问题，而要解决这一问题，最重要的或许不仅仅是读书治学，而是从学院中走出来，对当代中国的社会生活有更多的观察与思考，同时将个人体验与时代经验“相对化”“历史化”，将之融入文学批评之中，只有这样，才能让文学批评充满生机与活力。我们为什么要评论？我们的评论应该是有感而发，而在有感而发的背后，则是我们对当代中国社会的观察与思考，以及我们的文学理想，在这个意义上，文学批评所面对的对象不只是作品，也是整个世界，或者说评论家是带着对整个世界的理解进入作品的，只有这样的批评才是及物的，也才能不断为我们带来新的美学经验。

青年批评家面临的时代问题，不仅仅是文艺批评及其语境的变化问题，或许更加重要的是，如何承担起时代所赋予文学批评的使命，或者说如何以文学批评的方式介入当代文学与当代中国的变革之中。在当代文艺的整体格局中，文学处于边缘化的位置，而在文学的整体格局中，严肃的文学创作又处于边缘化的位置。新一代评论家应该有勇气、有胆识、有能力打破这一格局，让文学成为时代精神命题的参与者，让文学成为人们精神生活的重要形式之一。当代中国处于巨大的转型之中，我们面临着前所未有的机遇与挑战。近代以来，中国遭遇了空前的民族与社会危机，只是在新中国成立以后，中国人才站了起来，只是在改革开放以后，中国人才走上了富强之路，我们现在所身处的时代，正是无数仁人志士为之奋斗的梦想，我们应该继承他们的志向。

在新时代如何“为人民”写作

2014年10月15日，习近平总书记在北京主持召开文艺工作座谈会，并做了重要讲话。这可以说是党中央所做的一项重要文化战略部署，不仅体现了我们党在新世纪新阶段对历史经验的继承与发展，也体现了我们党面对复杂国内外局势在理论上的高瞻远瞩，我们必须在战略的高度上理解与认识。习近平总书记的讲话在文艺界引起了热烈反响，目前文艺界正掀起一个学习习近平总书记讲话的高潮。要深刻理解习近平总书记的讲话精神，既要有理论视野与历史的眼光，又要对当前文艺界的核心问题有着清醒的认识。在我看来，习近平总书记讲话中最核心的命题是——在新时代如何“为人民”写作。我们必须辩证地理解习近平总书记讲话的不同层面，并在其内在联系中把握其精神与精髓，只有这样，才能更好地推进文艺的发展与繁荣。

1. “为人民”写作与市场经济

“为人民”写作，是我们党一以贯之的文艺思想与文艺政策。在延安时代，毛泽东《在延安文艺座谈会上的讲话》最早提出了文艺“为群众”以及“如何为群众”的问题；在改革开放初期，邓小平在《在全国文学艺术工作者第四次代表大会上的祝词》中提出文艺“为人民服务，为社会主义服务”的方向。习近平总书记在讲话中提出“以人民为中心的创作导向”，既与我们党的历史经验一脉相承，又面对着一个新的语境，那就是市场经济的环境。在市场经济中如何为人民写作，这是我们在历史上没有面对过的新问题。如果说毛泽东的《讲话》是在抗战时期复杂的环境中提出了中国文艺的新方向，邓小平的《祝词》是在改革开放初期百废待兴之时吹响了文艺的号角，习近平总书记的讲话则是在我国建立了社会主义市场经济，中华民族走向伟大民族复兴之时提出的文艺发展的新方向。

习近平总书记在讲话中鲜明地指出，“文艺不要做市场的奴隶”，这句话在文艺界广为流传，很是鼓舞人心。但是我们如果更进一步思考便可以发现，习近平总书记说的是“不要做市场的奴隶”，而不是“不要市场”。应该承认，市场经济有其内在规律，文艺作为产品也具有商品的属性，也要在市场上流通，在这个意义上，通俗作品有其存在的价值，但另一方面，文艺也具有精神性，具有表达与塑造人们情感与内心世界的重要作用。现在的问题在于，市场的力量过于强大，市场经济的规则破坏了文艺界内部的生态，人们往往忽视了文艺的精神性，在这种境况下，“不要做市场的奴隶”的提出具有现实的针对性。但是，如何才能不做市场的奴隶？除了提倡提高作家艺术家的个人修为之外，我们还需要营造一个良好的文艺生态，构建一种超越于市场之上的文艺评价体系，而这样一种文艺评价体系，便是“以人民为中心的创作导向”。只有建立起这样的评价体系，在市场的规则之外，我们才能对作家艺术家做出公正的评价。

在这里，我们可以看到，“以人民为中心的创作导向”与“不要做市场的奴隶”是相通的，是辩证统一的。“以人民为中心的创作导向”并不是不要市场，而是要以一种“主人”的姿态——具有独特的思想与艺术品格——去进入市场，而不是以“奴隶”的心态去迎合市场。只有在这个意义上，我们才能更深刻地理解习近平总书记所讲的，“优秀的文艺作品，最好是既能在思想上、艺术上取得成功，又能在市场上受到欢迎”。这对于作家艺术家来说，是一个新的更高的要求。

2. “为人民”写作与通俗文艺

在市场经济时代，通俗文艺往往更能吸引人们，但如果一切向钱看，那么通俗作品则会走向低俗，习近平总书记在讲话中指出，“低俗不是通俗，欲望不代表希望，单纯感官娱乐不等于精神快乐”。在这里，习近平总书记并没有否定通俗，而只是批评了其低俗化的倾向。不可否认，在人们中间也存在低俗、欲望与单纯感官娱乐的需求，这也是低俗作品存在并受到欢迎的原因。那么，我们该如何理解“以人民为中心的创作导向”与通俗、低俗作品的关系呢？

在我看来，低俗作品只是简单地迎合了人们的欲望与感官娱乐，而“以人民为中心的创作导向”不是要迎合，而是要转换与升华，既承认其存在，又将其导向一个更高的思想与艺术境界，从而在根本上代表人民的利益，表达人民的愿望。在这个意义上，低俗作品只是满足了人们低级的趣味与欲望，而“以人民为中心的创作导向”则超越了这个层次，以更高的思想艺术水准提升人们的审美趣味。

“以人民为中心的创作导向”既可以是通俗作品，也可以是更加高级、严肃的文艺。“普及与提高”是毛泽东《在延安文艺座谈会上的讲话》所提到的经典命题，现在虽然时代不同了，我国人民的文化水准大大提高，但这样的区分依然有效，通俗作品与严肃文艺可以满足不同读者的需求层次。另一方面，正如习近平总书记指出的，“随着人民生活水平不断提高，人民对包括文艺作品在内的文化产品的质量、品位、风格等的要求也更高了。文学、戏剧、电影、电视、音乐、舞蹈、美术、摄影、书法、曲艺、杂技以及民间文艺、群众文艺等各领域都要跟上时代发展、把握人民需求，以充沛的激情、生动的笔触、优美的旋律、感人的形象创作生产出人民喜闻乐见的优秀作品，让人民精神文化生活不断迈上新台阶”。我们可以看到，在新的历史时期，“普及”与“提高”、通俗作品与严肃文艺既是相对的，又是统一的，它们统一于“让人民精神文化生活不断迈上新台阶”。

3. “为人民”写作与主体性问题

在习近平总书记的讲话中，“以人民为中心的创作导向”是一个中心，他指出，“人民是文艺创作的源头活水，一旦离开人民，文艺就会变成无根的浮萍、无病的呻吟、无魂的躯壳。能不能搞出优秀作品，最根本的决定于是否能为人民抒写、为人民抒情、为人民抒怀。要虚心向人民学习、向生活学习，从人民的伟大实践和丰富多彩的生活中汲取营养，不断进行生活和艺术的积累，不断进行美的发现和美的创造”。但是另一方面，习近平总书记又指出，“文艺工作者应该牢记，创作是自己的中心任务，作品是自己的立身之本”。那么，对于文艺界来说，值得思考的问题是，在“为人民”与写作之间是什么关系，作家艺术家的主体性体现在哪里。

在我看来，这是一组辩证统一的关系，作家艺术家的主体性体现在“写什么”和“怎么写”“写得怎么样”等问题上，也正是在这些问题上，我们应该铭记，“创作是自己的中心任务，作品是自己的立身之本”，不断地精益求精，力争写出思想艺术性较高的作品。但是在这些问题之外，写作与创作还面临着更具根本性的问题，那就是“为什么写”“为什么人写”的问题，这是每一个写作者迟早都会面对与思考的问题，对这些问题的回答不仅是写作的内在动力，也决定着一个写作者可能达到的高度、深度与广度。可以说习近平总书记提出的“以人民为中心的创作导向”，便是对这些问题的回答，一个写作者只有脚踏大地，与人民血脉相通，才有可能写出为人民所喜爱的作品。在这个意义上，“为人民”写作与作家艺术家的主体性是并不矛盾的，是辩证统一的。

如果历史地看，“创作是自己的中心任务，作品是自己的立身之本”是一个崭新的提法，在这里，我们可以看到，我们党对作家艺术家主体性与创造力的充分尊重，这也是我们文艺事业发展繁荣的基础。但是另一方面，习近平总书记也对文艺提出了更高的要求，他指出，“文艺是铸造灵魂的工程，文艺工作者是灵魂的工程师。好的文艺作品就应该像蓝天上的阳光、春季里的清风一样，能够启迪思想、温润心灵、陶冶人生，能够扫除颓废萎靡之风”。对于作家艺术家来说，“灵魂的工程师”是一项严肃的工作，也是一种精神与艺术上的事业，这与作家艺术家的主体性并不矛盾，而是辩证统一的。

我们正置身于一个大变革的时代，置身于中华民族伟大复兴的过程中，时代与人民需要优秀的文艺作品，我们也应该创作出无愧于时代与人民的优秀作品，习近平总书记在文艺工作座谈会上的讲话，为文艺界吹来了一股清风，也必将会带来一个文艺的春天。

“为谁写作”：命题的提出

“为谁写作”这一问题看似平常，其实却并不寻常。我们以为这一命题平常，是因为我们置身于“人民文学”传统的影响之中，这一问题是“人民文学”的核心问题之一。但是，由于“人民文学”在20世纪50—70年代的实践中出现了“左”的偏向，一般读者与研究者会认为“为群众”写作的方向是一种并不成功的探索，或者说是一个不再值得关注的问题。但问题的复杂性在于，当我们置身于一个新的语境中，或者从更宽广的视野来看，会发现一些似乎过时的命题又重新焕发出了新的生命力，“为谁写作”的问题也是如此。

20世纪80年代，当我们的文学界批评20世纪50—70年代的“工农兵文学”及其造成的公式化、概念化时，具有一定的历史合理性，但是20世纪80年代之后的文学，并非就不存在“为谁写作”的问题。20世纪80年代所提倡的“新的美学原则”，以现在的眼光来看，是一种精英的、现代主义的、面向海外的审美标准，这种审美标准表面上以文学性或文学的现代化为原则或规范，但其“为谁写作”的指向也是清晰的，那就是“为精英”

写作，而排斥大众的审美趣味与标准——当然提倡者并不会这么说，但事实上20世纪80年代以来我们的文学经历了一个由“大众”向“精英”的转向。我们当前文学所存在的一些弊端——读者减少，趣味保守，技术崇拜，等等，大都与此相关，因而我们有必要在新的语境中重新思考“为谁写作”的问题。

在20世纪80年代的审美规范中，“为谁写作”并不重要，当时更引人关注的问题是“写什么”和“怎么写”这个命题，在当时的语境中，这一命题的提出本身就具有倾向性——即相对于“写什么”，“怎么写”是更加重要，也更值得关注的问题。我们不在这里展开对这一对命题的分析，只是想指出，无论是“写什么”，还是“怎么写”，都是写作进入构思阶段时期的问题，并没有解决作家写作上第一推动力的问题——即为什么写作的问题。一个作家可以懵懂地开始写作，但在他的创作与成长过程中，迟早总要面临为什么写作这一问题，这也是决定一个作家能否持久写作的一个重要因素。对于为什么写作的问题，20世纪80年代成名的作家有不同的回答，有的说是要出人头地，有的说是要改变命运，有的说是要展现个人的才华，还有的说是为了让朋友们更加喜欢自己——当然其中也不乏开玩笑的因素，但是我们分析各种回答，可以看到，作家除了“个人”的因素之外，并没有在根本上解决为什么写作的问题，而他们所说的“个人”因素也并不是可以持久写作的稳定动力，比如当改变命运、出人头地之后，当个人才华充分展现之后，写作的意义又何在？

在这里，我们可以看到个人主义写作的局限，也正是在这里，“为谁写作”这一命题的重要性得以突显出来。“为谁写作”这一命题内在地包含着一个客体、一个对象，或者说一个读者群体，它在召唤着一个“文学的共同体”，一个作家经由作品抵达读者的途径，一个文学生产——传播——接受的完整过程。在这个过程中，作家的写作并不是一个孤立的行为，写作的意义生成于读者的阅读、交流、讨论与争鸣之中。在这里，作家也并不是为了个人而写作，他以写作的方式融入了一个群体之中，并以其写作呈现出了这一群体的意识、潜意识乃至无意识。在这个意义上，我们可以说，“为谁写作”这一命题并非陈旧的话题，而可以说是一种较为理想的写作状态的一个组成部分，事实上不少宣称并不“为谁写作”的作家，只是在无意识地为某个群体写作而并不自觉，或者策略性地故意掩饰为某个群体写作的痕迹，即如20世纪80年代精英的、现代主义的、面向海外的“新的美学原则”，虽然没有明确，但事实上却将“大众”排除在外了。

当我们重新思考“为谁写作”这一命题时，离不开对“人民文学”传统的重新认识。事实上，1942年，毛泽东《在延安文艺座谈会上的讲话》中，指出文艺的中心问题是“为群众”以及“如何为群众”的问题，这可以说是文艺理论史上第一次系统地论述“为谁写作”这一命题，这比德国美学家H.R.姚斯和W.伊泽尔1967年提出“接受美学”要早二十多年。更加重要的是，在中国文学发展史上，“为群众”以及“如何为群众”这一问题的提出与阐释，是20世纪20—30年代左翼文学“大众化问题”讨论基础上的一个系统总结，也是“左翼文学”在进入解放区之后的一个必然转折。由于毛泽东及《讲话》的特殊地位，这也决定了解放区文学、“人民文学”以及中国文学的基本走向与面貌。

在今天，由于20世纪50—70年代文学“左”的偏向及20世纪80年代的反思，“为群众”以及“如何为群众”的命题很容易受到一般研究者的冷落与忽视。但在我们看来，这一命题不仅在历史与理论上具有重要作用，在现实中也具有针对性与启发性。

在20世纪20—30年代，左翼文艺思潮风起云涌，不仅在中国，在欧洲，在美国，在日本，左翼文艺及相关讨论都占据了文艺界的主流，但随着世界形势的转变，欧美与日本的左翼文化运动都流于失败，只能转入地下或者大学校园。到现在，左翼文化在欧美与日本的大学校园中仍占据着学术界的主流，但是我们可以看到，西方与日本的左翼文化面临着巨大的问题，一是他们的理论与实践是隔膜的，无法建立有效的连接，二是他们的著作艰深晦涩，无法为普通读者所掌握。这两个问题互为因果，而其根本原因就在于，西方与日本的左翼文化只有失败的经验，而没有胜利的经验。恰恰在这一点上，中国的左翼文学可以提供不同的经验，20世纪40年代，中国的左翼知识分子从大都市走向解放区，从“亭子间”走向田间地头与战场，从而开创了左翼文学的新阶段。我们可以想象一下，也只有在解放区，在胜利经验的基础上，才有可能提出“为群众”与“如何为群众”的问题，才有可能提出普及与提高的问题，以及知识分子转变立场等问题。也正是这些问题的提出，中国文学才能走向民族化与大众化的新方向，才能创造出中国作风与中国气派。我们当然应该反思20世纪50—70年代文学“左”的倾向，但在今天，我们更应该重新认识“为群众”这一命题的历史价值与世界意义。

在理论上，“为群众”以及“如何为群众”构成了一个完整的体系，《讲话》中围绕这一核心命题展开了系统论述。在我们今天看来，《讲话》受到具体时空的限制当然有其局限，“有经有权”，但对我们来说，至少它思考问题的方式可以给我们以启发，即它并不是孤立地看待文学与作家的写作，而是将文学作为一个更大事业的一部分，在这个事业中，文学可以自己独特的方式参与进去，想象并创造一种新的未来。

当然这里也有一个前提，那就是应该将文学视为一种事业——一种精神或艺术上的事业，而不是单纯的消遣与娱乐，只有在这样的意义上，对于一个严肃作家来说，写作才是一件值得投入精力乃至生命的事情，“为谁写作”等命题才具有意义。而在我们这个时代，“文学”的观念恰恰处于剧烈的变化之中，更多的人将文学视为消遣娱乐而不是一种事业，“为金钱写作”“为粉丝写作”等，占据了畅销书、类型文学、网络文学的绝大部分，很多写作者并不思考“为什么写作”“为谁写作”等问题，而是被消费主义与“娱乐至死”的逻辑所控制，一味迎合市场与读者，在“作家—粉丝”的结构中，背后是金钱与消费主义的逻辑。在这样的语境中，当我们重新思考“为谁写作”这一命题时，便面临着新的问题，也尤其需要我们摆脱消费主义的逻辑，将文学视为一种真正的事业。如果我们梳理一下当代文学的发展，便可以发现一个“为大众写作”到“为精英写作”，再到“为粉丝写作”的脉络，当今日的文学深陷消费主义的逻辑时，重新回到“为谁写作”这一命题的源头，重新思考“为大众写作”，或许会为当代文学的发展带来启发和一种超越性的力量。

第二辑

现实主义

重申“清醒的现实主义”

在当今中国文学界，谈论现实主义是困难的。现实主义作为一种创作方法本无可厚非，但在20世纪80年代以来的审美视野中，“现实主义”却成为一种落后保守的象征，在技术层面上，现实主义被视为“浪漫主义——现实主义——现代主义——后现代主义”进化链条中的一个环节，相对于现代主义是“落后”的，这样一种规范可以说是一种美学无意识。但在我们今天看来，所谓“进化”也只是一种虚幻的建构，真正决定一部作品价值的并不是其创作方法，而是它在开掘人类经验与心灵上所达到的深度、广度与高度。在这个意义上，现实主义并没有过时，仍然是一种重要的创作方法。而在我看来，当今中国最缺乏的就是清醒的现实主义，最需要的也是清醒的现实主义。

在前人的论述中，“清醒的现实主义”并非是一个固定的词汇，而是一个词组，“清醒”是对现实主义的一种修饰。瞿秋白在《鲁迅杂感选集序言》里论及鲁迅精神时，指出其第一个特点就是“最清醒的现实主义”。王瑶在《鲁迅思想的一个重要特点——清醒的现实主义》中也指出，“无论是鲁迅自已，还是他的战友，都一致地认为，清醒的现实主义是鲁迅思想的一个重要的基本特点。”他们并没有解释何为清醒的现实主义，但从他们的论述中我们可以看到，“清醒的现实主义”主要是指“主体”面对世界时的一种理性态度，涉及“主体”如何处理经验、知识、理论等问题。在这里，我更愿意将“清醒的现实主义”作为一个专门术语，希望以此为我们的文学开拓出新的空间。

重新讨论清醒的现实主义，我们需要讨论现实主义与现实的关系，清醒的现实主义与其他现实主义流派的关系。

现实主义要面对现实，面对生活，面对经验，但并不是简单地“反映”现实，而是在面对现实的过程中融入了作家的观察、思考与世界观。在这个意义上，现实主义并不是现实生活的“翻版”，在现实主义作品的背后有着作家主体的思想、个性、风格，以及独特的生活体验与艺术的取景框。同样的现实，在不同作家那里会呈现出不同的色彩，每个作家对现实的理解不一样，表现的方式不同，所写出的作品自然也不同。譬如同样是现实主义，狄更斯不同于巴尔扎克，巴尔扎克也不同于托尔斯泰，他们每个人的作品中不仅反映了生活，也融合了他们的思想、情感与生活态度。在这个意义上，“千篇一律”的现实主义并不是真正的现实主义，真正的现实主义来自作家的独特观察与思考，是一种新的创造。

讨论现实与现实主义，我们离不开“生活”与“经验”这两个术语。如果我们梳理从“十七年”到20世纪90年代，对“生活”的理解有不少变化。“十七年”对“生活”的理解是以政治为中心的生活；20世纪80年代理解的生活是“公共生活”——包括政治的因素，也包括社会其他领域；20世纪90年代开始讨论“日常生活”，这是当时理论界与文学界热门的关键词；而到了20世纪90年代后期，则主要讨论“私人生活”，这也开启了欲望写作等潮流。我们可以看到，虽然谈的都是“生活”，但不同时期对“生活”侧重点的理解并不一样。而从“政治生活”走向“私人生活”，可以说我们从一个极端走向了另一个极端，“生活”本身的丰富性受到了极大的限制。在今天，我们有必要反思“日常生活”“私人生活”的局限性，重建对公共生活的新的理解。“经验”也是如此，当我们强调经验尤其是自我经验时，在针对理论的统一性时具有其合理性，但并没有真正解决自我与他者的关系，以及直接经验与间接经验、个人体验与时代经验的关系，而在我们这个时代，文学的弊病主要就在囿于个人经验，无法感知他人的痛苦。当我们重新讨论现实主义时，从“私人生活”“自我经验”出发，走向更开阔的世界，应该是一个起点。

在20世纪中国文学史上，现实主义影响深远，也有不少艺术流派。批判现实主义、社会主义现实主义、荒诞现实主义、新写实主义、现实主义冲击波等，都在不同的历史时期留下了深刻的印痕，也有作家提出了“神实主义”、对现实要“正面强攻”等创作理想，但在我看来，在当前的中国文学界，最需要的就是“清醒的现实主义”，对于现实，我们需要的并不是先在的“批判”或“荒诞”的认识态度，也不是某种单一的理念或方法，而是要以一种清醒、理性、冷静的态度，对当代中国的现实做出自己的观察与思考。应该说，当代中国的现实是复杂的，很难用一种理论解释清楚。从大的方面来说，我们处于近代以来中国史的转折点上，也处在五百年资本主义发展史的转折点上，十三亿中国人的社会主义现代化可以说是人类文明史上前所未有的事件，我们需要拥有新的视野与新的知识；从小的方面来说，改革开放三十多年来，置身其中的我们每一个人，在物质与精神层面都发生了巨大的变化，我们需要将个人的生命体验陌生化、相对化、问题化——认识到我们的“现状”并不是自然而然的，也不是从来如此的；认识到在“我”之外，还有另外的阶层，另外的人生，以及另外的世界。只有这样，我们才能更深刻地理解“自我”及其变化，也才能更深刻地理解中国与世界。

“清醒的现实主义”是一种态度，也是一种方法。面对复杂的世界或未知的因素，重要的不是急于表明态度，而是要以清醒的态度去探索，去思考，去把握；重要的也不是以个人的主观想象将复杂的世界简单化，而是在充分认识到世界的复杂性之后，以新的方式为之赋形。“清醒的现实主义”对作家提出了更高的要求，一个作家能否突破自己的经验，能否突破自己的立场，能否突破自己的知识？这是一个难题，也是一个考验。作家当然要从个人的经验与知识出发写作，所谓“突破”，不是要抛弃，而是要对个人经验、知识的有限性与有效性保持一种清醒的认识，在新的现实面前做出反思与调整，而不是固守僵化的“自我”与陈旧的认识。这是一个痛苦的过程，也是一个新生的过程。

正是以“清醒的现实主义”面对世界，面对自我，才有鲁迅文学的诞生。也正是为此，列宁才说托尔斯泰是“俄国革命的一面镜子”，恩格斯才说巴尔扎克“汇集了法国社会的全部历史，我从这里，甚至在经济细节方面所学到的东西，也要比从当时所有职业的历史学家、经济学家和统计学家那里学到的全部东西还要多”，现实主义的伟大胜利，在于作家对现实的观察与描写，超越了个人经验、知识与立场的局限，将一个复杂的世界呈现了出来。在21世纪的今天，面对一个更加丰富复杂的世界，我们尤其需要“清醒的现实主义”。

现实主义：越来越广阔的道路

改革开放以来中国经验的丰富性，在中国历史上是前所未有的，在世界历史上也是极为罕见的，这对作家来说既是巨大的机遇，也是巨大的挑战。我们置身于这一进程之中，对之往往习焉不察，但如果在一个更大的视野中来考察，我们就会发现，我们的生活并不是自然而然的，也不是从来如此的，我们的生活与民族国家的命运紧紧联系在一起，也在随着民族国家的变化而发生变化。对于一个作家来说，如何将个人体验与时代经验“历史化”“相对化”“艺术化”，在作品中凝聚当代中国人的经验与情感，是一个巨大的问题，这也决定了我们是否能够创造新的文学经典，能否攀上文艺的高峰。而要达到这一点，我们需要以现实主义的精神与方法，对当代中国人的生活与内心世界进行观察、思考与研究。

“现实主义”是一个丰富的理论体系，也有着曲折复杂的历史。今天我们谈论现实主义，既要面对理论与历史问题，也要面对现实问题。在历史上，19世纪的批判现实主义是现实主义的一座高峰，可以说20世纪欧美的现代主义和苏联、中国的“社会主义现实主义”，都是试图超越批判现实主义的努力，前者将探索的触角深入人类的精神与内心领域，后者则试图从建构而不是批判的角度，重建现实主义与生活的关系。“社会主义现实主义”理论由于教条化而出现了公式化、概念化，在具体实践中遭遇了挫折，无论是中国的“现实主义——广阔的道路”，还是西方的“无边的现实主义”，都试图在理论上对之做出纠正或扩展。在20世纪80年代，新的文艺思潮蜂拥而来，现实主义一度被视为落后、过时的创作方法，来自西方的现代主义催生了中国的“先锋文学”，成为当时占据主流的文艺潮流。但时过境迁，三十年后重新去看，我们可以发现，当时风光无限的先锋文学已经很少有人问津，而被视为“落后”的现实主义作品，却仍然能打动今日读者的心，《平凡的世界》就是其中的代表。这不仅可以让我们反思20世纪80年代以来的美学规范，也可以让我们看到现实主义的巨大生命力。在今天，我们可以更加清晰地认识到，现实主义是一条越来越广阔的道路。

事实上，20世纪90年代以来，中国文学的主潮已经发生了转变，不仅先锋文学作家转向了更加平实的写作，而且“新写实主义”“现实主义冲击波”“底层文学”“非虚构”等现实主义脉络不绝如缕，在文学界有着不可忽视的影响。但就现实情况而言，“现实主义”并未成为很多人的自觉追求，也没有汇成一股巨大的力量。其原因或许主要在于，“现实主义”在理论上尚未得到足够的重视与研究，在实践中则面临一系列新的问题。在我看来，这主要涉及我们如何重新理解真实性、思想性、文学性等现实主义的基本问题。

真实性是现实主义的内在追求，也是与经验、生活、现实等密切联系在一起的认识与感觉。通常人们会认为，我们每个人都有自己的生活与经验，都对现实有所感觉与思考，对真实性并不陌生，但其实并非如此，

“真实性”并不是轻易可以求得的，在我们这个时代尤其如此。比如经验，我们有个人经验与社会经验，有直接经验与间接经验，有现实经验与历史经验，当这些“经验”发生矛盾时，我们能否形成一个内在统一的经验系统，能否从中形成“真实性”？特别是在新媒体日益发达的今天，我们每个人都被各种信息包围，这些或真或假的信息构成了一种仿真的“景观”，笼罩在我们的日常生活之上，如果我们对之没有反思与反省，又哪里会有真实性可言？生活也是如此，当我们自以为了解生活时，可能了解的只是个人生活或私人生活，但是对他人的生活并不了解，尤其是对其他阶层、性别、种族的人，如果我们缺乏足够的耐心与理解能力，便只能陷入以自我为中心的傲慢与偏见之中，而不能对生活有一种整体性的认识。20世纪90年代以来，理论批评界更多地关注“日常生活”与“个人经验”，这固然也是一种真实，但这种真实却只是片面或局部的真实，并不能呈现中国社会的整体。新世纪以来，底层文学与非虚构写作的崛起，正是对这一弊端的纠正，创作者走出日常生活与个人经验，试图重建文学与世界的整体联系，在一个更大的视野中理解真实性，理解中国与世界。鲁迅先生说，“无穷的远方，无数的人们，都与我有关”。我们对真实性的理解，也应该建基在这样一个开阔的空间之上，在个人体验中写出时代经验，将个人故事与中国故事结合起来。

思想性是与真实性相关的，如果说真实性是呈现在取景框中的风景，那么思想性则是取景框，面对同一个世界，不同的取景框可以发现不同的风景，不同的思想则可以照出不同的现实。思想性的匮乏是当前现实主义面临的重要问题，不少作家满足于生活细节的捕捉与展示，但却不愿或没有能力对当代社会展示其思考，也有的作家热衷于描写感觉与情绪，但却不能将感性升华为理性或思想。在经典现实主义作家那里，我们可以发现，他们不仅描述了社会生活的方方面面，而且也在其中寄寓了他们的思想与理想及其对人类命运的思考。在19世纪批判现实主义的背后，是深刻的人道主义思潮，在20世纪社会主义现实主义的背后，则是社会主义的理论与实践。思想性产生于对当代社会重要问题的思考，以及对时代精神命题的回应，它为我们提供了观察社会的立场、观点与方法，也为我们提供了评判世界的价值标准与尺度。当然，文学中的思想性，并不仅仅是单纯地表现思想，而是以文学的独特方式提出问题，在对人物、事件、场景的深刻描述中自然而然地表达出自己的思考。相对于理论研究与社会科学，文学或许不能清晰地回答时代提出的问题，但文学的长处在于更贴近生动的经验，更贴近具体的社会与人生，更具有丰富性与多义性，其复杂微妙或许更能深入人性与社会的幽微之处。在我们这个时代，中国经验的复杂性，是理论研究难以解释概括的，而这正为文学提供了可以驰骋的天地。

文学性也与真实性相关，现实主义并非是将现实直接搬入作品中，而需要对现实进行剪裁、加工与提炼，以一种艺术的方式呈现出来，而文学性恰恰就贯穿在这一过程中，并最终凝结在作品里。当我们谈论文学性时，是在以一种隐含的标准判断什么是文学什么不是文学，或者什么是好的文学什么是不好的文学。值得注意的是，文学性并非是一成不变的，在文学史上我们可以看到，“文学性”与时代的变迁密切相关，唐诗宋词元曲，一时代有一时代之文学，一时代也有一时代之“文学性”。五四新文化运动以来更是如此，五四文学，左翼文学，解放区文学，“十七年”文学，“新时期”文学，不同时期文学的评价标准不同，对“文学性”的认定也不同，但其中也有一个规律，那就是文学在随时代而变化，文学革命就在于将此前不被视为“文学”的作品纳入文学的范畴之中，并加以丰富发展。这也告诉我们，我们不能用一种既定的“文学性”来评判一切作品，而应该对文学性持一种开放而宽容的态度。具体到文学性与真实性的关系，我们应该在真实性的基础上“生成”新的文学与新的文学性，而不是以既定的文学性来抹杀真实性的探索。明白了这一点，创作者可以更大胆地去贴近现实，贴近生活，只要他们的作品凝聚了当代中国人的生活与情感，即使一时不被认可，但也必将留下开拓者的足迹。

“人事有代谢，往来成古今。江山留胜迹，我辈复登临。”文学史上的现实主义大师留下了他们的经典作品，新一代中国作家已经登场了。在这个充满丰富性与可能性的时代，我们该如何书写中国经验，如何讲述中国故事？现实主义是一条越来越广阔的道路，为我们提供了无限的可能性，但也对我们提出了更高的要求，我们只有置身于时代生活的洪流中，在思想与文学的碰撞中，将真实性作为内在追求，才有可能将挑战转化为机遇，创作出无愧于我们这个时代的大作品。

重新审视当代中国文学的评价体系

——以《平凡的世界》为中心

电视剧《平凡的世界》热播，又引起了关于路遥和现实主义的广泛讨论。路遥的长篇小说《平凡的世界》在1988年完成，但这部现实主义鸿篇巨制在当时并没有得到文学界的足够重视，在文艺思潮风云变幻的20世纪80年代，现代主义、先锋派等文艺思潮风头正劲，逐渐形成了一种新的审美规范，在这一审美规范的视野中，“现实主义”是一种陈旧、落后、保守的写作方式，而只有形式、技巧与叙述方式的探索，才是“创新”。在这样的时代潮流中，路遥坚持自己的创作方式，他在小说《人生》获得巨大成功之后，潜下心来，以六年的艰苦劳动，最终完成了《平凡的世界》。在路遥的随笔《早晨从中午开始》中，我们可以看到路遥创作这部作品的艰辛过程，而在厚夫新近出版的《路遥传》中，我们也可以看到《平凡的世界》发表、出版的曲折故事。在以现代主义为新时尚的文学界，这部作品所遭到的冷遇可想而知，而路遥也为这部作品耗尽心力，于1992年英年早逝，年仅四十三岁。

《平凡的世界》虽然受到20世纪80年代主流文学界与评论界的忽视，但却得到了读者的广泛欢迎，在几项读者调查中，都显示《平凡的世界》是“当代大学生最喜欢的文学作品”，或者“二十年内对被访者影响最大的书”。我们可以看到，《平凡的世界》自问世以来，就在读者中有着持久的影响，这种影响不仅是稳定的，而且在逐步上升。最近，《平凡的世界》“专家冷，读者热”的奇特接受现象，也引起了文学界的关注与反思，不少学者与评论家都认为，应该重新认识《平凡的世界》的文学与思想价值。在我看来，重新认识路遥与《平凡的世界》，我们需要重新思考以赵树理、柳青为代表的“人民文学”传统，重新思考现实主义的精神，重新思考当代中国文学的发展方向与评价体系。

1. 路遥与“人民文学”传统

路遥在他的小说与随笔中，多次表达了对柳青的尊重。柳青不仅以《创业史》等经典作品著称于世，而且他长年扎根在长安县皇甫村的经历，也在文学与生活、文学与人民的关系等方面，对路遥这一代作家，产生了积极而重要的影响。柳青对路遥的影响是多方面的，在我看来，至少有以下几点：扎根生活与人民，在对生活的长期观察与思考中构思与创作自己的作品；以典型人物与典型的社会关系为核心，敏感地捕捉一个时代及其精神的变化，并以史诗性的形式呈现普通民众的生活与情感；锲而不舍的文学追求，以及勇攀高峰的执着精神，柳青在病榻上仍在修改《创业史》第二卷，而路遥为创作《平凡的世界》，也几乎累垮了身体。柳青只是“人民文学”传统的一个突出代表，赵树理、周立波等作家，在20世纪50年代也都回到故乡，寻找到一块根据地，长期深入地体验生活，在与普通民众的接触了解和共同生活中，才创作出了《三里湾》《山乡巨变》等经典作品。

当然在20世纪80年代，“人民文学”发生了一些新的变化，路遥和柳青也有所不同，如果我们将《平凡的世界》中的孙少平、孙少安与《创业史》中的梁生宝相比较一下，就可以看得更清楚。和孙少平、孙少安相似，在梁生宝身上也有着积极的奋斗精神，但不同的是：（1）梁生宝不是“个人奋斗”，而是作为一个小集体的带头人，带领村民“集体奋斗”；（2）梁生宝奋斗的方向不是离开农村，到城市里去，而是和乡村融为一体，在大地上建功立业；（3）梁生宝的奋斗目标也不是个人的“发家致富”或“成功”，而是带领村民走共同富裕之路。在这里我们可以看到，相对于孙少安、孙少平的“个人奋斗”，梁生宝这样的“社会主义新人”及其“集体奋斗”，其实更典型地体现出“人民文学”的人民性，而《平凡的世界》在20世纪80年代的文学环境中继承了“人民文学”的传统，而又在某些方面做了变异。或者说，路遥小说中的人民性，处于一种历史的过渡状态，他小说中的“人民性”与柳青小说中不同，柳青小说中的人民性是扎根于乡土的，而路遥则要从乡土中走出，但他的小说中仍然是有人民性的，而在20世纪90年代新写实小说之后，我们看不到“人民性”，看到更多的是“个人”及其“日常生活”。在这个意义上，我们对“人民性”要有一种历史的理解，只有在历史的视野中，我们对“人民”转化为“个人”的过程才能有深刻的认识，而路遥正处于历史的转折点上。

现在我们一般都说，20世纪80年代对路遥与《平凡的世界》评价不高，但这只是一个方面，在20世纪80年代也有一些评论家对之有较高的评价，否则《平凡的世界》也不可能获得茅盾文学奖。对《平凡的世界》评价较高的就是秦兆阳、朱寨等老一代的批评家，而这些批评家恰恰在“新时期”延续了“人民文学”的传统，他们与当时提倡现代主义的批评家构成了一种对立。路遥的《惊心动魄的一幕》20世纪80年代在秦兆阳主持的《当代》杂志刊发，并获得了第一届全国优秀中篇小说奖，《平凡的世界》最初如果先到秦兆阳手中，或许就不会经历发表与出版的波折了。

当然秦兆阳这一代批评家也有他们的局限性。秦兆阳在20世纪90年代初有一个著名的事件，就是他把张炜的《九月寓言》退了稿，何启治在他的文章中回忆了这一事件，并把他自己和周昌义、洪清波的稿签都放在了文章中，也把秦兆阳的稿签放上去了，我们比较一下可以看出，秦兆阳不能够接受《九月寓言》这样的现代主义作品有他的局限，也有他的道理，这是他现实主义理论的“边界”之外的作品，但在20世纪50年代秦兆阳受批判，是因为《现实主义——广阔的道路》，这篇文章批评了社会主义现实主义的公式化、概念化，在这里，我们可以看到秦兆阳“现实主义——广阔的道路”的边界，一个边界是他不能接受现代主义，另一个边界是他不能接受教条化的社会主义现实主义，在这两个边界之间，秦兆阳的现实主义理念是比较宽泛的“社会主义现实主义”。

《平凡的世界》被主流文学界忽视，秦兆阳将《九月寓言》退稿，这两个事件也可以让我们看到20世纪80年代以来文学的复杂性，也可以让我们看到“人民文学”传统“新时期”以后复杂文学环境中的挫折与延续。这一复杂的问题还有另一个例子，比如《白鹿原》在1997年获得了茅盾文学奖，著名文艺理论家陈涌在他的评论文章中，以“真实性”与“倾向性”这样的现实主义理论范畴，对《白鹿原》做出了肯定，这也让我们看到老一代文艺理论家仍以“人民文学”的传统与标准，对新的重要作品进行评价，这也可以说是“人民文学”在新时代的一种延续与发展。

21世纪以来，伴随着对20世纪80年代“纯文学”的反思，以及“底层文学”等新的文艺思潮的兴起，对“人民文学”传统有了新的认识。我们可以看到，当下不少青年写作者仍将《平凡的世界》作为重要的思想艺术资源，但当下的写作者大多沉浸于“个人”与“日常生活”之中，对此之外的事情则丧失了表达的兴趣、愿望与能力，这是我们今天重读《平凡的世界》时，有必要反思的。我们应该意识到，“个人”及其“日常生活”都处于历史之中，并且是历史发展变化中的一部分，尤其在当代中国迅猛的发展与剧烈的变化之中，我们的“个人”与“日常生活”并不是一成不变的，也不是从来如此的，我们只有在历史变迁与社会结构的对比中，才能认识到此时此刻的“个人”“日常生活”的相对性与有限性，也就是说，我们的“个人”与“日常生活”在不同时期是不一样的，不同社会阶层的“个人”与“日常生活”也是不同的，认识到“个人”与“日常生活”的相对性与有限性，我们才有可能走出这种观念的限制，在一个更大的视野把握中国经验的丰富性与复杂性，并将之作为自己写作的动力。鲁迅说，“无穷的远方，无数的人们，都与我有关”。我们只有打开封闭的视野，将整个历史与当代经验视为个人创作的对象、对话的目标，才能将他人的痛苦转化为自己的痛苦，才能认为历史的发展与“个人”有关，才能具有更为宽广的胸怀与更为高远的追求。今天重读《平凡的世界》，可以让我们从“人民性”看到“个人”的局限，也可以让我们从“中国经验”看到“日常生活”的不足。

2. “现实主义的胜利”

《平凡的世界》的成功，可以说是“人民文学”传统的胜利，也是现实主义的胜利。现实主义在20世纪初传入中国，在中国文学界有着长久而深远的影响。现实主义不是简单的写实，在现实主义背后有一整套现代性的思想与世界观，以及科学的认识论与创作方法。现实主义要写生活中的人物、故事与细节，但更重要的，是要写出作者对生活的认识与理解。优秀的作家，总是能将对世界的整体理解融入作品之中，在托尔斯泰、巴尔扎克、狄更斯的笔下，我们看到的是不同的生活世界，也是作家对生活的不同理解与思考，在鲁迅、茅盾、老舍等作家的作品中，也是如此。

所谓现实主义精神，就是作家孜孜不倦的求真精神，不过这种求真，既包括作家对生活细节的观察与描摹，也包括作家对时代与世界的整体认识与判断。并不是所有作家都能对时代做出清醒而深刻的分析，因为这超出了个人经验的范畴，需要思想的穿透力与理论的抽象能力，以及整体性的艺术提炼能力。在这个意义上，现实主义并不只是与现实相关，也与历史与未来相关，与我们对世界的整体理解相关。

在20世纪中国文学史上，围绕现实主义曾产生过无数争论，如果粗略地概括一下，我们可以发现，在20世纪20—40年代，现实主义在与其他艺术流派的论争与竞争中，逐渐成为文学界的主流；在20世纪50—70年代，主要是现实主义尤其是社会主义现实主义内部的争论；在“新时期”以后，在现代主义诸种思潮的冲击下，现实主义逐渐被边缘化。应该说，社会主义现实主义理论在实践中的僵化，是“新时期”现代主义兴起的重要原因。但在今天，如果我们在一个更大的视野来看，在19世纪欧洲批判现实主义的高峰之后，20世纪欧美的现代主义与苏联、中国的社会主义现实主义，都是超越批判现实主义的努力，现代主义主要是以抽象的方式表达现代资本主义社会中人的绝望、颓废与挣扎，而社会主义现实主义则以一种建构的、乐观的方式，描绘当代生活，勾画理想的未来。在20世纪80年代，我国主流文学界简单地抛弃现实主义，热情拥抱现代主义，虽然有可以理解的因素，但更多的是一种态度与情绪，而缺乏理论上的分析与辨别力。这也可以解释，为什么他们无法认识《平凡的世界》的价值，反而是秦兆阳、朱寨等老一代理论家对之做出了高度的评价，现在来看，无疑秦兆阳等人的分析与判断更具说服力。

如果仔细思考一下我们就会发现，路遥的《平凡的世界》是现实主义，但并不是一种批判现实主义，而是一种建构性的现实主义，是一种有方向、有理想的现实主义，但是另一方面，它又与20世纪50年代的社会主义现实主义不一样，《平凡的世界》中所描绘的，不是一种比较明确或者坚固的理想，或者特别急迫的理想，而是在悬置了理想或将理想抽象化之后，仍朝那个方向努力。所以我觉得《平凡的世界》里面的这种有理想的现实主义，正是其乐观的基调、理想的基调存在的根本，也是它获得老一代评论家认可，包括能获得茅盾文学奖的重要因素。现在还能不能再产生《平凡的世界》这样的作品，或者说能不能再有一种有理想的、有方向的现实主义？这取决于现实及对现实的理解与总体感受。虽然路遥的小说也有悲剧感，但整体上是向前的，底色是温暖的，是看得见希望的，在这个意义上，重建一种有理想的现实主义，《平凡的世界》可以给人以启发。

在《平凡的世界》中，既有现实主义精神，也有浪漫主义情怀。为了创作《平凡的世界》，路遥翻阅了十年的《人民日报》《参考消息》及多种地方报纸，并亲自到煤矿等地体验生活，为此甚至劳累过度，充分显示了一个作家孜孜不倦的求真精神。但在小说中，也处处充溢着浪漫主义情怀，小说中对孙少平、孙少安在艰难生活中执着奋斗精神的描绘，对孙少安与田润叶、孙少平与田晓霞浪漫爱情的描述，都深深地打动了读者的心。不过在这里值得一提的是，有评论者认为，一个农家子弟与县领导干部女儿的爱情不真实，但在小说所讲述的1975—1985年间，我国的贫富与阶层分化并不巨大，这样的故事还是可信的，并能让人感到一种浪漫主义的美感，而这一问题的提出，则折射出了当代社会中所存在的问题，这同样是值得我们关注与思考的。现实主义精神并不排斥浪漫主义情怀，在现实主义理论的结构内部，就包含着对作家主体性的尊重，包含着对未来的想象与召唤，包含着虚构与幻想的空间。如果我们不在所谓“浪漫主义——现实主义——现代主义”的进化链条上理解现实主义与浪漫主义，而将之作为把握世界的不同艺术方式，那么现实主义精神与浪漫主义情怀的结合便是自然而然的。如果说现实主义更注重客体与客观性，以科学的方法与精神追求真实，那么浪漫主义则更注重主体与主体性，强调以作家的思想、精神与情怀观照这个世界，从中我们可以更多地看到作家的才情与想象力，只有现实主义精神与浪漫主义情怀相结合，才能在主客体的融合中呈现出一个完整的艺术世界。

在新的时代条件下，现实主义应该汲取现代主义、后现代主义探索的一些成果，比如在经历过现代主义、后现代主义洗礼之后，我们不会再简单地认为，一个“完整”的主体可以“透明”地反映现实，对于何谓真实、如何抵达真实等问题，现实主义可以在汲取新的探索之后，做出更深刻的表达。同时，现实主义要对时代的“新颖性”有充分的敏感，现实主义要有“发现”，要有独特的视野、眼光和艺术敏感点，而不是一谈现实主义就陷入了千篇一律的故事及其讲法。重读路遥及其《平凡的世界》，并将之历史化与相对化，可以让我们对现实主义理论有更深刻的认识。

3. 当代中国文学的评价体系

在最近谈到《平凡的世界》时，李陀指出它是对20世纪80年代文学的全面挑战，“无论路遥有意无意，《平凡的世界》的写作在客观上，实际上是对20世纪80年代以来中国当代文学一个全面的挑战——说它全面，是因为这个挑战首先是针对80年代以‘朦胧诗’‘实验小说’‘寻根文学’为代表的新写作倾向的挑战，这是很明显的；另一方面，我们还要看到，路遥的写作同时也是对这些新潮写作之外的其他各种写作倾向和潮流的挑战，这既包括对那一时期也很火的‘改革文学’的挑战（比较一下《新星》和《平凡的世界》），也包括那一时期以‘写实’为特色的诸家小说写作的挑战（比较一下《绿化树》和《平凡的世界》），甚至我以为他也是对‘陕军’作家群体的挑战（比较一下陈忠实、贾平凹和路遥的写作）”。[①]

在这里，我们有必要重新思考20世纪80年代的美学标准，以及挑战这一标准的《平凡的世界》所带给我们的启示。必须承认，我们现在的文学深受20世纪80年代文学的影响，20世纪80年代构建的美学观念与文学体制在今天仍处于支配性的地位，塑造着我们的文学观念与关于文学的想象。在2000年左右虽然有反思“纯文学”的倡议，但一方面“纯文学”并不足以涵盖20世纪80年代文学的复杂性，另一方面这一反思很快陷入何为“纯文学”等理论争辩，并没有得到深入的展开。在我看来，20世纪80年代文

① 《李陀:〈平凡的世界〉是对80年代以来当代文学的挑战》,《北京青年报》2015年3月13日。

学建基于一系列文学命题与文学观念之上，这些命题与观念构成了一种“文学范式”，一种对文学的特殊理解。这样的“文学范式”不是永恒的，也不是自然而然的，而只是特定历史时期与特定文化氛围的产物。在今天，我们既应该认识到这一文学范式的历史合理性，也应该认识到其局限与不足，在一种新的语境中冲破旧日观念的束缚，从而使文学获得新的生机与活力。

在我看来，构成20世纪80年代“文学范式”的命题与观念主要有：（1）文学的“主体性”；（2）文学的“向内转”；（3）“新的美学原则”；（4）“写什么”与“怎么写”；（5）“创新”；（6）先锋，或“现代主义”；（7）“文明与愚昧的冲突”；（8）文学要“走向世界”。以上这些观念构成了20世纪80年代“文学范式”的不同侧面，形成了一个系统性的文学观念集合体，也构成了我们这个时代文学观念的集体无意识。

比如，文学的“主体性”与“向内转”的观念，主要处理的是文学与现实的关系，强调文学相对于（政治）现实的“独立性”，强调文学由关注现实到关注“主体”的转变。如果在文学史的脉络中梳理，我们可以看到这一观念与五四文学中的“为人生”以及左翼文学重视生活的传统构成了一种对话关系，尤其是对《讲话》中“生活是文艺创作的唯一源泉”的一种反拨。我们应该看到，这样的文学观念有其历史合理性，在“‘文革’文学”的公式化、概念化之后，强调创作主体的主观能动性，强调艺术的独立性与多元化，是一种时代的选择，只有如此，才能使文学走上更加开阔的道路。但是另一方面，这一观念如果走到极端，也会为文学带来伤害。三十年来，我们文学的弊端大抵在此，比如强调“向内转”而割裂了文学与现实、世界的连接，文学似乎不能表现“自我”之外的事情，从强调“日常生活”到“私人生活”，再到“下半身写作”，让文学的路越走越窄。而在这三十年间，中国与世界都发生了天翻地覆的变化，这一变化并没有纳入作家们关注的视野，他们无法以一种开阔的视野把握这一巨变。

现在看来，20世纪80年代我们的文学中发展出来的是一种精英化、西方化、现代主义式的“新的美学标准”，但在今天，我们可以看到，以这样一种美学标准，很难将当代中国人丰富复杂的经验与情感容纳进去，现在我们处于一个新的历史时期，有必要对这样的标准进行反思，从而促进中国文学的发展。我在一篇文章中曾谈到，“中国文学的伟大不在于能否得到外国人的承认，而在于能否得到本国读者的欢迎，能否将中国的独特经验表达出来，能否在中国的历史进程中发挥作用”。在我看来，《平凡的世界》之所以可以挑战20世纪80年代的文学，恰恰在于它跳出了精英化、西方化、现代主义式的美学标准，更贴近中国经验，更贴近中国人的欣赏习惯，因而也更能为中国的普通读者接受。

当我们反思精英化、西方化、现代主义式的美学标准的时候，并不意味着要走向大众化、中国化、现实主义的审美规范，也不意味着要简单地回归“人民文学”，站在新的历史起点上，我们有必要超越简单的二元对立，将“人民文学”与“80年代文学”这两种文学传统相对化，在融汇创新中创造出新的美学。这种新的美学应该表现出当代中国人的经验与情感，应该具有高度的艺术性，应该是一种新的创造。

我们所说的“中国人的经验与情感”也不是本质化的，而是在历史中发展变化的，我们的文学要扎根于当代中国的现实之中，但也要有历史的眼光与世界的眼光，只有具备了历史的眼光，我们才可以在历史的发展与变化中发现当代经验的独特性，只有具备了世界的眼光，我们才能在一个更大的视野中发现中国经验的独特性，我觉得以这样的眼光扎根于当代中国的现实，我们就有可能创造出当代的经典。我们未必要像《平凡的世界》那样写，而要像路遥在他的年代写作《平凡的世界》那样创作。

秦兆阳：现实主义的“边界”

何启治在《是是非非说“寓言”》[①]一文中，讲述了《当代》杂志未能刊发张炜的长篇小说《九月寓言》的幕后故事：时任《当代》副主编的何启治与青年编辑洪清波都主张刊发，但由于主编秦兆阳的反对意见，这部小说没有能够在《当代》发出。而当这部小说不久在《收获》杂志1992年第2期上发表后，却很快就获得了文学界的广泛认可，并获得了第二届上海中长篇小说优秀作品大奖的一等奖。这一事实，让一般人都会对秦兆阳产生“保守”的印象，而这一印象又与他在20世纪50年代发表《现实主义——广阔的道路》所形成的“开明”形象产生了极大的反差。

那么，我们应如何认识秦兆阳的文艺思想？从20世纪50—90年代，他的文艺思想是否发生了大的变化，为什么从“开明”变为了“保守”呢？我们该如何理解秦兆阳的“现实主义”，进而在一般的意义上，我们该如

① 何启治：《是是非非说“寓言”》，《上海文学》2005年第7期；另参见《何启治作品自选集》，广东教育出版社2005年版，第72—92页。

何认识“现实主义”在当代中国的命运，以及它所承担的责任？

1.《九月寓言》与“现代主义”

首先我们应该认识到，秦兆阳之所以反对刊发《九月寓言》，并非出于私心或其他个人原因，而是由于这部小说与他的文艺理想不符；他漏掉《九月寓言》固然可惜，但同时，与他20世纪50年代在《人民文学》、20世纪70—90年代在《当代》对中国文学界所做出的总体贡献相比，这一“失误”至少是可以原谅的。所以我们关注这一事件的重心，不应过多纠缠于个人的责任，而应该从总体上反思，究竟是什么造成了这一“悲剧”，在其背后，在社会与文艺思潮上发生了怎么样的转变，这一转变在“新时期”以来，或者说在“新文学”发生以来，具有怎样的价值与意义，而对我们今天又有着怎样的启示？

在何启治所保留的信中，记下了秦兆阳关于《九月寓言》的十条意见，其中代表性的有：“这种‘寓言’中的生活状态跟解放后实际的现实情况是绝对矛盾的。”“作者这样做的目的当然是要表现农民的‘原始生命力’……这是不是有意无意之间透露了作者对解放后农村历史的片面认识。”“这种描写（强调农民的‘苦中乐’）看似歌颂了农民的乐观精神，其实是抹杀了农民要求出路的阶级本性；更重要的是抹杀了有组织有领导的理性作用的必要性，以及由此而来的生活的真实性。”“总之，作品的问题在于：寓言的虚构与生活真实的矛盾；从哲学上讲则是‘抽象人性论’‘人命意识论’与历史唯物主义的矛盾；从政治思想上讲则是偏颇思想认识的表现。”“最后村子沉沦，寓意何在？”“凡是寓言，所寓之意皆是来自生活（受到生活启示）并且针对生活，否则就不需要写作寓言，至于所寓之意是否正确则是另一回事。”“读作品必须分析其内在逻辑性——包括生活内容的逻辑性、作者思想的逻辑性、艺术结构和情节的逻辑性。”“《红高粱》不是寓言，是浪漫主义意味的小说，没有‘寓言何在’及‘影射’的问题。”“寓言——这种艺术的特点也值得研究……《九月寓言》在假托性和寓意性两方面经不住审视和思索。”“解放以后的农村情况，是很复杂的，需要慎重研究的问题。”①

在这里，我们可以看到秦兆阳的批评意见主要集中在三个方面，首先，是对小说描写的“生活”及其“真实性”表示怀疑，尤其与“解放以后的农村实际情况”对比，认为小说表现得不真实；其次，在于小说所体现出的“片面认识”“偏颇思想”，他认为小说中的“抽象人性论”“人命意识论”，抹杀了农民要求出路的阶级本性以及“有组织有领导的理性作用的必要性”；再次，是他对小说采用“寓言”这一艺术形式不满，他认为这部小说所寓之意是“针对生活”的，并且在假托性和寓意性两方面都不成功。

我们可以看出，秦兆阳评价小说的标准是“现实主义”的，而且这种现实主义是一种“有倾向的现实主义”，或者说是一种（非典型或个人化的）“社会主义现实主义”，这种现实主义要求生活的真实与思想上的“倾向性”相结合，既要求日常生活细节的真实，也要求在总体上与“实际情况”相符合，并要探索未来的“出路”。从这些基本的层面来看，秦兆阳20世纪90年代与50年代在《现实主义——广阔的道路》等文章中所体

① 何启治:《是是非非说“寓言”》,《上海文学》2005年第7期;另参见《何启治作品自选集》,第72—92页，广东教育出版社2005年版。

现出来的文艺思想并无太大的差异，所不同的只是现实语境发生了巨大的变化，因而他的命运与“形象”也大不相同，在20世纪50年代他被批评为“修正主义”（因此而被打成“右派”），“新时期”初期被视为文学界“思想解放”的先行者，而在20世纪90年代则成了“落后”“保守”的一种表现。

在这里，可以说涉及两次“转型”。一次是“新时期”之初的“转型”，“文革”结束后，左翼文学[①]的“激进派”失败，在“十七年”时期被批判过的左翼“主流派”与各种“非主流派”[②]重新获得了合法性与话语权，于是20世纪50年代被批判为“修正主义”的秦兆阳，也获得了新的生命力。但很快他们又迎来了另一个“转型”。如果说前一个转型是在左翼文学内部，或者说是在“现实主义”内部发生的，那么新的转型则涉及的范围更广，它不仅对左翼文学本身构成了挑战，也对“现实主义”这一创作方法构成了一种挑战，从根本上否定了这一文学范式的追求与方向，而以一种新的范式取而代之。这主要包括：强调文学的精英化，而否定文学的“大众化”倾向；强调文学的“独立性”，而否定它与政治的联系；强调文学的形式、语言、叙述、技巧等因素，否定“内容”的重要性；强调文学“走向世界”的方向，而否定“民族形式”等方面的探索，等等。

---

① 此处的“左翼文学”，是一种广义的用法，不仅仅指20世纪二三十年代的“革命文学”，而包括“解放区文学”“十七年文学”及“‘文革’文学”在内。参见洪子诚《问题与方法》的相关论述。

② 在这里，我们将“文革”时期占据主流的文艺思潮称为“激进派”，将“十七年”时期主导文艺界的周扬等人的文艺思想称为“主流派”，而将“十七年”时期受到批判的胡风、冯雪峰、秦兆阳等人的文艺思想称为“非主流派”。

这一转型在20世纪80年代初即已初露端倪，而在1985年左右形成了真正的转折，对于徐星、刘索拉、马原、莫言等人作品的赞扬与批评，以及随后“先锋文学”“寻根文学”的风行，可以说构成了一种分水岭。而《九月寓言》的出现以及秦兆阳的反对意见，可以说是一种迟到的“交锋”。对于秦兆阳来说，他的尴尬之处在于，他是在以旧的文学范式或评价标准来评价新“范式”中出现的作品，虽然他的初衷与文艺理想不无合理之处（下面我们将展开论述），但在特定的历史时期，他则不免成为一种“落后”或“可笑”的形象。而这不仅是个人的悲剧，也是时代转型所带来的一种“思想”的悲剧，这一状况也不仅发生在他个人身上，而广泛地存在于那一代文学工作者中。

如果我们将洪清波、何启治的“审读意见”与秦兆阳的信相比，就能更清楚地看到他们在评价标准上的差异。洪清波认为，“作为一部难以言尽的小说，作品的题旨大致有两个层次上的意义。第一层次：作品生动、真实地展示了农民的日常生活，藉以热情歌颂了中国农民勤劳勇敢、坚忍不拔的本质，同时也不回避由于中国农村长期落后，导致农民不可能有更高更广阔的精神境界这一事实。所以在他们的乐天知命、随遇而安之中又带有浓厚的愚昧、麻木色彩……第二层次：作品通过具象的生活，表现了中国农民的生存方式和生活状态。我们从那些艰难甚至是卑微的农民日常生活中，感受到农民身上潜在的那种旺盛的生命力……在这个形而上层次中，我们会有许多惊心动魄的感觉……除此之外，我们在这一层次中还可以感受到作者关于农村、农民、人类的许多哲学思考、艺术感悟，作者可能是第一个把中国农民的本质上升到文化学、人类学高度来认识的当代作家……作品的艺术氛围深沉、神秘、怪诞，但显而易见这些都是来源于作者对生活的感情而不是图解某种理念，所以让人们感到扎实、真实、内在。这一切就决定了这部作品是介于传统和现代之间，也可以说是将二者统一起来的成功尝试”。[①]

何启治则认为，“我总的印象是，这是一部严肃而独特的、富有艺术个性的佳作，是一部深沉厚重的大作品……小说深深植根于生活的土壤，它的细节、情节、人物甚至是某种神秘色彩都直接来源于张炜所熟悉的胶东农村生活……小说在创作方法上离传统的现实主义越来越远，而在更大的程度上属于现代主义，既不靠情节的推进来反映生活，也不着力于艺术形象的塑造，而是在幽默、机智的调侃中创造一种庄严、沉重以至怪诞、神秘的艺术氛围，从而对现实生活作出更深层次的反映并寄托作者的精神理想……（与《古船》相比）而‘九月’却太雅了，更艺术了，更富有浪漫主义的想象力也更形而上了，它需要智力和文化素养更高的读者更冷静地去思索，更理智地去分析，才能感受到它那像深层地震或地下核试验那样的震撼力”。[②]

从中我们可以看到，他们与秦兆阳的分歧主要集中在以下方面：第一，他们都认为小说对农民日常生活的描写是真实、生动的，而秦兆阳则认为并不如此，这虽然涉及具体的“细节”，而更集中于对“农村实际情况”的整体理解与判断；第二，他们都对小说中的现代主义表示了肯定与赞扬，这包括“形而上”、文化学、人类学、“更深层次的反映”的探索，以及艺术上神秘、怪诞的色彩，“不靠情节的推进来反映生活，也不着力于艺术形象的塑造”等方面的肯定，而秦兆阳则对此持批评的态度；第三，他们对作品的“精英化”倾向加以肯定或宽容，强调作品相对于生

---

① 何启治《是是非非说“寓言”》，《上海文学》2005 年第 7 期，另参见《何启治作品自选集》，广东教育出版社 2005 年版，第 72—92 页。

② 同上。

活或政治的独立性与超越性，而秦兆阳对此则是反对的。

如果仅仅从“现实主义”的视角来看，《九月寓言》并不是一部成功的作品，只有在“现代主义”的视野中，或至少对现代主义持宽容的态度，才有可能对《九月寓言》有较高的评价，由此我们可以认识到秦兆阳“现实主义”的局限性。事实上，此后对《九月寓言》的好评，都不是从“现实主义”出发的，而另有各不相同的角度。比如陈思和在《中国当代文学史教程》中肯定《九月寓言》是“在民间大地上寻求理想”“通过对大地之母的衷心赞美和徜徉在民间生活之流的纯美态度，表达出一种与生活大地血脉相通的、因而是元气充沛的文化精神”，在这个意义上，他认为这部作品“可以说是20世纪中国文学的殿军之作”。[①]洪子诚在《中国当代文学史》中指出，“《古船》和《九月寓言》，是张炜最重要的两部长篇……《九月寓言》正如题目所称的，有浓重的寓言色彩，作品偏离此前基本的写实风格，代之以具有浓厚的抒情色彩和哲理内涵的‘诗化’叙述方式；从《古船》到《九月寓言》，‘是张炜从感性到理性的道路’。这种从对现实的思索出发，来建构寓言、象征世界的方式，在他后来一系列长篇……中继续有程度不同的体现”。[②]尽管角度不同，但他们对《九月寓言》及其“偏离写实风格”的倾向是持赞扬或肯定态度的，而这也可以视为这一时期文学史家的一种“定评”。

在这个意义上，我们可以认为《九月寓言》或具有现代主义色彩的作品，构成了秦兆阳文学接受与文学评价的一条“边界”，越过“现实主义”边界的作品，他不会认为是好的文学。那么，为什么会有这样的边

---

① 陈思和：《中国当代文学史教程》，复旦大学出版社 1999 年版，第 367、374 页。

② 洪子诚：《中国当代文学史（修订版）》，北京大学 2007 年版，第 276 页。

界，这样的边界是怎样历史地形成的？它的局限性已如上述，但它的历史合理性与“进步性”在哪里，需要我们做进一步的考察。

2. “现实主义——广阔的道路”与“教条主义”

如果我们只看到秦兆阳拒绝现代主义这一条“边界”，难免会对他的“现实主义”产生偏颇的认识。事实上，在他的文艺思想中，还有另一条“边界”，那就是反对“教条主义”，20世纪50年代使他受到批判的“现实主义——广阔的道路”，正是针对这一问题而提出的。在这篇影响广泛的文章中，他“想以文学的现实主义问题为中心，来谈一谈教条主义对于我们的束缚”[①]，他反对的是公式化、概念化的创作模式，提倡“写真实”，对“社会主义现实主义”这一创作方法，他也提出了个人化的、较为宽泛的解释（“社会主义时代的现实主义”），这对“百花时代”的文学繁荣起到了积极的推动作用，但也为他带来了悲剧性的命运。

在这篇论文中，秦兆阳指出，“现实主义文学既是以整个现实生活以及整个文学艺术的特征为其耕耘的园地，那么，现实生活有多么广阔，它所提供的源泉有多么丰富，人们认识现实的能力和艺术描写的能力能够达到什么样的程度，现实主义文学的视野，道路，内容，风格，就可能达到多么广阔，多么丰富。它给了作家们以多么广阔的发挥创造性的天地啊！如果说现实主义文学有什么局限性的话，如果说它对作家们有什么限制的

---

① 秦兆阳:《现实主义——广阔的道路——对于现实主义的再认识》,《文学探路集》, 人民文学出版社 1984 年版，第 136 页。

话，那就是现实本身，艺术本身和作家们的才能所允许达到的程度。”[①]在这里，我们可以看到秦兆阳的“现实主义”是开放的、广阔的，在他充满激情的描述中，我们不难看出他对这样一种理想境界的向往与憧憬。然而我们需要指出，这里的“开放”与“广阔”，是在“现实主义”限制之内的，它所首先针对的是教条化的“社会主义现实主义”，而并没有涉及“现实主义”之外的现代主义等文艺思潮，或许这首先是特定时代文艺思潮的“问题域”或问题意识所限定的，其次也与秦兆阳的理论视野与文学信仰相关，在他重要的理论与批评文章中，几乎没有涉及现实主义之外的问题。

我们可以将秦兆阳对“教条主义”的批评，视为对“社会主义现实主义”的一种重新解释与重新理解，因为他并没有从根本上否定这一原则（而这并非只是由于特定时代的语境限制，如上所述，即使到了20世纪90年代他仍自觉或不自觉地坚持这一原则，或者说这已经内化成了他的文学信仰），他所不满的只是将之“教条化”以及在创作上产生的公式化、概念化倾向。因而他所希望的只是拓宽对这一原则的理解，所以在这篇文章中，他从“社会主义现实主义”的定义出发，探讨了文学与政治的关系、普通人物与先进人物、“典型”以及作家的个性与独创性等问题，最后仍归结在：“让我们勇敢地从自身的教条主义的束缚下解放出来吧，让我们大胆地刻苦地来进行百花齐放吧！”[②]

① 秦兆阳：《现实主义——广阔的道路——对于现实主义的再认识》，《文学探路集》，人民文学出版社 1984 年版，第 137 页。

② 秦兆阳：《现实主义——广阔的道路——对于现实主义的再认识》，《文学探路集》，人民文学出版社 1984 年版，第 166 页。

如果说秦兆阳被划为“右派”不乏宗派或偶然性的因素，[①]那么从理论上来说，他的这一看法与“十七年”时期周扬等“主流派”的分歧也是显而易见的。

现实主义最重要的特征之一是写真实，但周扬强调，“要真实地反映现实。什么才是真实呢？要在革命的发展中去看生活，不是在静止的状态下去看生活；第二条是艺术描写的真实性与历史具体性必须和社会主义精神在思想上改造和教育劳动人民的任务相结合。”[②]

在周扬这里，真实性是和倾向性结合起来的，并进而与时代的政治要求结合在一起，从而发展出了文艺对政治的一种从属关系。而在真实与倾向、文艺与政治之间，周扬以“本质”论将之联系在一起，周扬认为，文艺创作要反映生活的“本质”，所谓“本质”是体现历史发展规律的必然性，以及“革命发展的趋向与要求”。

在典型问题上，周扬认为，典型要体现社会动向的历史趋势，反映“革命的胜利的本质”。在具体创作上，他的典型观主要表现在对塑造英雄形象的要求上，他指出，“文艺作品之所以需要创造正面的英雄人物，是为了以这种人物去做人民的榜样，以这种积极的、先进的力量去和一切阻碍社会前进的反动和落后的事物作斗争”。[③]

可以说，关于真实性与倾向性的关系、文艺与政治的关系、典型的

① 秦兆阳被划为“右派”，虽然是由于“现实主义——广阔的道路”，但也与他编辑发表的“干预生活”“暴露黑暗”的文学作品，以及他致邵荃麟反对“宗派斗争”的两封信有关，参见秦晴《关于父亲两封信的说明》及王培元《秦兆阳：何直文章惊海内》。

② 《在全国第一届电影剧作会议上关于学习社会主义现实主义问题的报告》，《周扬文集》第2卷，第196—197页。

③ 周扬：《为创作更多的优秀的文学艺术作品而奋斗》，《周扬文集》第2卷，人民文学出版社1985年版，第251页。

“个性”与“共性”，以及在此基础上提出的世界观与创作方法、歌颂与暴露等问题，构成了“十七年”时期“主流派”与“非主流派”论争与批判的问题域。对于周扬等“主流派”来说，过于强调倾向性、政治与歌颂，必然会走向公式化、概念化，而对于秦兆阳等“非主流派”来说，要批判文艺创作上的公式化、概念化，必然要批评“主流派”过于强调倾向性、政治与歌颂的“倾向”，因而与之构成了不可调和的矛盾。

但问题的另一方面是，“非主流派”并非完全否定倾向性、政治与歌颂的重要性，而是在承认其合理性的基础上，更强调真实性、创作方法以及文艺的“独立性”，“主流派”也是如此，只不过恰好反了过来（而这一点，即在相对的意义上承认真实性与文艺的“独立性”，正是“主流派”与“激进派”的不同之处）。从整体上来说，“主流派”与“非主流派”分享了同样的思维结构与问题意识，只不过他们强调的侧重点或者言说的“立场”不同。并且在特定的语境下，他们的立场也会发生“游移”或“转换”，洪子诚曾经分析过周扬在“批判胡风运动”之后，立场却反而向胡风倾斜的复杂现象，此处我们再以秦兆阳为例，探讨一下其内在的机制。

在《秦兆阳的前言与后语》一文中，常础引用了当年秦兆阳批判胡风的文章来批判秦兆阳，发现了其理论内在的空隙与“前后矛盾”，虽然他的用意在于批判，却也道出了一定的事实。比如关于“教条主义”，胡风曾经将之比喻为“棍子”与“刀子”，秦兆阳将之比喻为“千万条绳子”，常础引用了一段话加以反驳：“我们的文艺运动是在毛主席的文艺方针和党的领导下前进的……我们要问一问：在我国文艺运动的历史上，曾经有过什么时候，文艺创作像今天这样真正反映了劳动人民在党领导下的斗争生活呢？曾经有过什么时候，文艺作品有这样大的出版数量，具有这样广大的群众性，这样受到劳动者人民的欢迎与关切呢？曾经有过什么时候，作家们像这样与劳动人民的斗争生活和思想感情发生血肉联系呢？我们的文艺运动不断出现着新的气象，我们战线上的新生力量也不断从群众中涌现出来；这都说明了：我们年轻的文艺是正在蓬勃发展的文艺；胡风（这里应改作秦兆阳——笔者）……看不见这些，或者是看见了也不愉快……因此他就要利用和夸大我们工作中的某些缺点，要歪曲和抹杀正面的蓬勃发展的事实，装出忧国忧民的样子，大嚷大叫，以达到偷天换日的目的。”随后作者指出，“不管大家相信不相信，这段话，正是秦兆阳在几年前批判胡风的时候说过的话。不过，从今天的情况看来，他在当时说出这些话，到底是不是出自真心呢？”①

在这里，真正的问题或许并非是否“出自真心”，而在于显示了秦兆阳在两种立场中的“游移”，我们相信他对这两种立场都是认可的，区别只在于不同的语境、不同的场合以及面对不同对象的选择，当面对胡风（已被确认为“敌人”）时，他的批判立场无疑更接近周扬等人，而当针对“我们的文学事业”中的具体问题时，他的“立场”或者说他对文学现状的判断或批评，则更接近于胡风等人。另一方面，“十七年”文艺思潮的发展是一个不断纯粹化、激进化的“过程”，是一个不断区分敌我、排除异己的过程，在上一个阶段“正确”的思想很快就跟不上新的形势了，最后连周扬等“主流派”都遭到了批判，而秦兆阳则是在这个日益纯粹化的过程中被剥离出来的“异己”。然而对于秦兆阳来说，这样的“游移”并非立场不坚定，对于“现实主义”乃至“社会主义现实主义”他仍是坚

① 《现实主义还是修正主义？》，作家出版社 1959 年版，第 104—105 页，文中所引秦兆阳的话亦转引自此书，原文名为《论胡风的“一个基本问题”》，发表于《文艺报》1955 年第 4 号。

持的（以个人的方式），但这种“游移”或“转换”，也展示了秦兆阳文艺思想内在的张力、裂隙与丰富性。

另一个例子，在《现实主义——广阔的道路》中，秦兆阳指出，“无论哪一本不朽的著作，无论哪一个成功的作家，都是有着这样那样的独创性的。正因为这样，所以常常发生这样的情形：一本好的作品出版以后，除了被一些反动的批评家们百般地毁谤以外，也同时被一些教条主义者所曲解，有的甚至有被埋没的危险，如果不是有真知灼见的批评家挽救了它，就一定是它在广大的读者的土壤里生了根，任何有意无意的扼杀才不能使它真的变成‘失败的作品’。”[①]如果去掉“反动”“教条主义者”等激烈词语，我们甚至可以将这一段话当作他在处理《九月寓言》问题上的“自我批评”。这显示了，即使在“独创性”这一艺术问题上，他仍受到“现实主义”理论框架的限制，当面对教条主义时他可以大声疾呼，而当面对具有现代主义色彩的“独创性”作品时，他又会加以拒斥。

然而尽管如此，我们却不能抹杀包括秦兆阳在内的“非主流派”的历史价值与意义，首先，虽然他们讨论的问题域现在看来过于狭小或“陈旧”，但在特定的历史时期，由于他们在理论上打开了缺口，不仅在“十七年”造成了几个短暂时期的繁荣，而且为“新时期”的思想解放与文艺繁荣奠定了基础；其次，这些理论家都为此付出了极为惨重的代价，胡风如此，冯雪峰如此，秦兆阳也是如此，这是我们必须牢记的历史的教训。

“从1958年1月至7月，作协连续召开秦兆阳批判会，长达半年之久。

---

① 秦兆阳：《现实主义——广阔的道路——对于现实主义的再认识》，《文学探路集》，人民文学出版社1984年版，第162页。

还印了三辑《秦兆阳言论》，以供批判。这场喧嚣一时的大批判，以刘白羽在作协党组扩大会议上做总结性的发言《秦兆阳的破产》而告落幕。刘白羽义愤填膺地宣称：我们与‘秦兆阳这个彻头彻尾的现代修正主义者’的斗争，‘是一场根本不可调和的斗争’。1958年4月12日下午，作协党组开会做出决定，把秦兆阳补划为‘资产阶级右派分子’……直到1979年3月，他的‘右派’问题彻底‘改正’之后，他才得以重返阔别了二十年的北京。”①

1959年出版的《现实主义还是修正主义？》是《人民文学》编辑部编的批判秦兆阳的文章汇编，其出版说明指出，“从1956年起到1957年夏，国际上出现了一股反苏反共的政治逆流，国内资产阶级右派气焰嚣张，向党、向社会主义进行了猖狂的进攻。这时，在文艺阵地上，右派分子秦兆阳插起了一面向党的文学事业进攻的大白旗。他不仅写出了像‘现实主义——广阔的道路’那样的论文——系统地提出了修正主义的纲领，根本反对党对文学事业的领导和社会主义现实主义的文学，而且在他倡导所谓‘干预生活’和‘揭露生活阴暗面’的口号下，以他主持的‘人民文学’为阵地，大量推荐和发表了反党反社会主义的毒草。经过了1957年的反右斗争，秦兆阳的反党阴谋遭到可耻的破产，他的全部罪行得以彻底清算。”全书共收十五篇文章，“对秦兆阳的右派言行——反党反社会主义的政治思想、文艺观点和两面派的手法，进行了揭露和剖析。”②仅仅从这些说明性的言辞中，我们就不难闻到当年文艺批判的火药味，我们也可以想象，为批评“教条主义”秦兆阳承受了怎样的压力、付出了怎样的代价。

---

① 王培元：《秦兆阳：何直文章惊海内》，http://qkzz.net/Announce/announce.asp?BoardID=18300&ID=10001329。

② 《现实主义还是修正主义？》，作家出版社 1959 年版。

3. “现实主义”的承担及其命运

反对“教条主义”与反对现代主义，可以说构成了秦兆阳“现实主义”理论的两条清晰“边界”。从现在的视角来看，我们一般都会肯定他反对“教条主义”的一面，而他反对“现代主义”的一面，则会让人感到有些狭隘或“守旧”，是他文艺理论中的局限之所在。但秦兆阳为什么会反对现代主义，却是一个值得深思的问题，因为这不仅涉及他个人更深层次的文学信仰，而且也是一代或几代中国文学工作者的自觉选择。

在他们看来，文学不仅仅是（或不是）一个艺术问题、个人问题，而承担着更大的使命，与民族救亡、思想启蒙等时代命题紧密相连。在他们眼中，艺术上的探索固然重要，但在国破家亡、民生凋敝的处境下，文学首先应该能在建构民族与阶级的主体性上发挥作用，这也就是为什么他们要讨论“民族形式”与“大众化”问题，为什么要讨论真实性与倾向性、文学与政治的关系等问题的原因。他们的“文学”是与一个更大的世界联系在一起的，而不仅仅是自身。他们希望文学能激发起民众的情感，能改变他们的旧思想与旧意识，并在新的“认同”的基础上将他们组织起来，为一个更大的目标—— 一个独立、富强、民主、自由的“新中国”，一个人民能够真正当家做主的“人民政府”——而努力。在这方面，只有现实主义或“有倾向的现实主义”，才有可能承担这样的使命，“中国知识分子对新文学的召唤，不是出于内在的美学要求，而是因为文学的变革有益于更广阔的社会与文化问题……中国知识分子认为，一旦现实主义被成功引进，它就会激励读者投入到民族危亡的重大社会政治问题中去。这种功利性考虑是可以理解的，因为西方理论家（中国人正是从其中一些人那里了解了现实主义）也常常将这种力量赋予现实主义”。[①]

或许这就是他们为什么选择“现实主义”的原因。而正是由于关涉到信仰与一个更加宏大的理想，这也可以解释为什么他们对“现代主义”那么不能容忍（比如秦兆阳认为《九月寓言》“不能发表，发表出去很荒唐”[②]），而这也同样可以解释，为什么在我们现在看来似乎微不足道的差异，在“十七年”竟会在他们内部引起那么激烈而频繁的批判运动（比如“主流派”批判冯雪峰、批判胡风、批判秦兆阳以及最后被“激进派”批判下台）。

至于“现代主义”，可以说与秦兆阳的思想在根本的层次上相矛盾，洪子诚指出，“中国的革命文学或革命的信仰者，是乐观的历史哲学的信仰者，从根本上拒绝悲观与绝望，拒绝对历史以及对世界在认识上的犹豫不决。或者简单地说，就是拒绝不可知论。从这个意义上说，左翼文学拒绝‘现代派’这个倾向，是理所当然的……如果到了革命文学变得同情、靠近‘现代派’，那么，革命文学自身存在的理由也值得怀疑了，这也就是我所说的革命文学面临的矛盾的主要原因”。[③]

茅盾写于1958年的《夜读偶记》，是对秦兆阳的文章引起的“现实主义”讨论的一个回应，是那个时代少有的涉及“现代主义”（他称之为“新浪漫主义”）的理论著作，他针对欧洲某些学者提出的“古典主

① ［美］安敏成，姜涛译，《现实主义的限制——革命时代的中国小说》，江苏人民出版社2001年版，第27页。

② 何启治《是是非非说“寓言”》，《上海文学》2005年第7期。另参见《何启治作品自选集》，广东教育出版社2005年版，第72—92页。

③ 洪子诚：《问题与方法》，三联书店2002年版，第294—296页。

义——浪漫主义——现实主义——新浪漫主义或现代派”的文学进化公式，指出“这个公式，表面上好像说明了文艺思潮怎样地后浪推前浪，步步进展，实质上却是用一件美丽的尸衣掩盖了还魂的僵尸而已”，他认为，所谓否定现实主义的现代派，实质上与“古典主义”一样，也只是抽象的形式主义。由此说明1956年后在欧洲又“时髦”起来的“现实主义已经过时，而现代派是探讨新艺术的先驱者”的论调，“只是因袭了资产阶级学者对于文艺思潮的历史发展的陈腐谬说而已”。[①]茅盾以现实主义与反现实主义的斗争为线索来梳理中西文学史的发展，并认为“现实主义”“社会主义现实主义”是一种更进步的文艺形态。

《夜读偶记》虽然在论述方式与结论上不乏可反思之处，但茅盾对隐含在这一“公式”后面的进化论色彩以及“西方中心主义”的警惕是敏感的，也是超前的。事实上，20世纪80年代中期中国“现代主义”或“现代派”的出现，也正建立在文学上的“进化论”与“西方中心主义”之上。“现代主义”是作为文学“进化”中最高、最新的一个链条引入中国并被广泛模仿的，现实主义与现代主义这两种创作方法上的对立背后，隐藏着社会主义与资本主义、中国与西方等一组“二元对立”，20世纪80年代的论者在否定前者、肯定后者的基础上建立起了一整套叙述：现代主义被认为是“现代化”的一种表现，并由此展开了中国文学追赶并最终融入“世界文学”的想象。在今天，我们可以更清晰地认识到“进化论”“西方中心主义”与“世界文学”的虚幻性与意识形态性，我们可以说，建立在这一基础上的“现代主义”，并不具有自明的先进性与“世界性”，而在“现代主义”与“现实主义”之间建构的“先进／落后”这一等级划分与

① 茅盾 :《夜读偶记》,《文艺报》1958 年第 1 期。

价值判断，也必须得到重新认识与重新评价。这当然不是简单地扭转对现代主义与现实主义的价值判断，而是在这种“二元对立”之外，以更开阔的视野去发现文学史的丰富性。

比如，文学上的“进化论”与“西方中心主义”忽略了“社会主义现实主义”与“现代主义”一样，也是超越19世纪批判现实主义的一种努力。如果说“现代主义”是对资本主义社会中人的现实与精神处境的描绘、反省与批判，那么“社会主义现实主义”则试图将批判的力量转化为一种建设的力量，以一种理想化的远景唤起人们的激情与向往。今天我们尽管可以批评这一创作方式的“教条化”，但前提是理解其历史的合理性与复杂性。

在20世纪80年代，当张庚被问到为什么选择现实主义，而没有选择更“先锋”的新东西时，他说，“其实现在这些新的东西我们当年接触很多，我们有各种各样的尝试，做了很多实验，但是最后觉得只有现实主义这条道路才能够真正和观众进行交流，跟中国的观众进行交流，特别是表现社会思想，现实主义是一条最有利的道路。”[①]

秦兆阳也是同样，在关于《九月寓言》的编辑部会议上，他说，“选稿、审稿的心态（很重要）……不能单纯从我敢不敢冒风险这个角度看。而要问：怕不怕自己为迎合某种思潮、社会情绪而不知不觉地陷入盲目的状态中以致发生问题；怕不怕有负读者的厚望”。又说，“我首先盼国家安定，我很怕在矛盾尖锐的情况下助长了某种东西激化了社会矛盾”。[②]在这里，我们可以看到秦兆阳关心的是“读者”与“国家”，他所有的是

---

① 张晓果、钟大丰等《回忆张庚先生》,《文艺理论与批评》2007年第6期。

② 何启治《是是非非说“寓言”》,《上海文学》2005年第7期。另参见《何启治作品自选集》，广东教育出版社2005年版，第72—92页。

一个“文学”之外更大的视野，而这种关注在他的文艺思想中是一以贯之的，而正是这种视野形成了他的“现实主义”理论，包括其成就与局限性，如果我们不能从这个视野来观察，那么既不能理解50年代的秦兆阳，也不能理解90年代的秦兆阳。

如何重新理解现实主义，不仅是一个学术问题，也是一个现实的文艺问题。以秦兆阳确立的“现实主义”风格的杂志《当代》为例，一篇研究文章承认，“全国众多文学期刊中，《当代》杂志是最坚定、最执着地捍卫现实主义这面旗帜，并且在这面旗帜下为当代文坛奉献现实主义鸿篇巨制出力最多的一家”。但作者在研究了1979—2000年的《当代》后指出，“《当代》无视文坛思潮迭起，作家雀跃，不倡导思潮，不随风转，不参与造势炒作运动，在赶潮逐浪中处于观望、彷徨状，看似保持本色、天然，孤高决绝，傲视群雄，其实有时则是闭目塞听，它的观念陈旧，思想落伍，气量褊狭，志趣枯涩，手法背时，‘过分求稳’‘迟疑不决’‘动作迟缓，反应迟钝’，使得它在竞争中日渐现出颓势。不参与竞争就不会创新，不创新就将停滞不前，封闭自锁的结果就是被淘汰，这是必然的”。[①]

但事实与作者的预料相反，现在被淘汰的不是《当代》杂志，而正是那些“思潮迭起”的杂志，这些杂志不是已经消失了，就是在几千份的发行量上苦苦挣扎。而《当代》则以其“现实主义”吸引了众多读者，以文学刊物中最高的发行量之一继续“傲视群雄”。可以说关注“读者”以及关注“中国”“世界”，这样一个开阔的视野，正是它获得成功的保证，

---

① 蔡兴水、郭恋东：《宏大叙事的样本——阅读〈当代〉（1979—2000）》，《文艺争鸣》2001年第5期。

而这与秦兆阳的努力是分不开的，也让我们不能不重新认识秦兆阳与他的“现实主义”。

《苍生》与当代中国农村叙事的转折

《苍生》是浩然"新时期"的代表作品，主要描写了20世纪80年代的农村改革及其对农村各个家庭的影响。这部小说在"新时期"并未得到充分重视，但在今天看来，它却处于当代中国农村叙事的转折点上，即农村题材的小说从"社会主义现实主义"到"改革文学"的转折，小说既对农村改革充满向往，也对"合作化"道路满怀眷恋，这不同于20世纪50—70年代的《三里湾》《创业史》《艳阳天》《金光大道》等作品对"合作化"的热情讴歌，也不同于《芙蓉镇》《许茂和他的女儿们》《古船》《浮躁》对"新时期"的认同与赞扬，在这部作品里，作者的态度是矛盾的，但也是认真的，正因为如此，它为我们呈现出了一个更为丰富、复杂、真实的世界，以下我们对小说中的人物、结构及其中呈现的问题加以分析。

1. “社会主义新人”及其转变

在当代文学中，“十七年文学”“文革文学”“新时期文学”并非截然断裂的，而是既有“断裂”，又有联系，紧密交织在一起的，这既与意识形态的转折有关，也与文艺思潮和作家的创作道路有关，需要做细致的分析，这在《苍生》中有着鲜明而集中的表现。

从文学史的脉络来看，对旧式农民的描绘，表现他们的愚昧、落后、矛盾，这是从鲁迅《阿Q正传》《祝福》以来中国现代文学对农村的经典叙述与“想象”，这一叙述在“解放区文学”中得到了改变，赵树理曾塑造出小二黑、小芹等新一代农民的形象，但赵树理更擅长的却是描写旧式农民在历史进程中的犹豫与矛盾。解放后随着“社会主义现实主义”原则的贯彻，1947年所提倡的“赵树理方向”不再提起，“善于写旧式人物、而不善于写前进的新人物”似乎成了赵树理的一个定论。

正是在这个意义上，赵树理的《三里湾》发表后，得到了褒贬不一的评论。《三里湾》写于1955年，是我国最早和较大规模地反映农村中社会主义改造的一部作品，在对小说赞扬的同时，不能很好地塑造“农民中的先进人物形象”、没有表现出两条路线斗争的“尖锐性”的“缺点”也被提了出来。[①]

---

① 参见俞林《〈三里湾〉读后》,《人民文学》1955年7月号。另外周扬在《建设社会主义文学的任务——在中国作家协会第二次理事会议（扩大）上的报告》中，也指出了赵树理的这一“缺陷”，但较之俞林，他的态度较为缓和，并认为这不是赵树理一个人的问题，而是“在其他许多作品中也是存在的”。见《中国作家协会第二次理事会议（扩大）上的报告、发言集》，人民文学出版社1956年版。

《三里湾》中被认为存在的“不足”，很快被另一部小说弥补，这便是柳青写于1960年的《创业史》（第一部）。对于《创业史》，尤其是小说中所塑造的梁生宝这一新人形象，评论家好评如潮。

但围绕着《创业史》，很快就发生了梁生宝与梁三老汉两个形象哪个更成功的讨论。邵荃麟就指出梁三老汉是“全书中一个最有深度的、概括了相当深广的社会历史内容的人物”。严家炎的文章引起了柳青的反驳，他指出：“《创业史》这部小说要向读者回答的是：中国农村为什么会发生社会主义革命和这次革命是怎样进行的。回答要通过一个村庄的各阶级人物在合作化运动中的行动、思想和心理变化过程表现出来。”而只有通过梁生宝这个形象，才能表现这一主题。

李杨将梁生宝形象的塑造，看作是创造中国农民的新的本质的努力，并在此基础上将他与梁三老汉等代表“旧本质”的农民并列，是极富洞察力的。[①]正是在想象与叙事中，“新本质”才在文本中得以呈现。

浩然在《艳阳天》《金光大道》作品中塑造的萧长春、高大泉等“新人”，也可以视作这一努力的一部分。但这不意味着“新人”就只是主流意识形态的传声筒，如果我们承认“性格组合理论”与“社会主义新人”理论是塑造人物形象的两种不同的文学规范，那么更进一步，我们就可以看出后者正是对前者超越的一种努力。“性格组合论”所力图展现的是现代人格的复杂与分裂，所揭示的是知识分子在资本主义进程中的矛盾态度，其隐含的读者也是知识分子；而“社会主义新人”则是写人民、给人民写的“人民文艺”，它不诉诸“小众”的欣赏，而是在现实中与人民一起前进的。

---

① 李杨：《50—70年代中国文学经典再解读》，山东教育出版社2003年版。

作为超越19世纪“批判现实主义”的两种努力，“社会主义现实主义”与“现代派”两种文学、思想倾向在20世纪的不同的社会制度内分别进行了实践，伴随着冷战的结束，似乎“现代派”也随着资本主义的“胜利”获得了历史的合理性与合法性，但历史并没有“终结”，“现代派”表达的不过是对资本主义在文化、文学上的批判，是一种与历史、现实相隔绝的文学，而“社会主义现实主义”的作品尽管也不无缺陷（对此我们应该有清醒的认识），但这一文学准则却是与人民结合或努力与人民结合的，并向人们指出了“前进”的方向，这方向也许有意识形态的规约，却也展示了改变的一种可能性。而其不足之处也正在于，它是与特定的意识形态的规约联系在一起的，当历史转变了方向的时候，它就不得不以“倒影”的形式呈现了出来。

在对浩然20世纪80年代小说的评述中，雷达指出，“他仿佛重新丈量自己走过的路，并在原先肯定的地方换上了否定或怀疑的评价，他的人物——萧长春、马之悦、焦振茂、马连福、焦淑红、马小辫们似乎又回来了，不过有些人是作为自己的‘倒影’回来的”。[①]《艳阳天》《金光大道》中萧长春、高大泉等“社会主义新人”的倒影，在《苍生》中是邱志国。[②]

《苍生》里的邱志国一开始分明就是与梁生宝、萧长春、高大泉一样的人物，“搞农业合作化那年，邱志国也是最先认清方向、选准道路的农民先进分子，带头在田家庄办起第一个农业生产合作社。邱志国脱光

① 雷达:《论浩然的创作道路》,《中国当代作家选集丛书 · 浩然》,人民文学出版社 1997 年版，第 9 页。

② 此外,浩然中篇小说《赵百万的人生片断》中的赵百万与《能人楚世杰》中的楚来运,也同样可以视为是萧长春、高大泉的“倒影”。

膀子，跟社员一起拉犁耕地，肩膀头让粗麻绳子勒得冒血珠子，蜕下几层皮。真是一条硬汉子！农业社开市不利，头一年就赶上旱灾，闹饥荒，好几家社员都断了顿，躺在炕上不能动弹。就这样，邱志国既不泄气，不退缩，也不跟着叫苦，不朝上级伸手。他从自己一家人的嘴里匀出粮食，一升一碗地给没吃食的社员送到家里，帮扶着众人渡过难关……邱志国的名字当当响，打鼻子香；出席过地区的劳模会，当过县委会的委员，谁提起他不竖大拇指？！”①

这是合作化初期的邱志国，但在小说内容所展开的20世纪80年代中期，他却完全变质了，“支部书记有权，能干，在家里家外都说了算，这几年他只管自己发财，不再管老百姓，田家庄有三家跑买卖的和孔祥发的窑场，他都入着‘权力’股子。他像个老太爷子一样坐在家里，只管开介绍信、盖公章、陪客人吃喝；门不用出，心不用操，到时候就‘劈红’……”②

邱志国在“合作化”时期是带头人，但在改革开放之后却走向了自己的反面，如果我们将这一人物的“堕落”与作家对另一些人物的推崇做比较，或许能从中发现时代的一些变化。

浩然的《苍生》出版后，不少评论家对小说中的田保根形象寄予了很高的希望，认为他是新时代的理想人物或“新人”。曾镇南指出，“从整个改革、开放的大的时代背景来看问题，保根这样的新人物的出现，压根儿就是改革开放的产物”。③刘白羽也认为，“在这一个受着改革大潮冲击

---

① 浩然：《苍生》，北京十月文艺出版社 1988 年版，第 15 页。

② 浩然：《苍生》，北京十月文艺出版社 1988 年版，第 529 页。

③ 曾镇南：《在蜕变的途中——评浩然的〈苍生〉》，《浩然研究专集》，百花文艺出版社 1994 年版，第 578 页。

的新农村里，栩栩如生的诸多人物中，我知道田保根是代表着未来希望的新生的人物……毫无疑问，他是书中主宰农村命运的主角，敢于闯出一条新路的闯将。他是十一届三中全会之后经济改革这一革命浪潮中涌现出来的典型形象”。[①]

在小说中，田保根的形象是复杂的，他的婚姻、爱情观念与父母及其哥哥田留根完全不同，他走出了传统的观念，但他反抗的方式却更多的是欺骗与滑稽；他一心想考上大学，却没有成功；他反抗邱志国，自己却善于偷奸耍滑。最后，他与别人“一块儿拉了一拨子从农村出去的临时工，搞起一个民办的联合企业建筑公司”，成了“新新建筑公司的副经理”。[②]在小说中，如果说邱志国是代表了“堕落”了的过去的“新人”，那么田保根则既与田留根等旧式农民不同，也与邱志国不同，他是新时期的“新人”。

值得注意的是，田保根的形象也是一个“倒影”，他与赵树理的《卖烟叶》中的贾鸿年很相似。只不过他原先是“堕落”的，现在却成了“新人”。《卖烟叶》是赵树理的最后一篇小说，写的是农村知识青年贾鸿年不安心农村生产，倒卖烟叶终于触犯法律的故事。这篇小说当时还因为写“中间人物”受到了批评，“……赵树理正迷在《十里店》里，心不由己地继续推敲着剧的语气、词句哩，没想到霍雷闪电批判的冰雹敲到他头上。大连会议上邵荃麟提出了什么‘中间人物论’，赵树理就是写‘中间人物’的代表，《卖烟叶》就是罪证。有的人说：‘我很怀疑这篇故事有半点真实性。在我们的时代里，青年人都是有志气、有抱负的，像贾鸿年

① 刘白羽：《大地的心声——读艺一则（读〈苍生〉）》，《浩然研究专集》，百花文艺出版社 1994 年版，第 580—581 页。

② 浩然：《苍生》，北京十月文艺出版社 1988 年版，第 602 页。

这样的人即使有，也是少数，赵树理在这篇作品中把农村写成一片乌烟瘴气，把青年人塑造成投机倒把犯罪分子的典型，无法使人相信，这是赵树理对生活的丑化，对青年的歪曲……’”[①]

在小说中，贾鸿年也是一个一心想考大学而没有成功的青年，他也是为了爱情而幻想自私而美好的未来，被比他思想先进的意中人识破了，后来他偷卖烟叶，“投机倒把”，最终被抓进了公安局。与田保根相比，贾鸿年性格中倒没有那么多奸猾，但他在赵树理的小说中成了被讽刺的对象，而赵树理因为写出了这样的农村青年（尽管是批判的态度），也受到了批判。

但在“新时期”，这样的青年不但可以表现，而且可以正面表现了，甚至成了代表时代方向的“新人”。除了浩然《苍生》中的田保根，这样的“新人”也更多出现在了“新时期”青年作家的笔下。

路遥《人生》中的高加林没有考上大学，对农村却无法产生认同感，由此产生了无尽的苦恼；《平凡的世界》中的孙少平终于考上了大学走出了乡村，而他的哥哥孙少安也开办起了砖厂，盖起了气派的砖房；贾平凹的《鸡窝洼人家》里的两对夫妻在改革开放大潮中进行了重新组合，最终禾禾这对开放的夫妻奋斗成功，成了村里的首富，破天荒地拉上了电灯，也使禾禾原先的丈夫回回的灵魂产生了裂变；《腊月·正月》中的王才原是个又瘦又小，冬天穿不起袜子，谁也瞧不起的人，政策开放后办起了食品加工厂，很快富起来，春节时他花钱请来了戏班子为全村唱戏，其价值也得到了社会的认定；甚至张炜《古船》里颇具思想者气质的隋抱朴，一边思考着《共产党宣言》，一边也在关心着村里的粉丝厂。

---

① 高捷等：《赵树理传》，山西人民出版社 1982 年版，第 226 页。

将这些“新人”与我们前面提到的梁生宝、萧长春、高大泉等“社会主义新人”比较起来，可以发现他们具有以下的不同之处：一是他们与乡村是分离的，而不是融合为一体的；二是他们追逐经济利益，而不注重政治等其他方面的利益；三是他们追逐个人利益或个人意义上的成功，而不注重或较少注重集体或国家的利益。这些“新人”，在很大程度上表现出了与欧美19世纪文学中的一些形象相似的特征，比如《红与黑》中的于连、《幻灭》中的吕西安、《高老头》中的拉斯蒂涅等，如果说这些人物是资本主义时期欧美文学中的“新人”，我们或许可将这些人物形象命名为“资本主义新人”。

如果说“社会主义新人”与“资本主义新人”分别代表了不同时期的现代化理想和想象，那么在现代化的角度上看，他们并无不同，他们都是要告别“旧式农民”与旧中国，但他们的出发点和要达到的理想社会却并不相同。

需要指出的是，我们上面所讨论的是文学作品中所出现的“新人”形象，与他们相对的是“旧式农民”。这些“旧式农民”在20世纪80年代的文学作品中得到了更多的描绘与塑造，这个时期的文学与思想潮流，将我国“新时期”以前的社会描述成一个“前现代的社会”，从而重新提出了“反封建”“反思国民性”等命题，所以在“新时期”文学中，我们很少看到“社会主义新人”与“资本主义新人’的直接冲突（与20世纪50—70年代的作品不同），看到的更多是“资本主义新人”与“旧式农民”的冲突。

正是在与“旧式农民”的对立中，“资本主义新人”才找到了合理性与合法性，对“旧式农民”有较为深入刻画的作品，主要有高晓声的《李顺大造屋》《陈奂生上城》，朱晓平的《桑树坪记事》，古华的《爬满青藤的古屋》，郑义的《远村》，叶蔚林的《五个女子和一根绳子》，莫应丰的《驼背的竹乡》等。这些作品描绘出了一幅愚昧、落后的农村场景，在塑造“旧式农民”形象的同时，着力表现他们食物的匮乏、性的压抑以及精神的扭曲，显示了他们生存现状的蒙昧。他们在此之前的生存似乎只具有空间的意义，而不具备在时间向度上的移动，而改革开放则作为解放性的事件，使其中的“新人”告别了封闭的空间与僵化、凝固、窒息的传统，走向了新的未来。

在《苍生》中，“社会主义新人”“资本主义新人”“旧式农民”三者之间的矛盾有着复杂的纠葛，以邱志国为代表的“社会主义新人”已经堕落了，但作为暗线的“红旗大队”却依然活跃着，这显示了作者对“合作化”道路与“社会主义新人”既有否定，又有所眷恋；对于田保根所代表的“资本主义新人”，浩然在其身上寄予了未来，但在道德、人品上却又持保留的态度；对于田大妈、田留根所代表的“旧式农民”，作者对他们落后的生活与思维方式持批评、反思的态度，但在行文中也流露出深深的同情、理解与尊敬。这样多重的矛盾纠结在一起，既显示了作者对现代化本身的复杂态度，也显示了作者对现代化的不同道路的复杂态度。

2. 结构：从“路线斗争”到“儿女情”

在《苍生》中，与邱志国所施行的农村经济“改革”相对，也有另外一条路线，这就是仍然有一些人坚持走“集体化”道路。不过与《艳阳天》《金光大道》相反，在这里，两条路线之间没有形成激烈的对抗，甚至走集体化道路这一条线也只是或隐或显地出现在小说中。但在浩然的构思与安排中，“集体化”无疑是更为理想的一种选择，或许在当时的政策条件下，这样的理想选择无法更鲜明地提出，只能以暗线加以处理了。

小说中坚持走集体化的重要人物是“红旗大队”的老队长刘贵，他没有将集体的家产瓜分，而是在对“人民公社”制度扬弃的基础上，采取了一种联户承包的方式，将村民划分为果树队、农田队、工业队和商业队，并对生产与分配方式进行了一些改革，“以工副商业养农业，又以农业促进工副商业”，在这样的体制下，“红旗大队”的经济得到了很大的发展，成了闻名四周的富裕村，“我们这个‘红旗大队’，这会儿才是真正的农工商业联合体哪，让谁分出去自己干，谁能干呢？”①

小说中的主人公田保根看到“红旗大队”的繁荣，禁不住将它与田家庄加以比较，“人家红旗大队的做法对。改革，就是开拓经济、发展生产力。而咱们田家庄不讲究开拓和发展，而是把几十年好不容易打下的那一点可怜巴巴的家底子，来一次大瓜分、大抢夺。有权有势的多分多抢肥肉块子，没权没势的得到一碗稀汤寡水喝。分抢着肥肉块子的抱着啃，不撒嘴，啃干净拉倒。得一碗稀汤的老百姓，成了四分五裂、人心惶惶的乌合之众，瞎子走路，乱撞乱碰……”②

然而小说也仅限于比较，没有像《艳阳天》《金光大道》那样安排激烈的“阶级斗争”“路线斗争”来判定究竟哪一条路线是正确的，并且对“红旗大队”在“新时期”继续走“集体化”道路，还在国家政策上做了一些辩护，“当然也有人挑鼻子挑眼儿的。老队长不听他们那一套。老队

① 浩然：《苍生》，北京十月文艺出版社 1988 年版，第 193 页。

② 浩然：《苍生》，北京十月文艺出版社 1988 年版，第 230 页。

长抱定了一条：上级号召把经济搞活，让多种多样，并没指定只能一种一样，我们没有违反什么！”①

在小说主要描写的田家庄，坚持走“集体化”道路的是以前的大队长郭云。在小说中，他与邱志国的关系，类似于《艳阳天》中韩百仲与萧长春的关系，或者《金光大道》中朱铁汉与高大泉的关系。在合作化时期他是邱志国的左膀右臂，而在改革开放以后，他没有像邱志国那样迅速转向，而仍然坚持以前的一些想法：“田家庄试验了一年新章程，确实让少数人富起来了。可是，咱们不能扔下多数人不管哪。我跟老烈属、老科长想把何三这样一些没人力、没特殊本事的人联络到一块儿，搞个互助组式的组织，把生产、生活的事儿包起来，相互帮着办，要不然，他们没法儿活下去。我的条件是，你别限制我。”

而邱志国对他的回答是：“唉，好吧。你愿意往南墙上撞，我硬拦你也不合适……你们几个就悄悄地干，别嚷嚷。免得让上边知道了来干涉，又给我添麻烦。名称嘛，别叫什么互助组，怪难听的，好像又复旧了似的。对，我看报纸上有联合承包这个词儿，你们就叫联户承包吧……”②

在邱志国这里，曾经是光荣历史的互助组成了“怪难听”的一个名字，小说中虽然没有明确的“路线斗争”，但对其中人物的褒贬是鲜明的。对于邱志国，小说中的人物这样议论：他“坐在共产党支书的位子上，他干的不是共产党支书的事儿。他跟旧社会的地主老财、保甲长没两样儿”。③在这里，邱志国与曾被他打倒的地主老财并列在一起，成了新时期的压迫者与剥削者。

---

① 浩然：《苍生》，北京十月文艺出版社 1988 年版，第 193 页。

② 以上参见《苍生》，北京十月文艺出版社 1988 年版，第 101—102 页。

③ 浩然：《苍生》，北京十月文艺出版社 1988 年版，第 428 页。

而郭云在小说中一出场，就是与几个人一起修被集体废弃的灌溉设施，此后在一个雨夜，他又担心老光棍何三老头的房子漏雨，张罗人去给他修房子。“社员都怕郭云，又都信任郭云，每次政治运动结尾整顿大队领导班子，社员们都希望工作组再把郭云扶上去；选举的时候，连经常挨郭云训斥的社员都投郭云的票。”这主要是因为他“办集体的事情认真负责、公正无私，从来不往自己兜里搂一分一毫东西，从不跟谁拉拉扯扯和嘀嘀咕咕，隔着肚皮就能看透他那干干净净的心。”[①]

在道德上这样鲜明的对比，体现了作者对“集体化”道路的支持，而且不只在《苍生》中，在他“新时期”的作品《迷阵》《晚霞在燃烧》等也写到了“合作化”，它作为农村发展道路的一种选择，与家庭联产责任制相并列，虽然在作品中不占重要位置，但作者对之表现出了深深的眷恋。可以说，对“合作化”道路的支持贯穿了浩然小说的各个阶段，从早期短篇小说对农村中“新人新事”的歌颂，到《艳阳天》《金光大道》中激烈的阶级斗争、路线斗争，再到《苍生》中与改革的对比，都鲜明地表达了他的态度。

浩然对集体经济的热情，既有毛泽东农业合作化思想的影响，也有他对农村深入的观察和体验。对于《艳阳天》《金光大道》小说中阶级斗争描写的扩大化，浩然曾不止一次做过反思，但对于“合作化”道路，浩然则从未表示过怀疑。浩然的看法是有真知灼见的，在发展市场经济的今天，我们对这一问题就能看得清楚。一方面单个的农民家庭无力与市场谈判，只有走集体道路才能在市场上立足，另一方面在温饱问题解决以后，农民必然不会局限于仅仅从事农业，那么像上引“红旗大队”的“农工商

---

① 浩然 :《苍生》，北京十月文艺出版社 1988 年版，第 281 页。

业联合体”便是一种较好的出路。

对以上“路线斗争”之所以采取暗线对比的处理方式，一方面，在于小说不得不适应改革时期的政治正确，另一方面，在艺术上，浩然也改变了以前以政治运动为主要线索的结构方式，他说：“我决计：立足农村这块基地，写人，写人不再单纯地写新人新事，也不再沿用往时那种以政治运动和经济变革为‘经’线，以人物相应的活动为‘纬’线，来结构作品。这回倒过来，不论写中篇还是‘小长篇’，贯穿着作品的主线都是‘人’，写人的心灵辙印、人的命运轨道：政治、经济，即整个社会动态动向，只充当人的背景和天幕。”①

这里所说的“人”，更接近于“文化”意义上的人，而不仅是政治意义上的人或人的政治方面，这样，就使得小说的重点从政治运动转向了对日常生活的描写，于是婚丧嫁娶在这样的结构中便获得了更为重要的意义，这是浩然“新时期”小说创作中的一个重要变化，这些儿女情的描写，既有民俗学方面的考虑，也受到了20世纪80年代“人道主义”与“文化热”思潮的影响。

在“新时期”描写农村的作品中，“儿女情”成为结构作品的重要方式，《芙蓉镇》《许茂和他的女儿们》《浮躁》《平凡的世界》等作品，都以此作为贯穿全书的线索。不过在《苍生》对儿女情的描写中，我们也能看出作者隐含的政治意识与政治倾向，这显示了作者面对农村变化的复杂之情，而在小说中也呈现了一个更为真实、丰富的世界。

“新启蒙主义”的文学观，将“新时期”视为一个开端，而将“十七年文学”与“‘文革’文学”看作现代化进程以外的因素，从《苍生》人

---

① 浩然 :《泥土巢写作散论》，河南大学出版社 1997 年版，第 67—68 页。

物、结构对《金光大道》等作品的继承与转变中，从浩然对“集体化”的坚持中，我们看到这一判断并不正确。“十七年文学”与“‘文革’文学”所展示的是另一种现代化，至今对我们仍有参考价值。

3. 浩然的“变”与“不变”及其启示

以上我们从对《苍生》人物、结构的分析中，分析了浩然20世纪50—70年代与80年代创作中的“转变”，但在浩然的创作中也有不变的因素，正是这些“不变”使得他在“新时期”文学中与众不同，也对“新时期”的文学史叙述构成了挑战。

浩然的“不变”表现在三个方面，首先是对小说中人物的“道德——政治”评价标准，其次是对主流意识形态的态度，最后是对毛泽东文艺思想的认同。这三个层面互相交织在一起，使他的作品在时代的变化中呈现出了复杂的意蕴。

将政治路线道德化的倾向，在浩然的小说中是一个普遍使用的修辞方式，《艳阳天》中的马老四被有的研究者称作是“道德偶像”①，之所以如此，是与他在政治上的正确、积极分不开的。而《艳阳天》与大多数这一时期的作品大体一样，反面人物的道德败坏程度是与他们财富的数量、政治成分的高低成正比的。李杨指出，“在中国这样的以工业化为目标的现代民族国家中，农村在相当长的时间内将难以摆脱被支配、被剥夺的地位。在这一基础上进行的农村叙事，显然无法始终依

① 叶君：《论〈艳阳天〉中的阶级斗争想象与乡村生活再现》，《学术论坛》2003年第5期。

靠看得见的经济成果及其社会水平的提高，而需要依靠道德和理想的力量”。[①]

有意思的是，当一个时代的政治发生变化时，道德指向的对象也会发生变化，如上面我们提到的《苍生》中的邱志国，便不再是如萧长春一样大公无私的人了，这与其说是道德的本身变化，不如说是道德投射的政治对象的变化，在新的时代，曾带头走“合作化”道路的人不再是完美无瑕的了。

在这里我们可以看出，在浩然“文革”结束前后的小说中，道德评价的标准（勤劳、善良、富于集体精神等）没有变化，将政治道德化的倾向也没有变化，发生变化的只是道德指向的对象，这一变化使浩然的创作与不同时期的主流意识形态保持了一种紧密的联系。

对主流意识形态的追随与肯定，也是浩然小说中不变的因素，早期的“新人新事”小说、《艳阳天》《金光大道》《西沙儿女》等作品，对20世纪50—70年代“主旋律”的跟踪，都是鲜明的例子。“新时期”的小说也延续了这一特色，《山水情》《晚霞在燃烧》《迷阵》《乡俗三部曲》《浮云》《老人和树》《傻丫头》《姑娘大了要出嫁》等作品，都是肯定改革开放的，表现了“新时期”的新人新事。这些小说使“文革”后的浩然重新站立了起来，也正应了一个美国人的预言：“但是很难想象浩然不会卷土重来，在讲故事的绝对流畅方面没有谁能比得了他。用精心选择的细节来使人物的一举一动一颦一笑富于感染力，从庸常琐屑中抢救出的小插曲也饱含寓意，而象征则既像芟剪枝蔓的斧斤，又像在扣结之处蓄着力量的绳索——一个生动故事所具有的这一切都似乎行云流水般出自浩

① 李杨：《50—70年代中国文学经典再解读》，山东教育出版社2003年版，第161页。

然。”[1]在这里肯定的是浩然的艺术能力，但也可以看出他对不同政治的适应能力。

不过在《苍生》等一些作品中，浩然表现出了复杂的一面，这就是当主流意识形态本身发生变化时，他便显得无所适从了，对旧的主流意识形态既有所眷恋，对新的主流意识形态又不得不“肯定”，处在新旧两种主流意识形态的矛盾中，他的小说中才表现出了与简单地肯定“改革开放”的作品更丰富的内容，这在当时被有的批评家称为“在蜕变的途中”[2]，但在今天看来，正是这一矛盾的心理状态，使得作家能呈现出更多层次的“历史真实”。

不论是对旧主流意识形态，还是新主流意识形态，浩然都是积极肯定或力图肯定的。对于主流意识形态的过于重视，使得他的作品在主题上往往与时代思潮相一致，而很少能提出新鲜、独立的思想命题，这对于一个作家来说，也不能不说是一个缺憾。

对毛泽东文艺思想的认同，是贯穿浩然不同时期的一条思想主线。作为一个作家，浩然可以说是毛泽东文艺思想塑造的，也是左翼文学“大众化”追求目标的一种实现：大众写，写大众，给大众看。在浩然这里，则是“农民写，写农民，给农民看”。这是作家身份、作品主人公、隐含读者等各个层面的统一，也是文艺“为什么人”问题的最佳解决方式。

“文革”结束后，浩然一开始有一种“不认账的抵触情绪”，但他很快安定下来，并在新的时代寻找自己的位置：“我承认时代的局限性，意

---

① 《共产主义统治下的文学》，《剑桥中华人民共和国史 · 中国内部的革命（1966—1982）》，中国社会科学出版社 1998 年版，第 834 页。

② 曾镇南：《在蜕变的途中——评浩然的〈苍生〉》，《浩然研究专集》，百花文艺出版社 1994 年版，第 578 页。

识到自己无力完全突破这个局限。所以对自己走过的创作道路，只把过失当作教训，当作继续向前追赶的动力，从不后悔，更不因悔恨而沉沦。对已经公之于世、成为社会之物的自己写的作品，保持虚心和冷静态度，不为它所遭受的褒贬所左右；尽量地自知自明、自信自强，不说糊涂话，不说献媚话，更不说假话。”[①]

从浩然“新时期”创作的基本方面来看，他并没有脱离最初所确立的艺术方向，也就是“写农民，给农民写”，在新的时期他继续实践着“毛泽东文艺思想”，并显示了创作实绩，而且在文学活动上，他也实践着“毛泽东文艺思想”，尤其是他做的“文艺绿化”工程，在变化了的时代中显得尤为可贵。

浩然说，“平生我搞过两次‘文艺绿化’工程，都是处在特定的历史时期，又在特定的环境和条件下进行的。第一次是20世纪70年代初，地点在北京郊区农村，以通县为基地，悄然无声地做起来的；第二次是20世纪90年代初，地点在冀东，以三河为中心，辐射它的周边邻县，是以‘大张旗鼓’的架势开始的”。[②]

“文革”结束后，浩然一直坚持辛勤培养业余农民作家，《苍生文学》创办于1991年，是迄今为止唯一的农民文学杂志，专门发表农民作家生产劳动之余的创作，他还帮助他们出版作品。“我在深入生活的地方创建了县文联，支持了《苍生文学》季刊的筹办，同时还参加了《北京文学》的编辑工作。这中间，又策划、编发了《北京泥土文学丛书》和《潍坊泥土文学丛书》。二十多册期刊，近十本文学新人的小说、散文集子，

---

① 浩然：《追赶者的几句话》，《嫁不出去的傻丫头》，北京十月文艺出版社 1985 年版，第 4 页。

② 浩然：《张宝玺现象》，《泥土巢写作散论》，河南大学出版社 1997 年版，第 282 页。

是我继续按照《讲话》的指引，从事文学事业新的航程表。”[①]

浩然在给一个青年的信中说，“你不要总有点对我感激不尽的情绪。真的不要，我对你所做的事情，都是我应该做的。因为我是刊物的编辑，你是刊物的作者；如果编辑不尽心尽意，认真周到地为作者服务效劳，那就失职了。要论感谢，我得感谢你”。[②]

在这里浩然所试图做的，就是按照自己的成长模式，培养出新的基层或业余写作者来，今天，我们或许可以更清晰地看到浩然道路的意义。

“新时期”以来，通过区分“文学”与“政治”，切断了形式与内容、文本与外部世界的关系。在这里，“写什么”与“怎么写”成了讨论的中心问题，而同样重要的“为什么写”与“为什么人写”则被逐渐淡忘了，文学在被技术化的同时也被精英化了。

在这种文学——政治体系中，工农兵所代表的劳动人民不但很少被写入文学作品，即使写进去，也是作为一种“被动的客体”而写的；劳动人民不仅在作品中作为人物失去了主体性，而且作为创作主体的“主体性”也失去了，他们失去了拿起笔“讲述自己的故事”的可能性，在这个时代里，在这样的文化体系中，不但已经没人讲他们的故事，也没有人愿意听他们的故事了，人们的目光转向了另一阶级的“创业史”、另一阶级的“艳阳天”、另一阶级的“金光大道”。所以尽管浩然耗费了心血，农民作家却无法发出自己的声音，在他们之中，也无法再出现另一个“浩然”。

浩然对底层民众与“人民文艺”思想的感情值得尊重与借鉴，但他对

---

① 浩然：《艺术航船的指南针》，《泥土巢写作散论》，河南大学出版社 1997 年版，第 209 页。

② 浩然：《写给陈争利的信》，《泥土巢写作散论》，河南大学出版社 1997 年版，第 218 页。

主流意识形态的追随、观察世界角度的单一、艺术形式的保守，也应该反思。现在“左翼文学”与“人民文学”又重新得到了人们的关注和讨论，但“人民文学”如何才不至于重蹈覆辙，需要我们总结历史上的经验教训，本文的分析就是这种努力的一部分。

“田园将芜，胡不归”

——“新时期”以来中国人与土地关系的变化

在20世纪，中国的土地制度发生了天翻地覆的变化，从“土地改革”到“合作化”“人民公社”“家庭联产承包责任制”，土地的所有权与使用权数经更迭，经历了较为复杂的历史过程。20世纪80年代所建立的“家庭联产承包责任制”，是在“土地改革”与“合作化”基础上形成的一种新的土地制度，这一制度的特点在于：在所有权上，土地属于集体所有；在使用权上，土地则以家庭为单位分散经营。这一土地制度在20世纪80年代曾创造了农村改革的辉煌，并一直沿用至今。

本文主要结合当代文学作品，研究当前中国乡村出现的新情况，并探讨其未来的出路。这主要包括：（1）人与土地情感的变化，如第二代打工者对土地情感的淡漠，又如在发展主义视野下对土地的功利化态度，乡村生产方式的工业化及其造成的生态问题等，这在不少底层文学、打工文学作品中都有所体现；（2）“土地流转”中的乡村故事，如孙惠芬的《后上塘书》、陈应松的《夜深沉》、关仁山的《麦河》等；（3）“城镇化”与中国乡村的未来，如高建群的《大平原》等。可以说中国乡村正面临前所未有的变化，这也是中华文明所遭遇的最为剧烈的变化之一，在传统农耕文化中发展起来的中华文明，在城市化与现代化的进程中将会发生怎样的变化？这是值得我们关注与思考的问题。

1. 人与土地情感的巨大变化

在贾平凹的《秦腔》中，最令人触目惊心的莫过于农村的荒芜了。这里的“荒芜”，既包括土地的荒芜，也包括人的荒芜——很多人，尤其是青年人都离开农村到城市去了，在农村里剩下的只是老人和孩子，整个村庄暮气沉沉。小说中村里不少土地都撂荒了，夏天义心疼荒了的地，为此以较高的成本租种了俊德家的土地，但他一个人的力量是有限的，后来村里两委会收回荒地和另作他用的土地，由村里人承包，而又由承包人转租给外乡人，从中收取租金。但在由谁承包上没有明确的规定，村里仍有不少荒地，后来夏天义在“各家的地里查看，凡是荒了的地，或者在自己分得的地里起土掏取盖房用的细沙的，挖了壕打胡基土坯的，或者像书正那样，在地里修了公共厕所的，或者老坟地以前平了现在又起隆修了墓碑的，一一丈量了面积。又将谁家在分地后嫁了女、死了老人或出外打工两年不归的和谁家又娶了媳妇、生了孩子的一一统计”。然后他拿着材料，请夏天智写了一份建议书：为了使每一寸土地都不荒芜，使每一个农民都有地种，公平合理，贫富相当，建议重新分地。

他拿着这一建议，征求村里的人签名，但大部分村民不愿意签名，这里有涉及自身利益者，也有对“分地”甚至对夏天义的历史抱有偏见的，后者中最典型的是书正。

“书正看见了夏天义，放下锨，坐在塄上吃旱烟，打老远就说：‘天义叔是不是让我签名呀？“文化大革命”的时候我签过名，现在什么社会了，你还搞运动呀！’夏天义说：‘谁是搞运动呀！’书正说：‘天义叔，你真是个土地爷么，一辈子不是收地就是分地，你不嫌泼烦啊？’”[①]

在这里，“重新分地”联系着“土改”“合作化”“家庭联产承包”等历史记忆，正是由于“合作化”搞运动的失败，使书正的讽刺深深刺伤了夏天义，他作为以上三次运动的村领导，直接经历过政策的反复与变化，这使他的威信受到相当大的挑战，但也使他深深知道土地对于农民的重要性，在新的时期正是对土地重要性的认识，也使他敏感于时代的变化与土地的撂荒，从而提出了“重新分地”的建议，不过这一建议却被搁置了。

在王祥夫的小说《五张犁》中，五张犁是一个人物的名字，他们村里的地都被征了，被用作建高尔夫球场，五张犁是农村里以前干活的一个好手，但他出于对土地的热爱，每天还到他以前的承包地去干活，把原先属于他的那块地种得特别好，后来还把人家种的花草都拔掉了，别人说他是“神经病”，最后他被赶走了。这篇小说写出了五张犁对土地的感情，被剥夺土地之后那种无奈的、绝望的情绪。

如果说在夏天义、五张犁等人身上还保留着中国农民对土地那种传统的深厚感情，那么对于更多年轻的打工者来说，这种情感则越来越淡漠了。对于打工者来说，城市既离不开他们，又不愿容纳他们，而他们对城

① 贾平凹：《秦腔》，《收获》2005年第2期，第162页。

市既没有认同感，也无法回归家乡，处于一种进退两难的境地。如果说这是第一代农民工的典型心态，那么到了现在，第二代农民工逐渐登上历史舞台，问题无疑更加复杂化与尖锐化了。在王昕朋的《漂二代》中，我们可以看到，对于第一代农民工李跃进、韩土改、赵家仁、肖桂桂等人来说，北京不过是暂时寓居的“漂泊”之地，他们总还想着回归河南老家，但是对于他们的子女来说，却已经发生了很大的改变，这些孩子出生、成长在北京，他们认同的是城市生活，回到农村生活对他们来说是不可想象的。他们既无法融入城市，在城市之外，又无处可以容身，小说中肖祥、肖辉、宋肖新、李豫生等人形象地向我们展示了这一代人的困境。

据研究，“从成长经历来看，新生代农民工没有经历过父辈那样从农村到城市的变化过程，与城市同龄人更为趋同。很多新生代农民工自小就跟随父母移居城市，或是在农村初中（高中）一毕业就到城市‘谋出路’，因此他们对城市生活环境比对农村生活环境更熟悉、更适应；即使出生、成长在农村，他们在务工前也同城市里的同龄人一样，大多数时间在学校读书，不熟悉农业生产。据统计，89.4%的新生代农民工基本不会农活，37.9%的新生代农民工从来没有务农经验。”①

在《中国新生代农民工》《中国新工人：迷失与崛起》等非虚构作品中，我们也可以看到，对新一代打工者来说，乡村已经成为回不去或者不愿回去的家，“长期在外的打工生活已经改变了打工者的观念和生活方式，一些打工者真的回老家的时候，即使已经盖了自己的房子，却发现自己很难适应那里的生活了。所以说，打工者‘不能回家’的原因是多方面的，客观原因是需要打工维持生计、需要挣钱盖房、没有假期，但是主观

① 《关于新生代农民工问题的研究报告》,《工人日报》2010 年 6 月 21 日。

原因也已经越来越重要，就是打工者已经不愿意再回去了”。[①]

当打工者离开乡村，而乡村只剩下老人、儿童、妇女的时候，一方面我们可以看到农村的衰败凋敝，另一方面也可以看到，农民与土地的感情已经分外淡漠。这可以说是中国历史上前所未有的状况，作为农耕文明的国家，中国对土地的重视贯穿于所有历史之中，农民对土地的感情是深厚的，在20世纪，围绕土地的变革与革命更是牵动着所有中国人的心。比如《创业史》中的梁三老汉：“在土地改革的那年冬里，梁三老汉在他的草棚院里再也蹲不住了。他每天东跑西颠，用手掌帮助耳轮，这里听听，那里听听。他拄着棍子，在到处插了写着字的木橛子的稻地里，这里看看，那里看看。他那灰暗而皱褶的脸皮上，总是一种不稳定的表情：时而惊喜，时而怀疑。老婆嫌他冒着冬天的冷风在外头乱跑，晚上尽咳嗽一夜；但她稍不留意，草棚院就找不见老汉的影子了。她跑出街门，朝四外瞭望，果然，那罗锅腰的高大身躯，孤零零地站在空旷的稻地中间。”[②]

类似梁三老汉这样对土地饱含深情的农民，是我们以前经典的文学作品经常描述的，但在今天，这样的“老式农民”已经越来越少了。这一方面说明我们正在经历前所未有的现代化进程，这一进程极大地改变了中国乡村，极大地改变了中国农民的情感结构与生活方式；另一方面，如此剧烈的变革冲击着传统乡村的文化与生态，也应该引起我们的思考：在这一进程中，作为一个人口大国，我们如何避免农业凋敝可能带来的粮食危机？作为一个文明古国，我们如何避免中国文化可能发生的内在断裂？

---

① 吕途：《中国新工人：迷失与崛起》，法律出版社 2013 年版，第 142 页。

② 柳青：《创业史》，《柳青文集》第二卷，人民文学出版社 2005 年版，第 15—16 页。

2. “土地流转”中的乡村故事

孙惠芬的《后上塘书》讲述的是“土地流转”中的故事，小说的主人公刘杰夫靠承包矿山发财致富，又回到家乡上塘村承包土地，但在这个时候，他的妻子却在家中被杀死了，面对这一生活中的重大变故，他从“成功人士”的光环中回顾自己的人生道路，那是他个人从贫穷到富有的野蛮奋斗史，也是当代中国乡村资本原始积累阶段以灵魂为代价的血腥。在这部小说中，孙惠芬重点关注的是乡村巨变中人物的心灵问题，小说采用双线叙事，一条线索以刘杰夫在妻子死后的追索为中心，另一条则以他妻子徐兰亡灵的口吻叙事，在形式上颇具新意。在小说中我们可以看到，在中国乡村的巨大变化中，无论是“成功者”刘杰夫、方永和，还是受益者徐兰、徐凤，以及受到侮辱与损害的疯小兰、王月、王吉阳、宋佳等人，都处于内心的焦灼与道德的困境之中，在他们的经历与遭遇中，我们可以看到当代中国乡村转型的艰难，以及精神上的巨大代价。

在小说中，“土地流转”是刘杰夫尚未充分展开的下一个事业，这是他闯荡半生选择的最后归宿。村里人对他回来，也有种种议论，“你回来也不要紧，但你不能大兴土木，挖方塘盖活动板房修广场，把原来种苞米大豆的土地都栽上了这种树那种树，把原来的道都改修取直，还安了路灯。你修方塘确实是便利了灌溉，可你改变了地气，土地是高一块还是低一块，是平的还是洼的，是自然生成的，自然的东西都有自个儿的精气，怎么能是你随便乱动的……安路灯确实照亮了上塘的夜晚，可是自古以来乡村的夜晚都是黑的，即使有了路灯，后半夜也是黑的，为什么？上塘的鬼魂要在黑夜里回家，这一宿到亮都明晃晃亮着的电灯阻挡了他们回家，他们怎么能不回来找事？”[①]但我们也可以看到，村民们最终也是倾向于“土地流转”的，在小说的最后，村民们担心刘杰夫由于家庭变故不再继续从事“土地流转”，徐兰的亡灵目睹这一境况，附身于他人，借他人之口说，“你告诉杰夫，他把上塘包下来，就不能半途而废；他答应大伙的事儿，必须给大伙办。徐家炉是我的娘家，这儿的事他更应该办。我徐兰没有任何事求他，就这一件事儿，他办好了，我就闭上眼了。”[②]在这里，我们可以看到，“土地流转”虽然不是《后上塘书》中的重要情节，但已是上塘村实实在在的生活，牵扯到各方的利益。

关仁山的《麦河》表现了当下乡村中国正在实行的土地流转政策，以及面对这个政策麦河两岸的鹦鹉村发生的人与事。小说中的主人公曹双羊的创业道路是艰辛的，他穷则思变，投靠官员子弟合开煤矿，又扳倒老板独占企业，实现了原始的资本积累。他创立“麦河道场”食品集团有限公司，挤垮多家同行，占领了方便面市场。曹双羊受到白立国的启发，发誓以后从善，回归土地，统一到村里流转土地，搞规模经营的现代农业。对待签约，农民心态非常复杂，在城里打工的人愿意流转，也有些农民非常担忧……《麦河》正面描述了曹双羊创业的过程，涉及了当代中国乡村的诸多深层次矛盾，让我们看到了土地流转过程中的复杂社会现象。在资本介入当代中国乡村时，乡村内部也发生了巨大的变化，在人与人之间、人与土地之间，传统的相互依存的关系在慢慢解体，而新的矛盾与新的问题则不断涌现，这既是中国乡村的新现实，也关系到中国乡村的未来。

---

① 孙惠芬：《后上塘书》，上海文艺出版社 2015 年版，第 27 页。

② 孙惠芬：《后上塘书》，上海文艺出版社 2015 年版，第 331 页。

陈应松的《夜深沉》涉及当前农村中出现的一个新问题，并以一种独特的角度讲述了出来：小说的主人公隗三户早年外出打工，在广东做生意并小有成就，在一场大病之后，他萌发了叶落归根的想法，但是当他回到家乡，向村支书、村长武大雨提出想要回承包地、批一块宅基地时，却遭到了拒绝，他为此四处奔波，费尽周折，终于也未能如愿，只好失望地踏上了回广东的路，然而走到村口时，却意外地被偷牛贼杀死了，他活着不能留在村中，但临死时，“他突然想，这下就可以死在家乡了”。——小说通过隗三户回乡奔波的历程，向我们展现了他这一代打工者困窘的精神处境，他们尽管获得了一定意义上的成功，但是无法融入当地城市（广东）的生活之中，也无法对之产生情感上的认同，但是当他们回到家乡，却同样无法找到归属感，就像小说中写的，“自欺欺人的隗三户终于回来了，回来却如走在异乡，没有一点儿回家的感觉，家乡已没有了亲人，房子早卖掉，已经拆了。承包地早就退了。心茫然而虚空……”小说对隗三户无所归依的精神处境以及他为走出这一困境所做的努力与挣扎，做了精彩而细致的描述，但是在我看来，小说中最为精彩的部分并不在此，因为打工者类似的精神困境，在不少小说中已经有所表现了。我以为小说中最引人注目的地方，在于对隗三户无法回乡的原因的探讨——即，在他离乡的这一段时间，农村的土地关系已经发生了巨大的变化，正是这种变化，使得武大雨不可能再批给他承包地与宅基地。这种变化就是小说中所写到的“土地流转”——“十年前一大批在外打工做生意的人都失了地，跟他一起出来的，基本都不要了。那时的地是个吃人的老虎，张着血盆大口，一亩竟要四百多的税赋，送给人家代种人家也不要。那时也没有这么高产的杂交稻，这么高产的油菜。稻谷也便宜，根本卖不出钱来，刨去种子、化肥、农药七的八的成本，根本赚不到钱，还倒贴，隗三户的田一年就要交近五千块，只好抛荒。村里还是得找他们收，抛荒了也收，你名下的地嘛。听说乡里的干部腊月二十八还在村里，不交的一绳子捆到镇里去，让你过不了年。有钱的交钱，无钱的揭瓦牵猪。杀了猪的，收猪肉。村里就说，交钱呀，不交我工资都拿不到。这样，你不找我要钱，我不找你要田。好呀，你说的。行。村里贷款交。村里就把田收回了。至于收回后是怎么变成大驴的猪圈，他这就搞不明白了。”

在这里，我们可以看到“土地流转”的一个轨迹：外出打工者抛荒——村里收回——土地流转到村干部私人手中。于是村干部武大雨（绰号“大驴”）便成了“土地流转”的最大受益者，他事实上成为了村中土地使用权的最大拥有者，并且以规模经营的方式“养猪”，在某种意义上，甚至可以说他成为了村中最大的“地主”与“资本家”，虽然村里的土地名义上仍属于“集体所有”，但并不影响他对土地的支配权。在这种情形下，作为一个既得利益者，他自然不会按照20世纪80年代“包产到户”的惯例，将承包地再分给隗三户，而且土地作为一种他可以支配的资源，甚至可以成为他交换政治或经济利益的筹码，“胡妖儿……要跟大驴争村长的，大驴发动族人要她别争，条件就是收回外人承包的这片河滩，给她承包种树搞农家乐，这事儿就这么搞定了”。在这里，所谓“承包”已经成为一种利益交换的手段，而这一权力则掌握在村干部的手中。这可以说是我国农村土地关系的一个重大变化，尽管这一变化的后果还没有充分显现出来，但如果按照这样的趋势发展下去，我国农村势必会发生激烈的贫富分化与阶层分化：少数掌握权力与资本的人掌握了“土地”这一农村中最重要的生产资料，控制着农村中的政治与经济局势，成为集地主与资本家于一身的土地的“新主人”，而更多的人则将失去土地，只能沦为雇工或佣工，“自由得一无所有”。如果真的发展到了这样，那么20世纪中国在“土地革命”上所取得的成就——以“土地改革”“合作化”“家庭联产承包责任制”等不同形式表现出来的——将化为乌有，中国农村将重新回到弱肉强食的状态，而且将因为历史条件的变化而更加恶劣化：现代农村已失去了传统社会“互助”的思想与组织；资本主义现代化进程的加速——如此，将来的中国农村不是回到传统的“治乱”模式，就是会发展到现代阶级社会的剧烈斗争，这对于现在土地只能起到社会保障作用的中国农村来说，无疑是灾难性的。具体到小说中，由于隗三户在广州已成为小老板，他无法回到故乡的痛苦还只是精神性的，但是我们也可以想象，像他这样的“成功者”并不多，大多数的打工者并不能真正融入城市之中，在这种情形下，故乡的土地至少还可以为他们提供一个立足之地，如果连这样的土地也失去了，他们就只能进退失据、走投无路了，而这对于中国来说，则将有可能会酿成更加严重的社会问题。所以，小说中所写到的“土地流转”虽然还只是一个苗头，但应该引起我们足够的警惕与注意。

“土地问题”是中国农村问题的核心，近年来农村中土地关系已发生了不少新情况（包括撂荒、“土地流转”，以及新的“合作化”等），但农村题材的作品中却很少涉及，孙惠芬、陈应松、关仁山敏锐地捕捉到了当前农村土地关系的最新变化，并以艺术化的方式呈现了出来，值得我们认真思考。

3. “城镇化”与中国乡村的未来

高建群的《大平原》，为我们描述了中国乡村正在发生的巨大变化，祖父一代的逃荒经历，父亲一代的下放经历，以及“我”经历的乡村正在城市化的过程，让我们看到了中国乡村近百年的变迁，以及生活在“大平原”上那些人的苦难、辛酸与血泪。如果说祖父、父亲的命运仍然与传统乡村及其生活方式密切相连，那么“我”所面临的则是更加剧烈的变化，在“我”的面前，传统的乡村消失了，“家”也消失了，在那片土地上生长出来的不再是树木与庄稼，而是一片片楼房。

“在土地被征用了以后，他们离开了自己的生身热土，被安置到了这里。按照政策，被解决了城镇户口，从而成为西京城的市民。而过去的村民小组，也成了街道委员会，镇政府则变成了办事处。但是，当握着这蓝皮户口本的时候，大家觉得，一切都不是那么回事。对自己的以后，多出了许多忧虑……安置小区的一部分人，拿出自己得来的那为数有限的钱，开始瞎折腾，做点小本生意，买辆出租车，在街区开个洗脚房，等等。而大部分人，茫然无措，不知自己干什么才好。他们的孩子，这些脱离土地的青年们，一部分在第四街区办的技校里经过速成班培训，成为区内企业中一些做简单技术的蓝领。而另外一部分孩子，穿起制服、皮鞋，做了这些企业的门卫、保安……也许，要真正成为西京城里的一个市民，要真正进入和融入西京城的主流社会，那还需要几代人的努力。”①

在《大平原》中，我们看到传统的中国乡村在城市化过程中的命运，在城镇化之后，村民转变身份，成为市民，但是离开熟悉的乡土生活之后，他们还不能在城市中找到自己的位置，也不能找到适合自己的生存方式，这可以说是城镇化之后所面临的重要问题。同时这也将是中国乡村在此后长期面临的一个问题，传统中国文化与中国人的生活方式，都是建立

① 高建群：《大平原》，北京十月文艺出版社 2009 年版，第 405—406 页。

在农耕文明之上的，虽然在20世纪中国乡村经历了各种变革的激荡，但是“乡村”作为中国最基本的单位却始终未变，而今正在进行中的城镇化必将对中国乡村及中国文化的生态产生极大的影响，可以说这是中国乡村前所未有的变化，从“乡土中国”到“城市中国”虽然还有较长的路要走，但可以预见的是，随着这一进程的展开，“乡村”“中国”都将会呈现出与我们经验中不同的样貌，这将会是一个重要的转折。

当然不只是“城镇化”之后会面临新的问题，在“城镇化”的过程中也会遇到新的问题，我们以乔叶的《盖楼记》和郑局廷的小说《上楼》为例来看。

小说《盖楼记》中的张庄和乔庄，被规划为焦作市高新区的组成部分。这对张庄和乔庄的村民而言，虽然会从此失去赖以为生的土地，但也是一个千载难逢的脱贫机遇。他们可以趁着房屋尚未被拆、土地尚未被征之前，抢建抢盖，以此获取更多的政府补偿。小说围绕着“盖楼”，开始了一系列故事的讲述。小说中的“我”，靠着多年的努力和奋斗，终于从焦作乡下调入省城郑州工作，成了这座城市中的体面人，渐渐与农村失去联系。某天，乡下姐姐一个关于“咱姨高血压犯了”的电话，将我拉回曾经生活了二十多年的老家，并卷入了一场因拆迁而引发的盖楼事件当中。原来，“我”三姨妈之所以犯高血压，是为盖房子。从城里退休回到乡下的她，听说要拆迁，就自顾自地挑头盖起了房子。用“我”姐姐的话说，“这一盖，上头一拆，钱一到手，多好”。没想到，三姨妈刚一有动静，村支书就带人过来把匠人们的工具没收了。姨妈跳脚跟支书吵了一架，便犯了高血压。“我”为了替姨妈打抱不平，在姐姐的撺掇下，决定帮她们盖楼。最主要的阻力当然来自村支书王永，他为人正直厚道，坚持原则。但直接阻力来自王永的弟弟王强，这个有些狡诈的支书弟弟，很想盖楼却迫于他哥哥的压力不敢带头。为了“拿下”王强，让他成为同一条战壕里的兄弟，“我”、“我”姐姐和姐夫、三姨妈、退休教师赵老师夫妇等人，又是借钱、又是请客，费尽周折地拉拢王强。最后，在大家的共同斡旋下，终于抢在政府拆迁之前把楼给盖起来了。

《盖楼记》细致地呈现了农村在城市化进程中的历史细节和复杂微妙的农民心理。逼近生活真相，呈现出了内在的生活逻辑，同时表现出了作者的困惑与矛盾；叙述简练、自然。但作品也有值得思考之处：“我”与底层乃至自己亲人的关系，是高高在上的，是“哀其不幸，怒其不争”的，其中很多描述虽然真实但又很残酷，甚至对自己姐姐、姐夫，也有某种程度上的“歧视”。作品中“我”的“介入”只是为了个人或家族的“私利”，而并非作为一个公共知识分子，去谋求公共利益，甚至当“私利”与公共利益发生矛盾时，很鲜明地站在前者一边。最突出的一个例子，是“我”出谋划策、合纵连横，去对付一个不谋私利的村支书，在这里，“我”反而成了“公义”的破坏者。以上的问题涉及作家与叙述者“我”的关系，也涉及非虚构与“小说”的关系。“我”的“介入”调动了个人的社会资源，是在承认潜规则的前提下，最大可能谋取私人利益（为自己的姐姐增加了六万元赔偿）；“我”的写作是一种“公共性”，而这种“公共性”只是表达了谋取私人利益的过程，二者之间存在着矛盾与分裂——但无论如何，小说细腻而真实地呈现出了“城镇化”过程中农民的心态及他们的生存技巧，虽然他们无法改变拆迁的进程，但也以他们的方式参与了“博弈”，这部作品也让我们看到了“城镇化”中复杂而真切的现实场景。

郑局廷的《上楼》写的就是当今农村中出现的“上楼”，所谓上楼，是对农村城镇化、农民改变身份成为城镇居民的一种形象化描述，即农民在出让耕地之后，搬入楼房，开始楼上楼下、电灯电话的生活。小说《上楼》以夏家圩村民拆迁为线索，“随着城市化的快速推进及工业化的迅猛发展，工业项目像雨后春笋一样在城郊周边倏地冒了出来，把工业园挤得满满当当，唯有夏家圩自成一体，成为名副其实的‘都市里的村庄’”。办事处主任曹军祥出于热心，为孤岛夏家圩引来一个大项目，九十八户农民签订了搬迁“上楼”协议，项目落地后，村子的发展、农民的收益，无疑都能有较大的提高。然而，拆迁工作遇到了未曾预料的问题。养猪大户夏继承因不满拆迁赔偿，两次上访，给曹军祥造成了极大压力，拆迁迟迟不能展开。夏继承要求拆迁补偿的金额与投资评估公司评估的赔偿金额相差一百万。夏继承为了达到自己的目的，暗中联络村民，建立攻守同盟，答应将未来得到的赔偿款分给他们，使拆迁阻力倍增。最终，曹军祥将自己应得的一百万奖金充当了村民的拆迁补偿款，及时化解了一起群体暴力事件。《上楼》从基层干部的视角写了“上楼”过程中各方博弈的过程，让我们看到了城镇化复杂进程的另一面。

以上，我们从“人与土地情感的巨大变化”、“土地流转”中的乡村故事、“城镇化”与中国乡村的未来等三个方面分析了当代中国人与土地关系的巨大变化，这是正在展开的历史进程，也是“中国故事”在新时代的延续。我们在这些作品中看到了中国人的新经验，以及中国人的“心灵史”，我们期待能有更多作家，为我们描述出中国和中国乡村在新的历史进程中的变化，也期待中国和中国乡村在未来的历史中可以稳步前进，在传承中华文明的同时凤凰涅槃，再造一个崭新的中国。

历史的通俗化、美学与意识形态

——严歌苓小说简评

21世纪以来，严歌苓的小说受到了海内外评论家的高度赞誉，并被频繁搬上银幕，在文学界与社会上有着较大的影响。但在我看来，严歌苓的小说虽然文笔细腻，故事性强，但很难说是严肃意义上的文学，而更接近于通俗文学，或者说严歌苓的小说之所以受到欢迎，并不是由于其思想的深刻或艺术的完美，而在于她以流畅自然的方式讲述故事，迎合了流行的社会意识，但她的小说却缺乏对流行意识的质疑与反思。在艺术上也是如此，严歌苓的叙述技巧娴熟，但其不足之处在于，她并不直面历史、现实或艺术上真正的难题，而是以其叙事技巧绕开需要面对的问题，放弃了写作上真正的难度。这表现在人物创造上，便是人物形象的类型化，而不是个性化或典型化；表现在题材处理上，便是历史的传奇化与现实的奇观化，而不是深入其内在逻辑并做出探索；表现在思想意识上，便是将时代的流行观念作为主题，而没有自己的独特思考。严歌苓小说的广泛流传，既可以看作她对当下文化环境的适应，也突显了我们这个时代的文化症候，即在泛娱乐化与消费主义的语境中，严肃文学如何转化为了通俗小说，或者说文学的消遣娱乐功能如何取代了认识启迪功能？在这个意义上，严歌苓的小说值得探究。

1. 历史的“传奇化”

严歌苓的小说都有一个好看的故事，在《第九个寡妇》中，是土改之后王葡萄将公公藏入地窖二十几年的故事，在《金陵十三钗》中，是南京大屠杀时妓女拯救女学生的故事，在《小姨多鹤》中，是小姨多鹤和张俭、小环之间的复杂情感，在《陆犯焉识》中，是陆焉识与冯婉喻跨越数十年的苦难爱情。不过严歌苓的故事虽然流畅好读，却在历史与经验叙述上有明显的问题。譬如，在《小姨多鹤》中，我们看到小姨多鹤在与张俭、小环生活了十多年之后，仍然保持着日本人的生活习惯，保留着日本人的语音，在20世纪50年代的中国工厂没有受到盘查与质疑，作者显然没有充分进入当时的语境。另一个例子是《陆犯焉识》，我们可以对这部小说做一下详细分析。

《陆犯焉识》的主人公陆焉识出生于上海一户大家庭，在继母的安排下娶了她的娘家侄女冯婉喻，但他对她并没有感情，很快出国留学，在美国读了几年书。毕业回国后，陆焉识在大学教书，在20世纪50年代，他因其出身与不谙世事而被打成“反革命”，在历次运动中他的刑期一次次延长，直至被判为无期，在西北大荒漠上改造了二十年。在劳改时，他萌发了对冯婉喻的爱意与思念，开始在心中默写给她的信件，并曾冒着生命危险偷偷逃出荒漠，到上海的家中去看她，但又被抓回。直到“文革”结束后，饱经思念的陆焉识和冯婉喻终于可以团聚，但苦苦等他归来的冯婉喻却在他到家前突然失忆……小说中浓墨重彩地描述了两个人跨越数十年的情感故事，写得缠绵悱恻、荡气回肠，颇令不少读者感动。但在感动之余，我们却发现这部小说除了一个情感故事之外，并没有为我们提供关于那段历史的新的言说，或者说作者只是将一个言情故事放置在了那个特定的历史环境中，而并没有深入那段历史内在的复杂纠结之处，相反在小说的叙述中，作者简化了历史的丰富性，或者说对历史充满了意识形态偏见。

对于《陆犯焉识》中所描述的那段历史以及劳动改造的故事，我们并不陌生，在20世纪80年代伴随着右派知识分子平反及其“归来”，描述右派及其劳动改造的小说在文学界大量涌现，引起了广泛关注，张贤亮的《男人的一半是女人》《绿化树》《灵与肉》等小说便是一个突出的例子。这些作品描述知识分子的受难、劳改的悲惨遭遇，书写了一代知识分子的苦难及其精神蜕变，在文学史上有着重要的位置。在今天看来，这些作品不无值得反思之处，比如相对于索尔仁尼琴的《癌症楼》，中国作家并未将个人与民族的苦难经验，转化为对时代、历史与体制更为深刻的思考，比如相对于历史学家张光直的思考，中国的右派作家更偏重于个人经验与苦难的倾诉，而缺乏超越性思考与开阔的历史眼光。

不过即使与《男人的一半是女人》等作品相比，《陆犯焉识》也显得缺乏丰富性、复杂性与矛盾性。在《陆犯焉识》中，我们看到作者只是描述了陆焉识在劳改中的苦难及其情感寄托，而没有涉及其他更丰富的生活与内心世界。如将陆焉识与张贤亮笔下的章永璘相比，在《男人的一半是女人》等小说中，张贤亮试图“描写一个出身于资产阶级家庭，甚至有过朦胧的资产阶级人道主义和民主主义思想的青年，经过‘苦难的历程’，最终变成了一个马克思主义的信仰者”的全过程。在“苦难的历程”中，作者描述了章永璘内在的挣扎与痛苦，这既包括生理上的压抑，也包括内心中忠诚与背叛、信仰与现实的深刻矛盾。但在《陆犯焉识》中，苦难只是成为一种背景，一种隔离开男女主人公的障碍，而并没有深入主人公的肌体与内心，也没有参与主人公的人格与性格的塑造。如果说《男人的一半是女人》的叙述中有很多“毛刺”，而《陆犯焉识》的叙述则是光滑的，但正是在那些“毛刺”中，却隐藏着最真切的生命体验，也隐藏着历史中深重的苦难。《陆犯焉识》叙述的光滑流畅，恰恰避开了对历史以及历史中个人的思考，只是将苦难的原因归咎于当时的体制，也就是对新中国前三十年的片面否定。小说在结尾处有一个细节交代，“她在初次见面后的第二天，就做了戴同志的情妇。她做戴同志的情妇的时间加在一块是六个小时多一点：每次戴同志爱她都不超过半小时。她做戴同志的情妇是要他出高价的：背叛组织原则，把她死到临头的爱人陆焉识救下断头台”。小说中这样为冯婉喻辩护，“一个女人拿出什么去营救自己爱人的性命都不为过；一个母亲使出什么手段来保护自己孩子的父亲都无罪”。这个情节既增强了两人情感故事的波折与苦难，也对当时领导运动的人做了丑化与否定。在这里，讨论历史真实与艺术真实或许没有必要，但即使仅从叙述方式的角度来说，这样的情节并没有超出20世纪80年代苦难叙述的成规，即将历史的苦难归咎于掌权者的个人欲望，在这个意义上，《陆犯焉识》并没有新的创见，只不过是将20世纪80年代的创新编织进了它的叙述之中。

2. 人物的“扁平化”

严歌苓小说中的人物，很少有鲜明的性格，也不是特定环境中的典型人物，而是类型化的人物，她所擅长写的是“圣母”或者“妓女”，这两类人物形象也是女性主义研究中众所周知的女性类型。在严歌苓所描写的“圣母”型女性中，作者也没有深入主人公的内心世界中，小说主人公的执拗、坚持与执着，大多被归因于性格上的“一根筋”，而没有内在的逻辑与原因。在《第九个寡妇》中，错划为恶霸地主而被判死刑的孙怀清，执行时侥幸未死，被儿媳妇王葡萄藏匿于干红薯窖中二十多年，直到改革开放后，才走出地窖，但这时他已经须发皆白，奄奄一息了。小说以这一故事为主要线索，结合王葡萄“作为寡妇以强烈情欲与不同男人偷欢”的故事，重点塑造了王葡萄、孙怀清等人物形象。小说中的王葡萄，是一个忍辱负重，而又单纯执着的人物，有论者称其以“浑然不分的仁爱与包容一切的宽厚超越了人世间的一切利害之争”。在小说中，王葡萄的“一根筋”的性格是推动故事的动力，这在很大程度上削弱了小说的思想与历史内涵，显然这些“一根筋”式的人物并非来自于生活，而是来自于作家的主观意念，或者说作者并没有想理解其内在复杂性，而这则导致了人物形象的单薄与浅白。不仅《第九个寡妇》中的王葡萄是一个扁平化的人物，在《小姨多鹤》中，一触及现实的危机，小姨多鹤都会显现出一种“呆气”，而在《陆犯焉识》中，冯婉喻则患了“失忆症”，可以说无论“一根筋”，还是呆气与失忆症，都是作家的一种回避，她无法写出笔下人物的丰富性，只能将之抽象化。我们可以说，将一个抽象化的人物置于极致的环境中，讲述一个传奇故事，这就是严歌苓小说的叙述模式。

在《第九个寡妇》中，不仅王葡萄是抽象化的人物，她的公公孙怀清也是抽象化的人物，在小说中，孙怀清这个地主形象勤劳善良、足智多谋，既是一位值得尊重的老人，也是一位无辜的受难者，在他身上凝聚了中华民族的诸多传统美德。在当代文学史上，有很多作品涉及土改这一段历史，比如《三里湾》《创业史》《艳阳天》，我们可以将《第九个寡妇》与这些作品做一下比较，《第九个寡妇》中的地主孙怀清集各种美德于一身，《三里湾》《创业史》《艳阳天》等作品则对地主持批判的态度，这与一个时代的整体想象有关，我们姑且不论。我们还可以看到，在《三里湾》《创业史》《艳阳天》等小说中，除了地主与合作化的领路人如梁生宝、萧长春之外，还有大量的“中间人物”，这些中间人物中有积极分子，有落后群众，也有各种性格不同的乡村人物，正是这些中间人物展现了乡村生活的丰富多彩，描述了乡村变革的艰难曲折，构成了一幅幅乡村的风俗画。但在《第九个寡妇》中，我们却看不到中间人物，也看不到丰富的乡村画面，我们看到的只是抽象出来的人物，因而难免是苍白的、扁平的。

严歌苓的另一个特点在于将“妓女”圣女化，在《金陵十三钗》《扶桑》中，我们看到的是妓女，但她却将之作为“圣女”来写，这虽然颇具戏剧化的效果，但也是一种简单的二元对立。以《金陵十三钗》为例，小说在南京大屠杀的背景中关注一群妓女的命运，题材较小，也不无轻佻轻浮之嫌，缺乏对南京大屠杀应有的敬重与反思，而作家将妓女与女学生的命运简单对立起来，也禁不住读者的质疑：小说对这一故事的津津乐道，其实仍然是建立在对妓女身份的歧视之上，作为社会底层的群体，妓女就比女学生更应该牺牲吗？小说中故事的张力来自于不同人物身份的差异，但作者并无意深入历史的内部。《扶桑》中也是如此，“她虽然是妓女，但在她身上从来没有妓女常有的贱、哆、刁、媚和那种以灵肉做生意的贪婪，她是一个原始的嚣张的自由体，在她身上没有任何社会和世俗给予的概念和符号，她没洗过脑，只是一个最低的原初的生命形式，一个淳朴又纯粹的雌性体……”在这里，没有任何“概念和符号”，恰恰是一种符号，小说的“她”被抽去了丰富的历史文化内涵，而只留下“纯洁的妓女”这样一个内在矛盾的符号。在文学史上，描写妓女的作品有很多，老舍的《月牙儿》、曹禺的《日出》、莫泊桑的《羊脂球》、小仲马的《茶花女》，这些小说中的妓女无不蕴含着丰富的历史内涵。以《羊脂球》为例，小说将这样一个妓女形象置于普法战争的背景下，通过她的选择以及别人对她态度的变化，在众人的伪善中反衬出羊脂球的牺牲，深刻地揭示了人性的悲剧。但在《扶桑》中，我们看到的却只是一个妓女与一个白人的情感与欲望故事。

在严歌苓的作品中，我们可以看到她试图写出人性的暧昧、幽暗之处，但这种“人性”在被抽象化之后，便似乎只以“性”的形式表现出来，无论是她早期的《白蛇》《扶桑》《天浴》，还是新世纪以来的《第九个寡妇》《小姨多鹤》《金陵十三钗》《老师好美》等，性都成为故事的核心要素，这是严歌苓进入历史的视角，也是她的小说引人关注之处，但以抽象的人性进入具体的历史，在极致的情境下编织两性的故事，却让我们既远离了人物，也远离了历史，小说中呈现出来的便只是扁平的人物，只是主观的抽象世界。

3. 反意识形态的“意识形态”

严歌苓小说中很少涉及意识形态问题，但这并非没有意识形态，而是用一种意识形态来反对另一种意识形态，具体说来，她是用20世纪80年代的流行观念来反对20世纪50—70年代的流行观念，而缺乏自己独到的观察与思考，而这些流行观念，反过来限制了她小说的艺术想象与艺术呈现。

《第九个寡妇》对20世纪50—70年代的历史进行了重述，也对以往的历史观做了颠覆，在这个小说的视野中，这一年代是对象征着勤劳、善良、正义的地主加以镇压，使其在地下“变成鬼”、无法见到天日的时期，与以往描写这一时期农村题材的小说完全相反，作者同情的对象是“地主”孙怀清和“落后群众”王葡萄，而在《三里湾》《创业史》《艳阳天》等作品中，这些恰恰是被批判、争取的对象，这些作品用大量篇幅赞扬的是农村中的“新人”，在梁生宝、萧长春等人身上寄予了农村的希望。《第九个寡妇》可以说反映了严歌苓对“合作化”的认识，但与其说是她的认识，不如说是20世纪80年代的常识。改革开放后，随着“土地承包”的实行，否定“合作化”、赞扬家庭联产承包责任制成为了一种潮流，也成了20世纪80年代的一种主流意识形态，严歌苓的想象也没有超出其外。

但实际上，“土地承包”并非是对“合作化”的简单否定，而是对“合作化”的继承与改造。“土地承包”与“单干”所坚持的土地私有化不同，是建立在土地的集体所有制基础上的，而土地的集体所有正是“合作化”的重要成果，它打破了小农一家一户的小生产模式，同时土地的定期调整，也为避免贫富分化、保持社会安定提供了保障。在此情况下，对“合作化”的简单否定，是不符合历史与现实的实际情况的。“新时期”以来对《创业史》等作品的主流意见，是认为它们受到了当时意识形态的限制，但即使如此，透过这一限制，我们仍能看到当时农村中不同阶层的心态和社会的思想文化氛围。人们也普遍认为“新时期”以后的作品更加自由、多元，更加艺术化。但是从《第九个寡妇》中我们可以看到，它同样受到了意识形态的制约，只不过不同的是，已经到了新世纪，它受到的还是20世纪80年代主流意识形态的制约。

无论是《白毛女》中的山洞，还是《第九个寡妇》中的地窖，相对于现实世界，都是另外一种空间，这一空间也是对现实世界批判、反思的空间，或者说这一空间为现实或历史提供了另外一种可能性。在这里，对“可能性”的想象是对作家艺术能力的一种考验。在《白毛女》中，想象与呼唤的是一种新型的人与人之间的关系，而《第九个寡妇》所想象的，则是在20世纪80年代已经实现了的具体政策，其艺术的创造力显然不能与《白毛女》相提并论。如果我们将眼光拓展一下，就可以发现，在库斯图里卡的《地下》、沃夫冈·贝克的《再见列宁》等影片中，也都开拓了另外一个空间，《地下》的空间是与南斯拉夫历史平行的一种地下生活，《再见列宁》则在虚构中展现了历史走向的另外一种可能，其历史感与想象力也都是《第九个寡妇》无法比拟的。

不仅《第九个寡妇》，在《小姨多鹤》《陆犯焉识》《天浴》等小说中，我们看到的，都是作者在演绎流行的社会观念，或者说她无法突破一个时代的主流意识形态，而是借助一种新的意识形态去批判旧的意识形态，而这既彰显了批判的“勇气”，又有政治正确的“安全”，对于一个作家来说是“两全其美”的，但其中唯独少了知识分子的独立思考与艺术家的创造性。严歌苓曾说，“作为女人我不是一个对中国的政治历史感兴趣的人……我是一个唯美主义者，既然我的立足点和着眼点都不在这里，那么历史只是我所写的故事的一个背景而已，我不想对历史的功过是非做什么价值判断”。话虽这样说，但在她的小说中却隐含着价值判断与意识形态偏见，而这则制约了她的想象力与艺术能力。

严歌苓小说的故事、人物与意识形态性已如上述，但我们并非对其小说的简单否定，而是对其性质与价值的重新认识，作为通俗文学，严歌苓的小说流畅好读，受到市场的欢迎也在情理之中，但如果我们将之作为严肃文学来对待，势必对之有更高的要求与期待。

我们能否理解这个世界

——“非虚构”与文学的可能性

2010年，《人民文学》杂志开设了“非虚构”栏目，发表了一系列作品，“非虚构”这一新的文体也开始为文学界所瞩目，此后伴随着《人民文学》“非虚构与文学的可能性”研讨会的召开，以及“人民大地”写作计划的公开招募，“非虚构”更是成为文学界的一个焦点。但是，何谓“非虚构”？“非虚构”在什么意义上值得推崇？“非虚构”有什么样的理论与传统资源？“非虚构”与以前的报告文学、纪实文学有什么区别与联系？“非虚构”的边界在什么地方？——这些问题却并没有得到深入的认识与探讨，对于一个新兴的文体与新的文学现象，我们自然不必苛求，但是只有充分的讨论与争鸣，才能使这一新的文学形式得到健康持久的发展，以下本文将结合《人民文学》的“非虚构”作品，对上述问题做出探讨。

1. “非虚构”：问题与方法

“非虚构”的提出及其在文学界引起的广泛影响，让我们意识到这样的提法切中了我们这个时代文学的病症，这一概念的核心是对“虚构”文学所存在的问题的一种反思或反拨，试图以一种更直接的方式重建文学与世界的关系，而在方法上，这一概念则是对既有文学形式与分类的一种超越，它以一种新的区分（虚构／非虚构），打破了现有的小说、戏剧、散文、诗歌的文学格局，以文体变革的形式呼唤一种文学思想与文学观念的革命，让我们以“真实”（非虚构）的方式重新认识世界，重新认识自我，重新认识文学，去发现时代变革中的新的经验与新的体验，创造出这个时代新的美学与“新的文学”。

“非虚构”之所以有意义，就在于它直面我们这个时代，切中了当前文学中所存在的问题，为我们理解世界打开了一个新的渠道。“理解世界”并不是一件容易的事，因为我们置身于一个瞬息万变的社会之中，我们所得到的信息大多并非来自亲身体验，而现在的文学也并不以“真实”作为自己的追求，在这样一个时代，重建文学与世界的关系既是重要的，也是艰难的。

20世纪80年代中期以来，在“先锋文学”等文艺思潮的影响下，我们的文学开始注重文学的形式、技巧与叙述方式，注重个人内心世界的探索与主观情绪的捕捉，注重对西方现代派文学的借鉴与学习。这对校正以往文学倾向的偏差具有历史意义，但是另一方面，这也造成了另外一个后果，那就是在文学“向内转”之后，开始忽略了文学的社会性与当代性，忽略了文学与世界的关系，使文学仅仅成为艺术技巧的演练与个人情绪的抒发，从而失去了与当代世界的有机连接。而这又因为以下原因形成了巨大的反差：那就是中国社会的急剧发展，社会结构及其各个方面都发生了巨大的变化。当文学在一个巨变的时代仍然抱残守缺，拒绝参与时代的话题，那么其命运注定是无法乐观的。于是我们可以看到，在这近三十年间，“文学”的位置发生了天翻地覆的变化，在20世纪80年代文学不仅走在社会的前面，而且走在思想文化界的前面，很多值得讨论的思想命题都是由文学界率先提出，并产生了积极而广泛的影响；而今天则恰恰反了过来，文学不仅在思想文化界越来越不重要，甚至落在了普通社会民众的后面。或许这也是文学读者越来越少的重要原因之一，当作家仅仅关注个人的艺术而不关心这个世界时，被这个世界所忽视也是可以理解的。与此不同的另外一类作家，虽然也关心现实与社会，但他们的思想仍受制于20世纪80年代的意识形态，缺乏独立的观察与思考能力，也缺乏对社会变化的敏感与体验，所以他们的作品中所关心、思考、反映的仍然是20世纪80年代的问题，所得出的结论仍是那个年代的常识，而不能提出新的问题，做出新的思考，在艺术上有新的探索，故而只能在既有的窠臼中故步自封。2004年，“底层文学”的出现，可以说是文学直面现实的一种努力，而现在，“非虚构”的提出，也可以说是对这一文学状况的反思，是重建文学与世界关系的一种尝试。

“非虚构”的出现，不仅是对文学的反思，同时也是进入“世界”的努力。我们所置身其中的这个世界，并不是不言自明的，要了解这个世界，不仅需要知识的丰富积累，而且需要个人的亲身体验。以梁鸿的《中国在梁庄》为例，梁鸿是一位评论家，但在这部书中，她却以纪实的方式直面农村的现状，写出了她所观察和理解的“故乡”，这样一种尝试与探索，可以说来源于两种不满，首先是对当前文学作品的不满，这些作品与农村“真相”的隔膜，促使评论家不得不直接拿起笔来，写出她所认识的“真实”，其次则是对自身评论工作的不满，文学评论作为思想文化领域的一种工作，与社会现实之间是一种更加“间接”的关系，如果长期陷于符号与知识的生产，便会与社会现实更加隔膜，而这样的写作方式使她摆脱了羁绊，直接面对具体的现实，突破了“从文学到文学”的内在循环。再如慕容雪村的《中国，少了一味药》，是作者冒着生命危险深入一个传销组织内部调查之后所写的一部作品，平常里我们也可以看到关于传销的新闻，但并不了解其内幕，只有进入这一组织内部，只有在读了这部作品之后，才能看到这一组织内部的运作方法，才能看到现代的“洗脑”方式如何以赚钱为诱饵进行赤裸裸的欺骗，而这样的组织就存在于我们习以为常的城市生活附近，构成了某些城市生活的一部分，如果我们不了解这样的生活，又怎么可以说理解城市，理解这个世界？萧相风的《词典：南方工业生活》也是如此，在这部作品中，作者以词典的形式向我们展示了他打工生活的体验，在那一个个词语中，凝结着作者的体温与情感，凝结着“打工”生活的辛酸、苦涩与欢笑泪水，这些鲜活的生命体验非外人所能道出，只有在那样具体的生活环境中摸爬滚打多年，才能够如此熟稔，如此痛切。“打工”是中国社会转型期间的一个重要现象，即使我们并未有过打工的经历，但打工者却与我们的生活密切相关，可是谁又能够真正了解他们的生活？萧相风的作品细致地描写了打工者生活的各个方面，为我们打开了了解这个群体的一扇门，让我们可以进入打工者的生活及其内心世界。以上三部作品虽然题材不同，笔法各异，但是作者都从个人的体验出发，为我们写出了不同的小“世界”，这些真实自然的描述拓展了我们的视野，丰富了我们对世界的整体理解。

对于置身于世界之中的个体而言，个人的经验是有限的，而社会的整体转型与生活节奏的加快，也使个人的经验呈现为碎片化的状态，在这样的状况下，如何构建一个完整而稳定的个人经验，如何理解“世界”并确定个人在其中的位置，便是一个我们必须面对的问题，这需要我们对生活及其各个方面有深入的了解、体验与实践，并在此基础上重建世界的“整体性”，只有这样，我们才有可能对“世界”有一个清醒的认识。“非虚构”的价值在于，它鼓励创作者去深入不同的生活领域，以亲身体验的方式去探索，从人们习焉不察的地方重新出发，去发现生活世界的丰富、复杂与微妙，将一个个“小世界”及其内部风景呈现在读者面前。在这里，体验、介入以及“行动”[①]之所以重要，就在于充斥我们日常生活的信息大多来自于媒介，来自于间接的经验，我们的生活与自我意识在很大程度上是“虚构”的，是没有痛感、没有血肉、没有体温的。在这种情况下，如何突破这个苍白的“自我”与世界，需要我们去“体验”“介入”与“行动”，只有在这样进入世界的过程中，我们才能够丰富我们的生命，丰富我们对自我与世界的真切认识。在这个意义上，我们可以说，“非虚构”的出现，不仅是对当前“文学”的反思，也是对世界、媒体的重新认识，它所提倡的方法是体验、介入与行动，而这正是针对上述问题的一剂良药，也是通向真实世界的一个途径。

---

① “行动”一词是“非虚构”倡导者反复提及的，不仅在《人民文学》的“留言”中反复出现，而且在《人民文学》主编李敬泽的文章与访谈中也多次谈及，这个词的内涵主要是指：“我们感到，与其坐在那里守着电视感叹世界复杂文学无力，不如站起来，走出书斋，走向田野。”见《人民文学》2010 年第 10 期卷首“留言”。

2. “非虚构”的界限与传统

2010年，在《人民文学》“非虚构”栏目下所发表的作品共十一篇，这些作品在内容与形式上各不相同，呈现出丰富多彩的样态，这既说明“非虚构”本身的包容性，同时也显示出“非虚构”这一命名尚未真正形成一个有特定内涵的概念。在这些作品中，韩石山的《既贱且辱此一生》可以归为“自传”，李晏的《当戏已成往事》、土摩托的《关于音乐的记忆碎片》、刘亮程的《飞机配件门市部》可以归为“回忆录”，祝勇的《宝座》可以归为“历史散文”，梁鸿的《中国在梁庄》、慕容雪村的《中国，少了一味药》、萧相风的《词典：南方工业生活》可以归为“社会调查”或“报告文学”，董夏青青的《胆小人日记》、李娟的《羊道·春牧场》、王族的《长眉驼》可以归为“大散文”。

将如此纷繁复杂的作品，以“非虚构”命名，可见其内部并未有文体自身的“规定性”，但是另一方面，这些作品也有相同之处。首先这些作品都是“真实”的，这正是可以将其命名为“非虚构”的原因。其次，这些作品都是以个人的体验为核心的（祝勇的《宝座》是一个例外），从个人的切身感受出发，去进入一个“小世界”，但是另一方面，这些作品中所凸显的并非“个人”（韩石山的《既贱且辱此一生》是一个例外），而是在“个人”进入这个“小世界”的过程中，对这个“小世界”的观察、体验与思考，它们所竭力挖掘的是这个“小世界”的内部风景与内部逻辑，所以在“个人”与“世界”的关系中，这些作品虽然从个人体验出发，但是侧重点则在于对“世界”的发现，由此也带来了这些作品的特点：它们不同于从“客观”角度去书写世界的作品，而是带着创作者的情感、记忆与体验，这让这些作品带上了感性色彩；另一方面，它们也不同于注重塑造主体形象、抒发个人感慨的作品，而是将“世界”作为表现的重点，正如《人民文学》的编者在“留言”中所说，“纪实作品的通病是主体膨胀，好比一个史学家要在史书中处处证明自己的高明。纪实作品的作家常常比爱事实更爱自己，更热衷于确立自己的主体形象——过度的议论、过度的抒情、过度的修辞，好像世界和事实只是为满足他的雄心和虚荣而设。我们认为非虚构作品的根本伦理应该是：努力看清事物与人心，对复杂混沌的经验作出精确的表达和命名，而这对于文学来说，已经是一个艰巨而光荣的目标”。[①]——这可以视为提倡者对“非虚构”的一个理论设计，也是对“纪实作品”的一个反思。不过在我看来，《人民文学》编者所指出的弊端，在“虚构”作品中却更为明显地存在着，我们可以看到，很多作品都是“不及物”的，“好像世界和事实只是为满足他的雄心和虚荣而设”，如此，“非虚构”所反思的对象便不只是纪实作品，也包括“虚构”文类。

那么，“非虚构”与报告文学（纪实文学）有什么相同与不同之处呢？在我看来，其相同之处在于，两者都是对真实世界的呈现与挖掘，而不同之处则在于，在写作态度上，前者以个人的真实体验为基础去书写与探索，而后者则力图避免个人情感的介入，力图呈现出一个“客观”的世界；而在表现内容上，前者力图呈现出一个“小世界”的内部，而后者所关注的往往是具体的社会问题。我们可以梁鸿的《中国在梁庄》与陈桂棣、春桃的《中国农民调查》为例，来具体地谈一谈。在《中国在梁

① 《人民文学》2010年第10期，卷首的“留言”。

庄》中，梁鸿所写的是农村，也是她的故乡，她出生并成长了二十年的地方，对于她来说，这样一次写作是回溯生命源头的写作，她既是一个归乡的“游子”，也是一个观察者与思考者，这样，她的写作便不仅为我们呈现了当下农村的“真实”，而且也可以让我们感受到她的目光，她的忧思与感悟。在《中国在梁庄》中，梁鸿对梁庄的各个方面都做了呈现：家族与人口构成，历史与环境，政治改革，孩子、青年、成年的生活状态，信仰、“新道德”、“新生活”等等，向我们展示了这个村庄的全貌及人们的生活状态，尤其是一些人物的命运与遭际，让我们形象地看到了当前中国农村的凋敝、破败，以及精神上的涣散与结构上的解体。而在《中国农民调查》中，我们虽然也能感受到作者的眼光，但作者是以社会学的视角展开的：丁作明是安徽省利辛县的一个普通农民，他因宣讲党中央减轻农民负担的新政策，要求清查村集体的账目，带领村民上访，于1993年2月11日被当地路营派出所的几个工作人员惨打致死。这是《中国农民调查》第一章所呈现给我们的农村现实，这一章的标题是“殉道者”，可以见出酸涩的悲壮与无奈，《中国农民调查》一书接下来的三章所写的也是大致相似的事情，不过性质与程度有所不同。在这里，作者所关注的是具体的社会问题（“上访”“干群矛盾”等），而并没有像《中国在梁庄》那样关注梁庄这个“小世界”的整体状况，作者虽然对这些问题表现出极大的热情与义愤，但视角基本上是外在于农村与农民的，试图以客观的笔法探讨“三农问题”的根源与解决办法，而《中国在梁庄》则将外在视角与内在视角结合在一起，作者的体验成为文本的重要组成部分。

在谈及“非虚构”的文学资源与历史传统时，常被谈起的经典作品有杜鲁门·卡波特的《冷血》、诺曼·梅勒的《刽子手之歌》《夜幕下的大军》、菲利普·罗斯的《遗产》、奈保尔的《印度三部曲》等作品，以及

《史记》《汉书》等中国的“史传传统”。在我看来，可以作为文学与思想资源的还应该包括基希的“特写”传统，以及中国的“报告文学”传统，从瞿秋白的《饿乡纪程》到夏衍的《包身工》，到20世纪50年代刘宾雁的《本报内部消息》，到20世纪80年代苏晓康等人的报告文学，形成了一个丰富而多样的文学传统。在20世纪80年代，“寻根文学”与“先锋文学”兴起时，如果说这些小说承担了文学的虚构功能，那么文学的纪实功能则由另外一种文学形式承担了，那就是“纪实文学”或“报告文学”。但关于20世纪80年代的文学，尤其是20世纪80年代中后期的文学，我们一般都把“纯文学”作为一种主潮，建构起了这样一条文学史叙事，从“伤痕文学”开始，然后是“反思文学”“改革文学”“寻根文学”“先锋文学”“新写实主义”。如果我们将“报告文学”纳入考虑的范围之内，那么我们便认识到上述那条文学史的线索其实是纯文学的“自我建构”，是从“纯文学”的角度建立起来的一种传统，它通过这样一种方式把自己合法化了，而把其他的文学形式，比如纪实文学或报告文学摒除出了“文学”之外。将“纯文学”当作20世纪80年代文学的主潮，是一种文学教育的结果，是一种文学史的建构，而这套知识是在20世纪80年代后期与20世纪90年代建立起来的。今天我们应该反思这一套文学知识，重新建立起文学与现实的关系。

另一方面，我们也不应该将“非虚构”的资源局限于文学尤其是当代文学的范围之内，而应该广泛汲取历史学、社会学、人类学等其他领域的问题意识、方法及其新的进展，只有充分打开思想视野，在与不同学科领域的交流与碰撞中，我们的文学才能更深入地切入时代，才能更具活力。以“三农问题”为例，在20世纪90年代后期，社会学界已经提出了“三农问题”并做出了激烈而深入的讨论，温铁军、贺雪峰、曹锦清、于建嵘、李昌平、何慧丽等学者已经做了系统研究并提出了自己的方案，2002年之后，我国政府在政策上也进行了一系列调整，但是文学界对这一问题却较少关注，这主要与文学界“纯文学”的意识形态密切相关，在这一意识形态的笼罩之下，社会问题并不属于“文学”所应该关注的范围之内，“三农问题”自然也无法纳入文学的表现内容，如此，我们的文学便自觉不自觉地远离了社会现实，也远离了思想文化界的中心话题。在“底层文学”兴起之后，这一状况得到了部分改变，但是在对这一问题思考的深度与广度上，仍不能与社会学界所达到的程度相比。一个突出的例子是土地的所有权问题，这可以说是三农学界讨论的核心问题，无论是茅于轼、杨小凯“土地私有化”的主张，还是温铁军、贺雪峰“土地绝不能私有化”的看法，都代表着不同社会群体的利益以及不同思想意识的交锋，而在现实中，部分地区开始的“土地自由流转”，以及某些地方重新组织“合作化”的尝试，都预示着我国的土地制度可能将面临巨大的变化，但是在文学界，却很少有人对这一变化有敏感，并能以文学的方式参与到这一事关亿万人命运的讨论中。当然，在这里，我们并不是要作家也都变成社会学家，去从事自己可能既无兴趣也无能力的社会调查工作，而只是希望作家能够具备这样的问题意识，以文学的方式去表现这一变迁中社会各阶层的命运及其心灵，以此参与到社会变化的讨论与争鸣之中。在这方面，文学的生动性与形象性，文学与人生经验的接近，文学对个人情感与内心世界的揭示，具备其他领域所不具备的优势，而“非虚构”的提出，让我们可以打开既有学科的藩篱，广泛汲取其他领域的成果，让文学走向一个更加开阔的世界。

3. 理论问题与新的可能性

在我们肯定“非虚构”的同时，仍有一些理论问题值得深入探讨，这包括何谓“真实”的问题，“非虚构”与虚构作品的关系问题，以及非虚构的“文学性”问题等。

“非虚构”以“真实”作为写作所追求的目标，但是何谓“真实”，在当代却遭遇了理论上的问题，这可以包括不同的层面：作为个体的人能否认识真实的世界；叙述本身能否表现出个体所体验到的“真实”。在前现代思想中，“自我”与“世界”都是坚固的，通过科学或者“格物”的方式，我们是可以认识到世界的“真实”的。而在后现代主义的视野中，作为个体的“自我”是不完整的、碎片化的，也是一个不断建构的过程，而“世界”也并不是客观存在的，它只存在于人们所可能意识到的内容之中。在这样的思想视野中，“真实”本身便是无法触手可及的幻象，追求“真实”更是一个虚妄的目标。但是另一方面，这一思想本身正是欧美晚期资本主义的产物，是启蒙主义的“主体”在当今世界的一种变异。在“后现代主义转向”之后，我们虽然难以重新建立起一个“完整”的主体，一个“客观”的世界，并在作品中“透明”地加以反映，但是我们却可以通过反复地实践、介入与体验，无限地趋向“真实”。在叙述上问题也是如此，古人曾说，“书不尽言，言不尽意”，今天的后现代主义理论更是让人们意识到，“真实”只是叙述所造成的一种效果，在这样的意义上，不但“六经皆史”，而且“二十四史皆文”，所谓“历史”也只是一种文学或“虚构”，“虚构 / 非虚构”的区分也就失去了价值，然而在相对的意义上，“历史”毕竟不是“文学”，“非虚构”也不同于有意识虚构的文学形式，虽然绝对的“非虚构”并不存在，但是我们却可以在叙述中最大限度地接近“真实”，这就对创作主体的态度提出了很高的要求，那就是要有追求“真实”的意志，以及真诚的态度、真切的表现。

在“非虚构”与虚构作品的关系上，我们虽然肯定“非虚构”的价值，但并不意味着对虚构文学的否定与排斥，这不仅是由于在绝对意义上“虚构/非虚构”并无明确的界限，而且也是由于：在进入世界的深度与广度上，“虚构”并不一定逊色于“非虚构”，这一点，我们只要想想那些经典作品就够了，比如巴尔扎克、狄更斯、托尔斯泰，他们的作品对现实世界的概括与描述，远远超出了社会历史文献所能提供的内容，这主要是由于“现实主义”的胜利，他们以“典型化”的方式对现实生活进行归纳、提炼，这比自然主义式地罗列各种现象更能切入那个时代的“真实”。不仅现实主义作品如此，在卡夫卡、加缪等人的作品中，我们所能感受到的，也会比关于那一时期的历史描述得更多，他们以不同的方式抓住了那个时代的核心命题，写出了人类的命运及其精神困境，让我们可以更清醒地认识“自我”与世界。

“非虚构”与虚构作品在进入世界的方式上虽然不同，但是都可以达到极高的境界，我们可以具体的例子来做一下比较，比如杜鲁门·卡波特的《冷血》与马尔克斯的《一桩事先张扬的凶杀案》，两者都取材于真实的凶杀案，前者是“非虚构”作品的经典，后者是马尔克斯的经典小说之一，两者相同之处在于对凶杀案发生前后当事人的生活状态及其人际网络、事件发生的过程都有着深刻细腻的描绘，两者都具有振聋发聩的艺术力量。而不同之处在于，《冷血》的作者杜鲁门·卡波特花了六年时间，采访了众多当事人，完全以纪实的方式写出了这部作品，[1]冷静，缜密，扎实，这与他早期所写的《蒂凡尼的早餐》等小说有着完全不同的风格；马尔克斯的《一桩事先张扬的凶杀案》虽然接近于新闻报道的风格，但是小说中的环形结构，“孤独”的意识，以及对拉美地区生活观念的批判与微妙反讽，也带着马尔克斯的鲜明特色。这两部作品虽然不同，但它们都为我们打开了一扇门，从这两桩凶杀案，我们可以更深入细致地了解彼时彼地的风土人情与生活逻辑。

我们也可以将萧相风的《词典：南方工业生活》与描写打工者生活的小说相比，比如在福建打工的周述恒所写的《中国式民工》，在网上曾受到很多网友的追捧。这部作品虽然在技术上还不成熟，但这部作品不仅“真实”，而且“真诚”，作者写作的目的不是为了要写出一部“小说”，而是要表现自己的生活，要说出自己想说的话，所以在这部小说中，可以看到很多不合“文学常规”的表现方法，比如作者会插入一些议论，会插入一些关于民工现状、工伤、城管、留守儿童等问题的调查、统计与社会新闻。这些议论与社会学资料，打断了故事的叙述，在阅读上会对读者造成障碍，是一般的“文学创作”所不取的，但出现在这部作品中，我们是可以理解的，因为我们知道，作者写到这里不吐不快，他所关注的不仅仅是主人公的处境与命运，而且是造成这一处境的社会原因，而这些议论与材料则为我们提供了相关的社会背景，丰富并开阔了我们的思维空间。萧相风的《词典：南方工业生活》与《中国式民工》相同，也写到了打工者生活的各个方面，融入了个人真切的生活体验，不同的是，这

① 《冷血》一书的“致谢”中，指出：“本书所有资料，除去我的观察所得，均是来自官方记录，以及本人对与案件直接相关人士的访谈结果。这些为数众多的采访是在相当长一段时间内完成的。”见杜鲁门·卡波特：《冷血》，夏杪译，南海出版公司 2010 年版。

部作品没有采用小说的形式，而是以“词条”的形式记录下了真实的生活。两者的体裁虽然不同，但都有助于我们加深对打工者的认识，加深我们对这个时代与这个世界的理解。

在“文学性”上，“非虚构”与虚构作品同样，不仅应该追求“真实”，而且应该力求达到精确、细致、生动、形象，同时也应该形成创作者独特的个人风格，这并非是对“真实”的偏离，而是由个人的世界观、生存体验及其表达方式所决定的。在报告文学、纪实文学的发展史上，关于“真实性”与“文学性”的矛盾与争论始终是一个焦点，以追求“真实”为目标的“非虚构”也必将会遇到类似的争论。但正如我们在前面所分析的，绝对客观的“真实”是一个永远无法企及的目标，“世界”只能经由个人的体验与书写才能进入“文本”，而在这一过程中，个人的世界观、生存体验、表达方式便成为具有决定意义的“中介”，直接决定着呈现在“文本”中的“世界”的样态。由此我们也可以看到，文本中的“真实性”是经由文学性所表达出来的，二者应该是相得益彰的，这也是我们在追求“真实性”时并不排斥文学性的缘由，但是我们也反对文学性的过度修饰，“因文害意”，反而损害了“真实性”。此外，如我们以上所分析的，“非虚构”与报告文学（纪实文学）的不同之处在于，这一文体是从个人体验出发的，这也为个人情感、思想以及表达的独特性保留了一定的空间。

不过，对于“非虚构”的文学性，我们还寄予了更高的希望。正如我们上面所分析的，《人民文学》“非虚构”栏目中的作品包含了传统意义上的自传、报告文学、回忆录、散文等诸多文体，但这并不是这些文体的简单相加，而是打破了旧有的文体分类方法，以一种新的方式重新进行分类，那就是以“虚构／非虚构”对所有的文学进行区分，并在这一区分中强调“非虚构”写作的价值，以救治当前文学的弊端。但这也并非只是一种简单的分类，而是一种新的创造，它以一种新的提出问题的方式，扭转了当代文学的问题域，这一新的问题域的出现，也将创造出新的美学形式与美学标准，这是一种无法以既有的文学标准加以衡量的美学，它在美学上的创造性就在于对既有标准的颠覆，从而将以往无法被纳入“文学”表现范围之内的经验、故事与情感，在一种新的“文学”范式中可以得到充分表达，从而创造出我们这个时代的“心灵形式”，创造出真正意义上的“当代文学”，以及美学的“当代性”。当然在现有的“非虚构”作品中，我们还只能看到这一新美学的萌芽，很多作家也并未有创造新形式的自觉，但我们希望随着“非虚构”行动的展开，我们的作家在重建文学与世界的关系的过程中，可以创造出充分表达我们这个时代中国经验的美学形式。

第三辑

底层文学

“底层文学”在新世纪的崛起

我今天主要谈三个问题，第一个是什么是底层文学，第二个是底层文学作品到底怎么样，第三个就是我们为什么要提倡底层文学。

一、什么是底层文学？底层文学其实是从2004年才开始讨论的一种文学现象。最早是在《天涯》杂志上发表过关于“底层与底层的表述”这样一组文章，引起了很大的反响。包括我们那时候讨论的《那儿》，也是关于底层讨论的一个很重要的组成部分。从《那儿》开始之后，然后《天涯》杂志，后来的《上海文学》《小说选刊》《北京文学》，文学刊物不断地参与到讨论中来，还有文艺理论刊物，像《文学评论》《文艺理论与批评》，全国最重要的一些理论和文学刊物都在关注这个话题。

理论方面的文章也发表了很多，最早是蔡翔先生的《底层》，是在20世纪90年代写的，蔡翔先生是《上海文学》的编辑，后来在上海大学当教授，还有王晓明先生、孟繁华先生，还有湖北的刘继明先生、福建的南帆先生等，这些人都一直在讨论什么是底层文学，底层与知识分子的关系问题，他们讨论的一个焦点就是，我们作为一个知识分子能不能代表底层人说话，这是不是有可能，因为你是知识分子了，可能别人就说你跟底层人关系不大，就一直在讨论理论层面这些问题。但是另一方面在创作上，很多作家也开始用自己的创作，来参与到讨论里边。就我的理解来说，单纯从概念的层面来讨论底层文学比较困难，而且它还在发展中，像萨特说的“存在先于本质”，只有在“存在”中，在具体的历史现实的发展中，才能创造出它的“本质”，我今天换一个角度，其实底层文学和跟它相对应的其他文学不太一样，我觉得可以从与它相对的几个方面来讨论，可能能够大体讲清它的意思。

“底层文学”主要就是以底层为描写对象的这样一种文学，跟它相对的我觉得主要有三个方面的文学。第一种就是我们一般说的那种“纯文学”，纯文学就是从20世纪80年代中期以来兴起的一种文艺思潮。就是以那种先锋性的、现代主义的文学方式来写，它们基本上跟现实不发生具体的关系，不描写具体的社会现象和社会问题，它就描写个人抽象的苦闷、绝望这样的一些情绪，在20世纪80年代中期，这些文学当时让人感到耳目一新，但是越到后来这些作品越让人感到，反正都是那些东西，越到后来越是无病呻吟。另外一种就是商业文学，商业化的通俗文学。现在可能大家也注意到，每年要出版一千多部长篇小说，基本上就是按照那种商业的模式来运作的，它就是一种“产品”、一种商业性的产品，不是作为一个作家的创作，而是通过出版的渠道占领精神文化领域的一种商品。另一种就是主旋律文学，主旋律文学是一种按照主流意识形态的要求来写的，粉饰太平、不触及真正的社会问题的文学。

新兴起来的底层文学跟它们这三种文学是不一样的，它描写底层人的生活状态，代表底层人发出他们的声音，是这样的一种文学的形式。具体说来，“底层文学”与“纯文学”不一样的是，“纯文学”是不描写现实生活或只描写中上层生活的，而“底层文学”描写的是底层生活；“底层文学”与通俗文学不一样的是，通俗文学是模式化的，主要迎合大众的审美趣味，并使大众在幻想中逃避现实，而“底层文学”则是作家的独特创造，它不是要迎合而是要提升大众的审美趣味，并使之对真实的处境有所认识与反思；“底层文学”与主旋律文学不同的是，主旋律文学对现实秩序及其不公平之处加以粉饰，使之合理化，而“底层文学”则对现实有一种反思、批判的态度，希望引起大众对不公平、不合理之处的关注，以引发改变的可能性。

在以上分析的基础上，我们可以试着总结一下“底层文学”的概念或内涵：在内容上，它主要描写底层生活中的人与事；在形式上，它以现实主义为主，但并不排斥艺术上的创新与探索；在写作态度上，它是一种严肃认真的艺术创造，对现实持一种反思、批判的态度，对底层有着同情与悲悯之心，但背后可以有不同的思想资源；在传统上，它主要继承了20世纪左翼文学与民主主义、自由主义文学的传统，但又融入了新的思想与新的创造。这是我所理解的底层文学，它基本上在整个文学界还处于弱势的地位，就跟整个的底层在现实领域中所处的地位大体差不多，但是我觉得它的发展的势头比较好。

接下来我要谈的第二个问题，就是底层文学最近这几年发展怎么样。我有一个最基本的判断，就是新世纪以来，这几年最好的小说都是关于底层的，也就是说我们能够看到的真正的好小说，绝大部分都是关于底层的。可能在座的很多人对底层文学写什么、怎么写，不是特别的清楚，我先举一些例子，让大家有一个感性的认识。

比如说像曹征路的《那儿》，大家都比较熟悉了，还有曹征路后来写的《霓虹》，写下岗女工做妓女的，还有《豆选事件》，这是他今年发表在《上海文学》上的一个中篇，是写农村里选举的故事。另外像陈应松的《马嘶岭血案》《太平狗》，也都很出色。还有刘继明的《放声歌唱》，它是写一个农村人进城打工，要不到工钱到楼上去跳他们地方上的一种“跳丧舞”的一个故事。还有《我们夫妇之间》，是写一对下岗职工，他们怎么样从最开始想找一个工作，最后什么工作也找不到，最后那个女的不得不去卖淫，小说写她跟她丈夫之间的感情，她丈夫一开始特别不舒服，后来被生活压迫得没有办法，他就配合他妻子，比如他妻子每次去的时候，他要去送她，回来又接她，是这样一个特别感人的故事。

还有像胡学文的《命案高悬》，是写农村的。还有四川的作家罗伟章写的《大嫂谣》《我们的路》《变脸》，《变脸》这个小说也特别有意思，写农村进城打工的人，他写了其中的一个小工头，小工头本来是进城打工人的一部分，但是因为他成了小工头之后，他就变脸了，他对他手下的工人是作为一个压迫者的形象，然后对他要拉拢巴结的那些大的工头，对他们进行一些行贿等等，他抓住这个人物来写，还是挺有意思的。

王祥夫有一篇小说叫《狂奔》，这个小说我觉得也触及很深的社会问题，因为我们现在一般都会谈到农村的留守儿童问题，他是从另外一个角度来写的。写一对农村的父母带了一个孩子到城市里来，这对父母负责一个公共厕所，吃住都在那儿，这个小孩也跟他们住在一起，他在城市上学，他很不愿意让他同学知道他跟父母住在这样一个厕所里，然后他就想方设法隐瞒他住在厕所的事实。突然有一天他正在家里，也就是厕所里边，碰见他的两个同学，同学就讽刺讥笑他，让这个小孩心里特别难受，他就沿着河一直跑，跑到桥上之后跳下去就死了，这样一个故事。这个故事涉及的问题挺多，因为很多社会学家都没有注意到，除了留守儿童之外的另外一种，就是跟着父母来城市里的儿童，也会有心理上的问题，这个小说对人物心理细微的变化表达得很好，写得还是挺不错的。

范小青有篇小说名字叫《父亲还在渔隐街》，是写一个女孩从小她的父亲就到城市里去打工，从她父亲走了之后，她就再也没有见过她父亲，但是她父亲每次都会寄一笔钱来给她母亲和她两个人生活。后来这个女孩终于考上大学了，她的一个心愿就是到这个地方去找她的父亲，她对她父亲唯一的一个线索是她母亲经常跟她说，她父亲在渔隐街当剃头匠，就是理发的，这是最早的她对她父亲的印象。她就凭这一点点线索去找她的父亲，结果到那儿根本找不到渔隐街这条街，后来在别人的指点下，她发现这个城市有一条路叫现代大道，因为渔隐街已经改名叫现代大道了，然后她就在这个现代大道边上打听她父亲的线索，一直也没有找到她父亲。她在打听的过程之中，也不断地遇到其他的人，她发现原来很多人都是找不到自己父亲的，最后小说归结到这样一个隐喻，就是说我们现代生活的人，有很多都找不到自己的父亲，没有自己的来路，也不知道自己在做什么，是这样一个故事。

这个故事还挺有艺术性的，它把这样一种现实的，农民工的女儿找父亲的故事，跟现代人精神上那种迷惘感结合在一起写，这应该是一种比较新的写法。因为一般的写底层的大部分是现实主义的，故事讲到这儿就完了，不会给大家留下更多的悬念，更多可以去猜想的空间。但是这个小说就留下了这样一个东西，让大家不断地琢磨，她父亲到底在哪儿，或者是这个小说到底要表达一个什么样的主题，这是范小青的小说。

接下来我再介绍一下东北的女作家迟子建，她写的一篇小说叫《花牤子的春天》，发表在今年的《佛山文艺》上。《花牤子的春天》这个小说挺有意思的，它是写花牤子这样一个人，他们村里经常会给人起外号，有个人叫乳牤子，就是他长到多少岁还吃奶，所以叫乳牤子，为什么他叫花忙子，因为这个人有点像花痴，特别喜欢女的，小说一开始写他把一个女孩“摁在草地上，干了那事”，然后又写他把上坟的小寡妇给糟蹋了，是这样一个坏人。小说就写他这样有点坏的一个人，在改革开放后到差不多现在，他的一个变化。因为村里人对这个人都特别有意见，所以他父亲就不让他在家了，带着他到山上去砍树，在砍树的过程中，突然有一棵大树倒下来，正好把他砸倒了，然后他就失去了性功能，就这样一个人。所以他从医院回到村里之后，别人也都不害怕他了，以前大家都觉得他会侵犯别人，比如乳牤子刚结了婚，就不愿意让他见他老婆。

这样一个人到后来，20世纪90年代初，村里很多人都出去打工，大部分都是男人出去打工，对自己的老婆不放心，他们主要是防备两个人，一个是村长，村长可能会欺压自己的老婆，一个就是他们村里的一个教书先生，这个人长得白白净净的，比较讨村里的小媳妇们的欢心，大家不放心，就公推花牤子来替他们看着他们的老婆。因为他这个人本身就没有性能力了，所以对他比较放心，然后他也很高兴地答应了，承担起了维持村里的整个道德伦理的角色。第一年打工的这些人回来之后，看他做得特别好，第一年没有发生事情，他们都很高兴，给他带了很多礼物，然后这些人过了秋又到城市里去了。但是到第二年的时候，村里的女人没有出事，这些男人出事了，这些男人在外面去找小姐，回来之后村里的这些女的都对花牤子不满，说我们这些女人都很好，你把我们的男人放出去，他们倒变坏了。接下来这些男人走了之后，村里又来了一批勘探矿藏的城里的人，这些城里的人好多就跟村里的女人搞上了。花牤子处于两头受气的位置，他要去管人家那些女的，那些女的不让他管，等到男的从外边回来了，说我们让你管你怎么不管，是这样一个角色。小说最后有一个这样的寓意，说第一年你们出去打工那一年是我的春天，是我感觉最好的时候，我的春天什么时候还会再来呢?

我觉得这个故事好就好在这样一个人物，他从一个有点坏的人，他想变好，变好之后他成为一个村子里秩序的维护者，后来他就眼睁睁看着整个社会重新变得失去了秩序，本来最早他是破坏秩序的人，后来想维持整个秩序而没有办法办到，就是这样一个具有反讽的故事。这个小说题目起得特别好，叫花牤子的春天。因为我们刚改革开放的时候，最早郭沫若说是“科学的春天”，郭沫若做过一个报告，说我们进入了一个春天。然后20世纪90年代也有一首歌叫《春天的故事》，大家都比较熟悉。但是花牤子的春天跟他们的春天是不一样的，他有自己对春天的理解和感受。所以我觉得整个小说是通过这样一个不特别正经的人物，对农村三十年来的变化有一个大致的梳理，有一个反思。因为这个人物特别有意思，引起了大家的思考。以上说的这些，就是一些比较有代表性的例子，我们是要说明：近几年最好的小说基本上都是关于底层的。

第二，我觉得关于底层文学的讨论最为激烈，因为思想活跃，所以最有可能出大作家和大作品。底层文学是从2004年以来最重要的一个热点，是文艺思想界最为活跃的一个话题。我前几天在网上查一些资料，看到2006年关于文学理论论争的话题里边，三个最重要的话题，其中一个就关于底层文学。另一个文章说2007年上半年，这个话题也是大家最为关注的。因为思想争论最为活跃，所以不断地会有新的想法。在这个过程之中，反对的声音也很多，有很多人反对底层文学的提法。有人觉得底层文学是一种新的工具论，像20世纪50—70年代的文学一样，它不注重作品的艺术性，而注重它的工具性。还有的说现在这些作家，包括一些赞成底层文学的人，是在“抢占道德的制高点”，做一个道德的姿态。还有的说现在描写苦难成为一种时髦，底层文学成为一种时尚。我有个朋友在杂志社工作，他给我说了一个例子，他说他一天看了四篇关于矿难的作品，说底层文学确实是太多了。

我自己的感觉，底层文学不是太多，而是太少，真正好的还是太少。我觉得中国的事情跟别的不一样，我记得《安娜·卡列尼娜》第一句就说，幸福的家庭是相似的，不幸的家庭各有各的不幸，但是在中国连不幸也都是相同的，这就凸显出来这几个社会问题的重要性。从另一个方面来看，几亿人都为一个问题不幸，比如房子、拆迁等等，但就是改变不了，这不也是很荒谬的吗？如果有人把这种荒谬性写出来，我觉得应该会是大的作品。我并不是要反驳这个朋友，其实有反对的声音是最好的，因为大家在争论，说明了这个话题是有比较大的困惑，是值得大家去思考的，而在这个过程中，才会不断有新的思想和新的作品出来。

第三，我认为底层文学是有很长远的发展前景的。从刚才简单的介绍也能看出，现在最活跃、最有艺术性的，就是描写底层的这些作品。不仅如此，我觉得这些作品不仅在文学界，而且在整个文艺界也都是具有先锋性的。去年贾樟柯的《三峡好人》上映时，上海的一个文化批评者王晓渔写过一篇文章叫《为什么文学界没有贾樟柯？》，我不太同意他的看法，我觉得“底层文学”已经超越了贾樟柯，不是文学界为什么没有贾樟柯的问题，而是为什么电影界没有曹征路、陈应松、刘继明的问题。贾樟柯我也是很喜欢的，他的《小武》《站台》我也很喜欢，而且很早就喜欢了，包括《三峡好人》我也比较喜欢，但喜欢是有不同层次的，如果相对于《无极》《满城尽带黄金甲》这样的片子，那我当然会喜欢《三峡好人》，但这并不是说《三峡好人》就没有缺点了，所以我觉得汪晖、李陀两位老师发表在《读书》上的文章，把贾樟柯说得有点高了。我的批评主要是两点，一是他的精英视点，二是他电影中的世界是一个“沉寂的中国”，不是“活的中国”，所以他是从外部、在高处来看这个世界，这样他影片中所有的人都没有表情，或者说只有一个表情，那就是麻木、忍耐、逆来顺受这样的表情，真实的中国、真实的底层肯定不是这样的，他们的生活虽然艰难，但也有自己的喜怒哀乐，有内在的生活逻辑，所以这是一个精英的视点，我们优秀的底层文学已经超越了这一点。

如果我们以世界性的眼光来看，会怎么样呢？不过先要说清是哪个“世界”，我觉得整个的文学界从20世纪80年代以来就有一个不好的倾向，就是只看那些欧美的、西方的文学，只看诺贝尔文学奖，有一个焦虑的情结，有一点盲目崇拜。其实最早像鲁迅先生他们翻译外国文学，最注重的是“弱小民族”，像捷克、波兰这样的一些比较弱小的民族。我一个朋友在出版社工作，最近准备翻译出版一套关于非洲文学的书，我说他这个想法特别好，非洲文学我们了解多少，20世纪80年代以来几乎就不在我们的视野之内，但不一定就不好，我看阿切比的《崩溃》就很好，但是像这样愿意扎扎实实做些事的人太少了。我们的文学眼光太势利了，如果做文学也这么势利，真还不如去做些别的。

其实19世纪的俄罗斯文学、20世纪的拉美文学，有哪一个是靠模仿发展起来的呢？他们都是在关注现实与精神问题的同时，借鉴西方文学的形式，从而超越了西方文学。我们举俄国的例子，屠格涅夫的小说是最符合当时西方长篇小说标准的，也是最早为西方接受的，但他的小说并不是俄国文学中最好的，俄罗斯文学的最高峰托尔斯泰、陀思妥耶夫斯基就超越了“标准”的西方小说，像《安娜·卡列尼娜》里面的对位式结构、陀思妥耶夫斯基的复调和“狂欢”，都是那个时代小说艺术上的伟大创新，但这种创新不是靠模仿得来的，而是对现实社会问题的关注、对“被欺凌与被侮辱”的人们的热爱，在他们的精神上引起了极大的痛苦，但按标准的西方长篇小说的形式，却无法表达或者无法完全地表达，于是他们突围出了这一“标准”的束缚，从而有了新的创造。所以我们的作家，要想真正有所作为，不能简单地模仿，也不能整天坐在家里享受中产阶级的生活，而应该关注社会、关注底层，在这个基础上发展出新的叙述艺术。

我觉得底层文学最重要的特点，就是要寻找并建立起底层自身的主体性，没有主体性，在政治、经济、文化上都没有发言权，被别人的话语笼罩着，那就永远没有出头之日了。对一个民族来说，也首先要有自己的主体性，假如没有了自我，你变成了黄皮白心的香蕉人，你说自己屹立于世界民族之林了，但屹立是屹立了，但屹立的那个还是你吗？我觉得一个民族的根基在底层，如果没有底层的根基，没有底层的活路，这个国家也就不会发展起来，即使发展起来，如果跟大多数的老百姓没有什么关系，只为少数中上层精英服务，它也不具有合理性与合法性。而底层文学呢，它应该建立起民族的主体性和底层的主体性，在这个方向上，它可以发展出一种不同于现在主流文学的新文学，包括中国的主流文学和世界的主流文学，有这样一种可能性。

我接下来再谈一下我们为什么要提倡底层文学，我觉得主要有三个原因。第一底层文学是我们当下文学的一种先锋，我最近在《文艺报》上写了一篇文章，题目就叫“底层叙事是一种先锋”，不少作家朋友都说这个文章写得很好。我为什么说它是先锋呢？因为我们以前对先锋文学都有一种比较概念化的看法，觉得它在形式上是一种探索，用跟别人比较不一样的写法来写就叫先锋文学。但是我觉得以前的先锋文学仅限于形式跟内心情绪的这样一种探索，而底层文学就是把先锋文学没有触及的，比如说在内容上的探索，除了内心以外的外部世界的探索结合起来，这样的一种文学形式。所以我觉得它也具有先锋性，它是跟整个中国现实的变化，跟思想界和文学界的变化紧密结合在一起的。因为从新世纪以来，特别2006年被称为“反思改革”年，三十年的改革开放给中国带来很大的活力，但是也有一些问题大家都在讨论。底层文学好的一方面就是，它能够以自己的这样一种文学的方式，也参与到社会的思想界的讨论之中。从思想方面来说，从1998年的新左派和自由主义论争以来，在中国应该走什么道路的问题上，发生了比较激烈的争论。其中一个关键的问题就是怎么来对待占中国大多数的底层，有的人认为这些人是社会发展中的包袱，可以把它甩掉，或者持可以被牺牲、被忽略、被遗弃的这样一种态度。但是另外一种态度跟那完全不一样，认为底层其实是中国社会的主体，只有这样一个主体发展起来，整个中国才能发展起来，其实是有这样的一种争论。

底层文学也是在这种层面上参与了这种讨论，它对底层人的主体性的寻找，对他们在社会发展中作用的一种强调，包括对他们现实生活中苦难生活的描写，都给我们提供了很多可以思考的东西。仅仅从文学界来说，底层文学也是出现的一种新的思潮。从20世纪80年代开始纯文学已经占据了文学界的主流，纯文学的主要特征有三个方面。一是它注重形式、技巧、叙述，就是外部形式的探索；二是它回避对社会现实的直接的描述，而注重描写个人内心的一种情绪性的东西；三是它注重对西方的现代主义和最新的潮流的模仿和学习。

但是这些在新世纪的时候，已经受到了很多人的重新反思，最早是从2000年开始，李陀先生在《上海文学》发表了一个谈话叫“漫谈纯文学”。他认为纯文学基本上到后来发展到跟社会现实联系越来越少，所以读者也越来越少，整个处于一种萎缩的状态，所以希望文学能够重新建立跟现实、跟底层社会的一种联系。所以新世纪底层文学的兴起，跟整个文学界对以前纯文学的反思是紧密联系在一起的。现在文学研究界这种反思也还在继续，在创作界“底层文学”的出现，可以说是用自己的作品来对以前思潮的一种反思。在这个意义上，底层文学是一种真正意义上的先锋，它是我们这个时代最具有先锋性的一种文学形态。

第二个方面，我认为底层文学其实是五四“新文学”的一种继承者，是一种“新文化”，因为我们大家知道，从20世纪80年代开始，我们逐渐地告别了五四以来的“新文学”的方向，我们说五四文学的方向，起码应该包括三个部分，一部分是左翼文学，一部分是自由主义的文学，另外一部分是为艺术而艺术的文学。它们内部也会有斗争，但是起码这三个方向都是五四新文化运动开创的思想与文学上的不同方向。但是从20世纪80年代中期，左翼文学的叙述基本上被剔除出文学史叙述。自由主义作家的分量不断加重，像沈从文、钱钟书这样一些作家，还有张爱玲，她不是完全的自由主义，她是介于自由主义跟通俗文学之间的一个作家。“先锋文学”“纯文学”我们可以说它是“为艺术而艺术”，也是盛极一时，但到20世纪80年代末90年代初，自由主义和先锋文学的影响也越来越小，只在一个小圈子里坚持“纯文学”，这是由于市场经济和大众传媒的发展，大家对文学不是那么需要了，对文学功能的要求也变了，也从启蒙与救亡更多变成了消费和娱乐。

接下来就是通俗文学不断地进入大家的视野，并且占据的范围越来越大。我们大家都知道五四新思想与新文化的重要性，在某种意义上可以说没有五四的新文化，就没有新中国，也不会有我们的今天。我觉得到20世纪90年代末期，特别是现在，整个文坛的主流已经背离了五四新文学的方向。所以在这个方面来讲，我觉得底层文学的出现就显得特别重要。它不仅是要代表底层人民的利益，而且它是坚持了一种跟五四新文化相一致的文学方向。为什么这个问题这么重要呢？大家都知道，在五四之前，我们的文学状况是比较混乱的，像黑幕小说、武侠小说、官场小说、青楼小说、“鸳鸯蝴蝶派”等等，现在我觉得文坛上见得最多的也都是这一类的小说。

在当时，像鲁迅、茅盾这些人都对它们给予了极力的批评，我们现在可以看得出来，像张恨水这样的作家，在当时影响特别大，大家都知道鲁迅的母亲喜欢看小说，但她不知道鲁迅写小说，她最喜欢看的就是张恨水的小说。张恨水的作品，像现在电视剧演的，比如《啼笑因缘》《金粉世家》，现在我们看，那个时候为什么会对它们有那么强烈的批判？我觉得这些通俗文学其实起到一种类似于鸦片烟的效果，让你比较舒适地阅读，有故事，有通俗化的模式，让你在这样一种阅读的快感之中逐渐失去了对个人与时代的清醒的认识和判断，我觉得它起了这样一个作用，有点类似于好莱坞电影的一种作用，它给你制造一种梦幻，让你不知不觉就沉浸到里边。但是新文学不一样，像鲁迅、茅盾这些作家，他们其实是把现实的东西写出来让你看，他不是让你舒服，是让你重新认识自己跟世界的关系，让你认识之后产生一种作用，像鲁迅所说的，引起改变这个社会，改变社会的不合理的、不公平的秩序的作用。前一段时间，北京市的教材把鲁迅的小说换成了金庸的小说，引起的争论也很大，我基本上持反对的态度，因为我觉得文学教育起到的作用，应该是让人们面对现实、改变现实，而不是在幻想中逃避现实。所以我觉得“底层文学”的重要性，就是它坚持了五四以来新文艺的方向。

现在有一些人对五四重新评价，像王德威教授谈“没有晚清，何来五四”，他发掘晚清文学多样的现代性，认为五四新文艺压抑了这样的多样性，他这个研究影响很大，但我的看法不同，“没有什么，何来什么”这种句式本身就是没有多大价值的，历史在进行中本来就有很多可能性，但真正走的路却只有一条。按他这种说法，我们也可以说，“没有清朝，何来晚清？”“没有明朝，何来清朝？”总能从中找到被压抑的多种可能性，但他这个研究也有一个好处，就是告诉我们不应该忽略历史的丰富性和复杂性，而五四那代人也正是在这样艰苦的思想文化斗争中成长起来的。王德威教授这样的观点，是现在学术界一种主流的看法，现在好多人都去研究晚清小说了。但我的看法有些不同，晚清小说我也读过一些，比如说李宝嘉的《官场现形记》《文明小史》《活地狱》，联系一下现实就会发现，那些官员的贪渎、官场的黑暗、对洋人的谄媚，跟现在很像，我有一次回农村老家带了李宝嘉的小说，在村里正遇到征地拆迁，家里人还被抓起来了，那感受就跟他书中写的一模一样，但是没有办法，现实中没有办法，晚清小说中也没有办法，它只是细碎地描述现实，没有前进与改变的方向，这个时候让人特别怀念五四小说，正好我还带了一本戴锦华老师翻译的墨西哥马科斯的《蒙面骑士》，读着真像是在黑暗中见到了光明，在泥淖中抓到了一根稻草。回来后我跟一个朋友说，现在我们那里的情况就像是“没有英雄的《水浒传》”，什么意思呢，就是《水浒传》中的贪渎黑暗、欺压良民什么都有，有高俅童贯，有董超薛霸，有买刀的牛二，但就是没有武松、林冲、李逵、鲁智深、阮氏兄弟这样的人物了，就是这样的一个世界。这样的世界当然是要改变的，但怎么改变，我们不能靠武松这样的个人英雄，还是要靠五四的精神，因为我们要反抗的不只是压迫者，而且也包括受害者对压迫者逻辑的认同。在这个意义上，我们应该继续五四的未竟事业，“底层文学”就是这样的一种文学形态，现在看来，我们可以说它是五四新文艺中左翼传统与自由主义传统的结合。

第三个方面也是我最后要谈的一点，就是底层文学的社会作用。刚才我们已经稍微谈到了一点，我觉得底层文学重要的作用，可以用一个简单的词来概括，说是意识领域的斗争也可以，说是文化领导权的争夺也好，现在有人用一个词叫“翻心”，很形象，大家知道以前的“翻身”，翻身是从当奴隶到当主人，但是怎么从奴隶到主人，实际上有一个觉醒的过程。底层文学我觉得就应该能起到这样的作用，让人把“心”也翻过来，让大家意识到这个社会不公平的地方，从而引起你改变现状的一种可能性，这是在觉醒过程中的作用。

大家知道，毛泽东说过，“哪里有压迫，哪里就会有反抗”，这是一个真理，但如果我们仔细一想，就会知道这个真理就像牛顿力学的定律一样，只有在真空条件下才有可能，就像作用力和反作用力，只有在真空中才是相等的，压迫与反抗也是一样，本来应该是相等的，但在具体的历史与现实条件中，表现出来就不一样，有压迫不一定有反抗，所以才有人强调要考虑“群众的心理承受能力”。为什么反抗与压迫不对称呢，压迫者不仅在政治、经济上进行控制，而且在思想上把自己的逻辑也灌输到了被压迫者身上，久而久之，好像这些就是自然的了，被压迫者也认同了压迫自己的逻辑。鲁迅说这是“国民性”，胡风用了一个词叫“精神奴役的创伤”，就是说一开始会反抗，但不断地失败、被报复，几千年下来，在底层人心中就会有这样一种阴影和创伤，在反抗前要先冲破压迫者的逻辑，要先考虑一下反抗的得失。像萧红的《生死场》，里面写到了多重压迫，包括民族的、阶级的、性别的等等。一开始日本人来了，大家还觉得没什么，还在家族、邻里之间互相斗，为了一块地或者一只羊，但慢慢就变了，他们逐渐明白过来，在日本人眼里你们都没什么区别，都是要压迫的，这个觉醒是缓慢的、艰难的，小说好就好在把这种缓慢与艰难写了出来，到最后大家都认识到一块地、一只羊没那么重要了，还是把日本人赶出去要紧，所以小说中“二里半”这个人物，本来很在乎他的羊，却把羊杀了给出去打游击的人送行，这就是一种觉醒。

“翻心”的作用我认为有两个，一个是觉醒过程中的作用，另一个就是觉醒之后，你翻身翻过来以后，如果仍然是认同于以前那种原则，比如说还是认同弱肉强食的丛林法则和人吃人的这样一种社会，那不过是很简单地从以前的受压迫者变成了现在的压迫者。底层文学应该能起到这样一种“翻心”的作用，翻过来之后就不是以前那个“心”了，有一种对社会意识的批判性的认识，从而创造出一种新的文化，一种新的人与人的关系。

前几年讨论《那儿》的时候，北大的张颐武教授也写了一篇文章，我也是最近才看到，他对《那儿》做了批评，认为它描述的故事不真实，而且像小舅那样抗争的方式是无法解决问题的，在这里他引入了对“打工诗歌”的评价，他认为很多打工诗歌不是以抗争的方式，而是以“中国梦”的方式融入其中的，他对这个方式比较肯定。所谓“中国梦”，是他常用的一个术语，是指依靠个人奋斗使自己能够发财致富，能够进入更高社会阶层的一种梦想，他认为一些“打工诗歌”中这样的意识是值得提倡的。我的意见和他却恰恰相反，我认为这正是“打工诗歌”不足的地方，因为它只考虑个人的出路，而不考虑整个群体的出路，只有个人意识，没有群体或阶级意识，即使你只考虑个人的出路，社会现实给提供的机会也是极为有限的，个人奋斗这样的“中国梦”能够做多久？我认为已经基本破灭了，现在的中上层精英联合起来，事实上形成了一种垄断，别说一般的打工者想进入很难，大学生毕业后都难以找到工作了，可以说这一代精英是“吃祖宗饭，断子孙路”，连下一代的“准精英”都开始剥夺了，连精英的“再生产”都不需要了，他们需要的只是保住自己的地位，并且最好能一代代传下去，有人对北京大学入学新生做过一个统计，发现三十年来出身于农村的学生占的比例越来越少，这只是一个例子，但可以说明这一代精英是有很明确的群体或阶级意识的，他们要培养的是自己的人，底层如果顺着他们的逻辑走，只能走到沟里去，我们必须换一种方式考虑。

上海的王晓明老师几年前写过一篇文章，我觉得挺重要，他谈的是“新意识形态”。他说其实从20世纪80年代以来，我们就跟以前的那种毛泽东时代的意识形态不一样了，现在有一种新的意识形态，我们整个社会笼罩的就是这样一种意识形态。我觉得他说得很好，这种新意识形态，比如说有几个方面，第一个就是成功者的神话，每个人都想成为成功者，不成功的人是要被大家嘲笑的，谁都想当第一，成为中上层的精英这样一种人生理想，这是新意识形态的一种表现。另外一种就是金钱至上的原则，什么都拿金钱来衡量，还有就是每个人都追求个人利益的最大化，各方面的便宜都想占，现在社会上包括文学界，都有不少这样的人，再比如说像竞争万能、市场万能，这些都是很多人不加考虑就认同的东西，是流行于全社会的“常识”，沉潜在很多人的意识、潜意识乃至无意识中，可以说是一种新的意识形态。但这些真的正确吗？人类历史从来就如此吗？好像并不是这样，如果我们“翻”过来之后，就应该对这些“新意识形态”有一个反省，从而能够建设一个更加和谐美好的社会，我觉得底层文学应该在这个过程中发挥一些作用。

大视野中的“底层文学”

1.《那儿》与“底层文学”论争

2004年，《当代》第5期刊发了曹征路的小说《那儿》，这部小说后来引发了极大的争议，“底层文学”也由此成为文学界关注的中心话题。对这篇小说的关注最初是由左岸、乌有之乡等网站引起的，此后《文艺理论与批评》《当代作家评论》《海南师范大学学报》等学术刊物都刊发了专题文章。而在北大中文系的课堂上，在中国作协的“曹征路现象研讨会”上，在台湾杂志《人间》的专题讨论中，《那儿》与底层文学都引起了极大的关注，当代文学界的著名评论家、青年评论家，以及社会学、思想界等不同领域的学者，甚至普通读者，都参与到了对这部小说的讨论中。对于一部中篇小说的讨论如此热情，这是20世纪80年代以后绝无仅有的现象。那么，这是一部什么样的小说？为什么会引起这么大的争论？不同人争论的焦点又是什么呢？

《那儿》描写的是一个有正义感的工会主席，力图阻止企业“改制”

中国有资产流失而失败，最后自杀身亡的故事。小说中的工会主席“我小舅”是一个孤独的工人领袖形象，在他周围环绕着诸多矛盾：他反对“化公为私”的改制，与厂领导与入主的企业有矛盾，不断上访；他是工会主席，是“省级劳模副县级领导”，又与普通工人有隔阂，不能“代表”他们去反抗；他的家人以种种不同的方式劝阻他的反抗，这是他与小市民的庸俗自保思想的冲突。在反抗与“不能反抗”的痛苦挣扎中，他最终身心交瘁，只能选择了自杀。

小说还塑造了下岗女工杜月梅、小市民“我妈妈”、“我舅妈”等人物，而义狗罗蒂的形象尤为鲜明，它忠于主人而被驱逐、自杀的命运，与“我小舅”的遭遇具有同构性。小说以“我”的视角描绘出了一个以功利世俗为意识主导的现实世界，其中不乏知识分子的反省与无奈。小说的结尾是悲剧性的。

> 他没有办法解释，也没有人再相信任何解释。这是他第三次欺骗了他的老少爷们、兄弟姐妹。除了死，他没有办法证明自己。除了死，他也没有办法让他们良心发现。事不过三啊。
>
> 他都已经那样了，他就不能不这样！
>
> 小舅自己砸死了自己，他为自己选择了一种最好的方式。躺在空气锤下，怀里抱着脚踏开关，那一刻我猜他没有犹豫。另外，此前他也过了一把瘾：那台空气锤周围，扔了一地的酒瓶子，还有一堆新打的镰刀和斧头。

小说中的“镰刀和斧头”联系着社会主义传统，此中可以看出，社会主义历史及其赋予的阶级意识，作为一种保护性力量对于工人的重要性。

2004年，国企改制是引发全民关注的重大社会议题，在《那儿》发表之前，有广泛热议的“郎顾之争”，其后则有汪晖撰写的论文《国企改制与中国工人阶级的命运》，可以说是社会热点、思想热点的交叠，是《那儿》引起广泛关注的第一重原因；第二重原因则在于，小说从正面的意义上重新阐发了社会主义传统，这是思想界的一个敏感话题；而第三重原因则是文学界集中关注的，文学的社会性与艺术性之间的关系：文学关注社会问题、关注底层人群，是否过于功利化，与“纯文学”的艺术追求是否矛盾？作家的道德感、道德姿态与社会立场，是否伤害了文学的艺术性与纯粹性？这也是贯穿于20世纪文学史的一个敏感问题。围绕《那儿》的争论，让这些问题浮出水面。

在《那儿》之前，有关底层的话题已经展开了讨论。20世纪90年代后期，“三农问题”、下岗工人问题在社会学学者中引起了讨论，并引发了高层与民众的广泛关注。在文学界，蔡翔的《底层》、孟繁华的《资本神话时代的无产者写作》，以及关于“纯文学”的反思、关于“新人民性”的讨论、关于底层与知识分子问题的思考，都是“底层文学”诞生的重要思想前提。

“底层文学”思潮，可以说是新世纪以来最为重要的文学思潮。这一思潮不仅产生了其代表性作家曹征路、陈应松、胡学文、王祥夫、刘继明、罗伟章等，而且对成名作家与青年作家都发生了重要影响，贾平凹、刘庆邦、方方、迟子建等成名作家都在自己的创作中融入了对这一思潮的思考，而张楚、吴君、鲁敏、阿乙等青年作家，也程度不同地受到了这一思潮的影响，将之与自己的创作结合起来，形成了独特的风格。

“底层文学”的讨论，也引发了对“打工文学”的关注。“打工文学”在20世纪80年代即已出现，但真正引起文学界与社会的广泛讨论，也是在

2004年，此后深圳文联相继举办了多届“打工文学论坛”，郑小琼、王十月等打工诗人、作家对打工生活的描述，将这一社会群体的经验与情感展现在世界面前，让更多的人看到了他们的生活与内心世界。打工文学与底层文学不同的是，其创作主体是打工者，打工者讲述自己的故事，更具有经验性与亲历感，底层文学的创作者则是专业作家，他们的长处在于可以从整体上思考底层的命运，其相同之处在于他们都关注社会底层，可以说是重视底层这一思潮的不同侧面。所以在广义上，我也将打工文学视为底层文学的一部分。

十年来，围绕底层文学的争论一直没有停息，底层文学也不断涌现优秀的作家作品，可以说这一思潮已经在一定程度上改变了当代中国文学的面貌。

2. 文学史命名与概念问题

在“底层文学”论争中，我曾发表了一系列文章，支持这一新的文艺思潮，因而被视为底层文学的倡导者。有不少朋友对于底层文学有了疑问，也会来问我。其中最有代表性的问题，一个是“底层文学”的概念和内涵是什么？杜甫、白居易所写的关于民间疾苦的诗歌是否可以算底层文学？鲁迅、茅盾等人关于乡村破产的小说是否也可以称为底层文学？

对于这个问题，我以前是这样理解的。杜甫、白居易的诗歌和鲁迅、茅盾等人的小说都关注社会底层的人群，对他们表示了同情、怜悯与理解，可以说是中国文学关注底层的优秀传统，是底层文学的重要源头，但就文学史研究来说，将它们作为或不作为底层文学，都不具有太大的价值。因为这样的研究与思考方式只是以一种既定的现代概念，将作家简单地加以分类，而并没有将对杜甫、白居易或对鲁迅、茅盾的研究有深入的推进，试想将杜甫的诗歌当作或不当作底层文学，对于我们理解杜甫有什么新的进展吗？对于底层文学来说也是同样，作为一个主要在当下的思想、文化、社会领域展开的话题，底层文学主要与新世纪以来中国的社会与文化现实密切相关，最重要的是阐明这一思潮产生的原因、脉络与影响，相对于此，杜甫是不是底层文学的问题并不重要，也不具有生产性，对于底层文学的发展来说，不具有实质性的影响。现在我的想法略有些变化，我觉得将底层文学追溯到杜甫、白居易也具有一定的价值，至少可以让我们看到关注底层有着源远流长的传统。

“底层文学”的概念和内涵是什么？这是一个我不太愿意回答的问题，尤其在“底层文学”讨论之初，我的理由是，对于一个正在发展中的文艺思潮，其内在的“本质”与规定性也是流动的，也正在形成之中，我们不能以一种凝固化的思维方式辨别什么是底层文学，什么不是底层文学，而应该尊重其内在的丰富性，在不同作家丰富的创作实践之后再加以归纳与总结。在这里，我们也可以看到，“底层文学”思潮与文学史上其他文艺思潮的不同。欧洲19世纪后期的现代主义文学运动以来，文艺思潮总是以鲜明的革命姿态出现，对此前的文艺思潮以决绝的姿态加以批判，以口号与宣言宣告自己的存在，并以理论引导创作，我国五四以来的文艺运动大多也采取这样的形式。这样的文艺思潮可以先声夺人，迅速在文艺界与社会领域引起广泛的关注，但其不足之处则在于，不少文艺思潮的历史意义大于文学意义，理论价值大于创作价值，更有甚者，则只有历史与理论价值，在文学创作上并不能拿出具有说服力的作品。而底层文学思潮则相反，理论的探讨与创作的推进相互影响、相得益彰，由于对“底层文学”没有采取一种固定化的思维方式，反而使这一思潮影响更大，而且创作上有着重要的实绩，我们可以看到，底层文学的代表作家曹征路、陈应松、胡学文、王祥夫、刘继明等人虽然都关注底层，但艺术风格各异，曹征路、刘继明的作品更接近于“左翼文学”，有一种批判的思想力度，陈应松的小说中有浪漫与诡异的色彩，胡学文的作品可以说是一种冷峻、清醒的现实主义，王祥夫则从《红楼梦》等传统世情小说中汲取营养，擅长以自然灵动的笔墨描摹底层的世俗生活。

那么，到底什么是底层文学呢？在《“底层文学”在新世纪的崛起》一文中，我给出了一个描述性的概念，“在内容上，它主要描写底层生活中的人与事；在形式上，它以现实主义为主，但并不排斥艺术上的创新与探索；在写作态度上，它是一种严肃认真的艺术创造，对现实持一种反思、批判的态度，对底层有着同情与悲悯之心，但背后可以有不同的思想资源；在传统上，它主要继承了20世纪左翼文学与民主主义、自由主义文学的传统，但又融入了新的思想与新的创造”。这里主要从内容、形式、写作态度、文学传统等方面做了界定，是一种开放性的概念。如果现在对这一界定做一点补充，那么可以在前面加上一句：“底层文学是新世纪以来最重要的文学思潮。”

另一个代表性的问题主要来自作家朋友，尤其是写作底层文学的作家，他们的疑问是，为什么要将他们归类为某一类作家，为什么不直接称他们为作家，而要称他们为“底层文学”作家？在打工诗人、打工作家那里也存在类似的情况，成名的打工诗人或打工作家，不愿意在诗人与作家前面缀上“打工”的标识，而愿意被直接称为诗人与作家，这是一个很有趣的现象，值得我们做一点分析。在这里存在两个问题，一个是普遍性与独特性的问题，每个作家都认为自己是独特的，但事实上，有一些作家在某些方面是相似的——这也是他们被归为某类作家的原因，文学研究与批评的价值就在于，在理论与历史的视野中阐释这些作家的共性并阐明其价值，有不少作家正是因为被命名为某一类作家，才走进了文学与公众的视野，这是文学批评所产生的影响之一。但是在任何文艺思潮中，都有可能产生“大作家”，他们既在这一思潮之中，又超出了这一思潮，仅仅在这一思潮的范围内，无法阐明其价值与重要性，对于这样的“大作家”，需要以另外的方式专题研究，当然也不是每一位作家都需要这样研究。举一个文学史的例子，李白、杜甫不需要被归类，但“初唐四杰”“大历十大才子”中的人物，只有在这样的命名中才能被文学史记住。

具体到底层文学或打工文学的命名，则还有另外一个问题，从命名方式上来看，“底层文学”似乎有更关注社会问题、立场的倾向，“打工文学”似乎更关注创作主体的身份与题材，在“纯文学”的视野中好像不够纯粹。但这只是一个表面的印象，如我们前面所言，底层文学在艺术上也取得了较高的成就，而“纯文学”在新世纪之初就已受到了反思，“底层文学”的兴起正是在创作上突破纯文学规范的一种表现，相对于20世纪80年代中期以来的纯文学观念，“底层文学”是一种新的美学原则，它们正在创造新的文学评价体系，而不能以纯文学的标准简单地加以评价。某些底层文学或打工文学的作家不愿意被称为底层文学作家或打工作家，说明他们尚未摆脱“纯文学”的规范，没有意识到“底层文学”的丰富性与可能性，也没有意识到自己真正的使命。

3. “小人物”的变迁史

“小人物”是底层文学批评文章中常见的术语，我们知道，“小人物”最早可以追溯到普希金的笔下，作为一个评论术语则可以追溯到别林斯基评论果戈理、陀思妥耶夫斯基的文章。“小人物”主要是指处于社会底层的小人物，“小人物”的发现可以说是19世纪文学的一大贡献，在批判现实主义大师托尔斯泰、巴尔扎克、狄更斯、德莱赛等人的笔下，我们可以看到底层的世界，他们站在底层小人物的立场上，批判社会的不公，寻找一个更加理想的世界。但是随着社会与文艺思潮的演变，进入20世纪，“小人物”也发生了巨大的变化，在欧洲资本主义国家，正如卡夫卡笔下的K、加缪笔下的莫索尔，我们看到的“小人物”是绝望的、破碎的主体，他们是历史与现实的“局外人”，无法主宰自己的命运，只能陷入荒谬的绝望境地；而在苏联等社会主义国家，小人物虽然在理论上成为历史的主体，在文学中也成为主人公，但却只是虚幻的、乐观的主体。

在中国也经历了类似的过程。五四时期，“劳工神圣”代表了一种新思潮的崛起，鲁迅在《一件小事》里所表现出的对底层小人物的道德自卑感，体现出了知识分子的内在矛盾与典型态度。20世纪二三十年代，左翼文学在论争中崛起，茅盾、叶紫、丁玲、萧红、张天翼等文学新人吸引了广泛的关注，他们关注底层民众的生活，探讨社会的出路，与此同时，老舍、曹禺等“民主主义作家”也在以自己的方式关注底层民众的生活及出路问题。在老舍的《骆驼祥子》中，我们可以看到一个底层小人物的个人奋斗及其梦想破灭的过程，在曹禺的《雷雨》《日出》中，我们也可以看到工人、妓女等小人物，作者站在他们的立场上，质疑整个社会秩序的合理性。在这里，我们可以比较一下左翼文学与“民主主义文学”的异同，我们可以看到，两者都关注底层民众及其生活，但不同的是左翼文学有更明确的社会理想导向——通过革命，改变旧的社会秩序，建立一种更为合理的社会制度，而“民主主义文学”虽然认识到现实的不合理之处，却缺少改变的途径与方向。这是左翼文学在当时为人广泛关注的原因——这是一种有力量的文学，是一种有理想的文学，也是一种试图改变世界的文学，而民主主义文学与之相比则黯然失色。

如果我们将“底层文学”与这两种文学传统相比较，可以发现底层文学具有左翼文学的某些特质——这也是底层文学被称为“新左翼文学”的原因，但其实更接近“民主主义文学”的传统。这与当今世界的整体变化密切相关，这包括很多层面。主要是冷战结束之后，“历史终结”，资本主义大行其道，社会主义革命被污名化；另一方面，左翼思想虽然在学院内（尤其在欧美）占据一席之地，却无法提出新的社会革命的整体性方案，也无法与底层民众接触，因而处于一种无力的状态。在这样的社会语境中，虽然很多作家看到了社会的不合理、不公正之处，却无法看到改变的力量及其方向。

在这样的情境下，中国文学在左翼文学之后，虽然有着解放区文学——人民文学的传统，但底层文学所接续的，更多是左翼文学尤其是民主主义文学的传统，或者说是更接近于欧美19世纪的批判现实主义，而并非20世纪的社会主义现实主义。在这里，我们也可以看到，“小人物”在经历了历史的演变之后，又回到了最初的原点，“小人物”不再是历史的主体，而只是被同情、怜悯的对象。在历经了历史的巨大曲折之后，我们甚至无法达到19世纪批判现实主义的高度，或者中国20世纪二三十年代左翼文学的认识，而这，或许正是历史的曲折所带给我们的。

但是在这里，有两点值得注意，关注底层本身便是“底层文学”的一个重要贡献，我们并非以上述理由批评“底层文学”，相对于权力、资本对底层的压抑与控制，相对于其他类型文学的帮忙或帮闲，“底层文学”能够站在底层的立场上发出小人物的声音，已经颇为难得；另外，“底层文学”也是丰富的，其内部也有一种有理想、有力量的文学，而且“底层文学”也处于发展的过程中，在历史的夹缝中，或许能够与小人物一起，寻找到未来的出路。

还有一点值得一提，那就是当下中国的现实，与19世纪欧美批判现实主义大师所处的时代有诸多相似之处，从现代化的角度看，我国现在类似于欧美国家资本主义发展的早期阶段，在这样的历史时期，不仅乡村的经济与社会秩序处于瓦解之中，而且人们的传统观念也处于崩溃之中，但是在我国，尚未出现能够概括这个时代的大作家，这不仅在于中国作家的艺术能力，也在于我们缺乏把握历史的理论与历史眼光，我们需要在世界文学视野中讲述“小人物”的故事。

4. 卡佛，极简主义及其他

2009年，雷蒙德·卡佛的《大教堂》在国内出版，引发了不少人的关注，不少作家、评论家对卡佛颇为推崇。卡佛笔下的人生失败者及其“极简主义”也引起了较多人的讨论，一时形成了一个文学热点。但是，在文学界关注卡佛的时候，有一个很有意思的现象，套用一句卡佛式的语言：当我们在谈论卡佛时，我们谈论什么？

关注卡佛，可以说是20世纪80年代以来我国文学界关注国外作家的一个延续，20世纪80年代以来，我国文学界翻译并介绍了不少国外作家，并且追踪国际文学界的最新时尚，从萨特、加缪到马尔克斯，作家们则以追赶的心态将国外作家当作学习的对象。卡佛也是在这样的意义上被引进国内的，因此在谈论卡佛时，更多作家谈论的是“极简主义”，是他的形式、叙述技巧，这也是20世纪80年代“纯文学”这一取景框中所能看到的卡佛，当年他们也是在这样的视野中谈论卡夫卡、马尔克斯，等等。但是他们却忽略了卡佛作品的社会内容，正如卡佛也被称为“肮脏现实主义”一样，他的作品关注的是“肮脏现实”，但是现实为什么肮脏，肮脏在何处，艺术作品如何处理这样的肮脏现实等问题却没有进入我们的作家与评论家的视野之内。

在我看来，卡佛小说所描述的底层小人物向我们展示了一个丰富的艺术世界，卡佛关注作为“个体”的小人物，描述他们的人生失败，生活中的偶然性改变了他们的命运，他们处于尴尬的境遇中，看不到任何希望，笼罩在他们的世界之上的是一种灰色与绝望。卡佛的故事传达出了这些底层小人物的微妙情绪，也传达出了他的人生观——在一个看不到希望的世界上，只能无奈地忍受。在卡佛的小说中，我们能感受到后现代主义的绝望，这是比卡夫卡、加缪更加深刻而庸常的绝望，因为这不是抽象的，而是日常生活中的绝望。这样一种情绪的产生，与晚期资本主义的文化逻辑有关，也与底层人物的现实处境相关，或者说是“美国梦”破灭的产物，在一个资本、权力、技术与意识形态控制越来越严密的世界中，底层小人物的出路似乎越来越渺茫。但卡佛似乎从来不将底层作为一个群体，他只是讲述这个群体中的“个人故事”。

与卡佛同被称为“肮脏现实主义”的还有理查德·福特，他的小说集《石泉城》最近也被译介到国内。福特的小说与卡佛的小说相似，关注的也是底层社会中形形色色的小人物，他也很少讲述一个完整的故事，而只是剪取人生经历中的某些场景，描述不同人物之间的微妙情绪，传达出一种复杂难言的感受，如《大瀑布》从一个儿童的视角写父亲与母亲及其情人的对峙，这个本来颇具戏剧性的故事，在作者写来却平静如水，但在平淡的叙述背后，我们却可以感受到不同人的内心纠结及其相互之间的纠缠，在小说的最后，作者写到，“但我一直不知道那些答案，也没再向任何人问起过。然而答案可能并不复杂：那就是我们低劣生活的本质，我们固有的冷漠和孤独无援的感觉，它导致我们对单纯的生活做出错误的判断，使得我们的存在如同水中月一样虚无缥缈，也使得我们与那些相遇在路上的动物一样——警惕，不宽恕，没有耐心，没有愿望”。作者将问题的根源归结于“我们低劣生活的本质”，正是由此产生了小人物失败的情绪及其相互之间的敌意。在《石泉城》《甜心》《少年》《共产党》等小说中，也存在着类似的情绪。值得一提的是《共产党》，在这篇颇具政治象征意味的小说标题下，讲述的也是一个日常的故事，小说仍然是以少年“我”的第一人称讲述的，讲的是“我”和母亲及母亲的男朋友格伦一起去猎野鹅的一次经历，在小说的高潮部分，我和格伦打了很多野鹅，一只野鹅受伤在湖面上挣扎，母亲让格伦打死它，但他一直不肯动手，最后受不了她的讥讽，“他又一连开了三枪，直到枪里的子弹全部打光了。野鹅的头垂了下去，并朝着空旷、深蓝色的湖心漂去。‘看看谁心狠？’格伦说，但他转过身来时我母亲已不在了，她已朝停车子的地方走去，她的身影已几乎消失在黑暗中……”小说描述的是少年眼中成年男女之间情感的纠葛及其尴尬，其中与“共产党”相关的只有格伦是一名共产党员，但小说中却没有涉及政治性的内容。

蒂姆·高特罗讲述的也是底层生活的故事，但他的笔法与卡佛、福特等人不同，这位来自美国南方的作家更注重生活的细节，也更注重故事的完整性，他的小说集《死水恶波》也向我们展示了一个不同的世界。在《死水恶波》中，我们看到了一个水泵修理匠和一个杀害了自己丈夫的妇女的故事，而《晚间新闻令人胆寒》描述了一个货车司机造成事故后逃跑的过程，《梅兰·勒布朗求婚记》描述了年已五十二岁的勒布朗在女儿去世后，不得不照顾其年幼的婴儿，为此他想再结一次婚，而同时他的父亲、祖父也参与到了他的生活中，让他狼狈不堪，小说最后在宁静的氛围中结束，“面对这幕情景，他们的心纯净得如同一潭碧绿的春水。在惊愕中，他们的想法更加坚定不移了”。这篇小说诙谐而凝重，让我们看到了小人物在面对人生困境时的一丝温暖。而《赌桌上的调味酒》是一篇更具技术性的小说，小说以正在打牌的几个人讲故事的方式，以“十日谈”的形式将几个故事容纳在一起，而其中每一个故事都充满了波折，显示出生活之艰辛与作者的创造性。

如果同中国的“底层文学”相比较，我们可以发现卡佛、福特、高特罗等作家很少关注作为群体的底层，也很少关注社会事件，他们更多关注作为“个体”的底层小人物的人生故事。之所以有这样的区别，可以说既有社会层面的原因，也有文艺思想上的差异。从社会层面来说，近三十年来中国的社会结构处于剧烈的变化之中，作为“个体”的底层是伴随底层群体产生的，其命运也与底层群体紧密联系在一起，在这个意义上，“底层文学”关注作为“个体”的底层本身便包含着对群体的关注，而美国则不同，美国的社会结构没有太大的变动，在相对稳定的社会结构中，底层之所以成为底层，更多应该归结于“个人”的原因，或许这也是卡佛等人讲述失败者故事的重要原因。从文艺思潮来讲，中国更注重集体，美国更注重个人，在文学上也是如此，而在艺术层面上，底层文学在艺术上已达到了相当的成就，但在理论上却缺少总结，而卡佛等人，则通过“极简主义”“肮脏现实主义”等命名，在文学史上刻下了自己的印记。

5. 底层、世界与未来

虽然卡佛等人创作的主要时间是20世纪60—80年代，但我们也可以看到，在美国社会中穷人越来越多，2011年的“占领华尔街”运动，更是让我们看到了美国社会中1%与99%的对立，可以说在我们这个时代，底层小人物通过个人奋斗进入上层社会的“美国梦”，已经越来越难以实现。近年来英、法等国不断爆发罢工与学生运动，处于社会底层的民众感到生活压力越来越沉重。日本也是同样，据报道，2008年的“金融危机”加剧了日本工人生存状况的恶化，这主要表现在工人福利的消失，临时性的用工方式，如“派遣工”呈大幅度上升，临时工现在占到全部工人的三分之一；贫富差距的拉大，使“一亿总中流”——即生活属于中等程度的国民占人口绝大多数的社会——在结构上瓦解，出现了新的“贫穷阶层”，如今日本已成为发达国家中贫困率排名第三的高贫困率国家。

在我们中国，不仅工人、农民、打工者等底层群体仍然大量存在，而且出现了“新穷人”。

可以说不仅世界范围内的底层越来越多，而且底层的范围也在扩展，这是我们这个世界面临的重大问题与危机之一。之所以出现这样的现象，有两个重要的原因，一是冷战结束后，社会主义作为一种平衡力量的消失，我们可以看到，尽管“斯大林主义”曾形成了专制，但社会主义作为一种追求普遍平等的思想，在20世纪六七十年代，对欧美世界黑人、女性、少数族裔争取权益曾起到了巨大的支持作用；二是新自由主义与保守主义的合流，新自由主义强调市场化、私有化与全球化，但是市场化并未带来曾经许诺的自由与民主，而是形成了一种以资本为核心的等级秩序，现在这一秩序正趋于凝固化，也正趋于保守化。

面对这样一个世界，文学能做些什么？相对于权力、资本与意识形态，文学的力量是弱小的，它不能直接改变世界，但是文学也有自己的力量，文学的力量如鲁迅所说是“撄人心者也”，如卡夫卡所说是给人“当头一棒”，让我们面对不合理的世界可以说不，让我们站在底层小人物的一边，去探索人类的未来。可以说“底层文学”的兴起，正具有这样的意义。底层文学当然也仍有不尽如人意之处，但它在根本上显示了我们这个时代的良知与思想力。对于文学来说，形式、技巧、叙述方式等固然重要，但良知与思想力无疑更加重要，良知让我们面对这个世界可以坚持最基本的道德准则，而思想力则可以让我们穿透纷纭复杂的社会现实，走在时代的最前沿。我们期待的底层文学，有直面现实的勇气，有从未来汲取诗意的冲动，有想象乃至创造一个新世界的努力。“这个世界会好吗？”面对一个越来越动荡不安的世界，很多人都会在内心这样发问，但是我们应该为这个世界变得更好而尽自己的一份力量。“底层文学”或许并不能改变世界，但至少它对这个世界发出了自己的声音，让世界看到了这个群体的存在，如鲁迅所说，“这是东方的微光，是林中的响箭，是冬末的萌芽，是进军的第一步……”

“打工文学”的问题与前景

近年来，“打工文学”引起了文坛的广泛关注，深圳文联的杨宏海先生是研究“打工文学”的专家，据他的研究，“打工文学”在20世纪80年代就已经出现了，他还将“打工文学”的发展分为三个阶段。但是，“打工文学”引起全国性的关注，大约在2004年，在那之后，深圳关于“打工文学”召开了三次会议，每年一次，引起了越来越广泛的重视，这与“底层文学”大体是同步的，所以在这个意义上，我们可以将“打工文学”和“底层文学”，看作是在新世纪崛起的两个思潮，或者说是“重视底层”这一文艺思潮的不同侧面。

“打工文学”的兴起，表明了打工作家的创作能力，以及他们构建自身主体性的努力，同时也反映了打工者群体的文化需求得到了社会各方的广泛关注，这对于当代中国具有重要的意义。当沉默者开始说话，必然会给我们打开一个新的空间，让我们重新认识打工者，重新认识底层，重新认识我们这个社会。在这方面，“打工文学”的出现已经达到了一定的效果，但由于社会规范与美学规范的限制，可以说还没有发挥其应有的作用。从总体上来说，现在“打工文学”还只是作为一个文化现象被讨论，这一讨论是由地方政府或文联、评论家、作家促成的，他们也都从中获得了相应的关注或利益，是一种多重性的“双赢”，但就文学说，除了郑小琼、浪淘沙等少数人之外，其他作家还没有足够的创作实绩，也还没有形成独特的个人风格，如果“打工文学”要持续发展，还需要作家们不断的努力。

因此，讨论以下几个问题是必要的。首先，“打工文学”能否代表打工群体的整体利益与根本利益，“打工文学”能否代表打工作家的心声；其次，地方政府或文联的极力推举，对“打工文学”有什么影响与利弊；再次，在“纯文学”原则的规范下，“打工文学”是向既有的美学标准靠拢，还是在发展中确立自身的审美标准，这三方面因素的综合，将决定着“打工文学”的未来。

首先，“打工文学”能否代表打工群体利益？“打工文学”与底层文学作家有很大的不同，“底层文学”的代表性作家都是知识分子或已成名的作家，如曹征路、刘继明、刘庆邦、王祥夫、陈应松、胡学文、罗伟章等，他们或者是大学教授，或者是作协系统的作家；而“打工文学”的代表性作家则是从打工者中涌现出来的，如郑小琼、浪淘沙、王十月、于怀岸、徐东、叶耳等。按照“左翼文学”的逻辑，知识分子作家不如工农出身的作家在思想意识上“先进”，但我们看到一个有意思的现象，在“打工文学”中我们反而较少看到群体意识或阶级意识，而更多的是个人意识或个人奋斗的思想，而在“底层文学”中，群体意识或阶级意识则更明显一些。这里是就大体而言，当然也有例外，下面我们还要讲到。之所以出现这样的情况，我想有以下原因：就知识分子而言，他们去看另外的阶层，或许更容易看到“打工者”的相同之处，而对于打工者来说，看自身所处的社会阶层，可能更容易看到彼此之间的差异；知识分子看问题，可能会更偏重于思想与艺术上的总体把握，“打工者”看问题，可能更偏重于个人经验的表述。

在这里，便涉及一个文学界一直争论不休的问题，那就是知识分子是否能为“底层”代言的问题。关于这个问题，南帆、张闳、吴亮等学者有过争论，南帆在与一些青年学者的讨论中，探讨了底层表述的可能性及其理论上的困境，而张闳、吴亮等人认为这是知识分子在争夺“学术霸权”，或是一场学术的“圈地运动”，而唐小兵则认为这不过是“民粹主义”的一种表现。

在这里，值得讨论的问题不仅是知识分子能否为“底层”代言，也包括打工者能否为“打工者”代言的问题，这个问题我们可以从两个层面来谈，第一个层面，作为个体的底层或打工者，是否能为整体性的“底层”代言，这里涉及是否有兴趣、视野、能力为“底层”代言的问题，并不是每个底层作家都有这样的意愿，我们在今天看到的往往是其反面；第二个层面，作为个体的底层或打工者，是否能为“自己”代言？这在表面看好像不会有问题，但在“主体”已经破碎，而外界还有强大的社会规范与美学规范的今天，一个人能否代表自己，也成为一个问题。

在这里，我们可以看一看文学史，历史的经验往往比理论探讨更能给人以启发。左翼文学从20世纪20年代“大众化运动”以来有一个终极理想，就是“大众写，写大众，为大众写”，这一理想在新中国成立后有了实现的可能，出现了不少工农作家，比如胡万春、李学鳌、仇学宝等，但是这一理想的实现，也带来了自身的问题，这在浩然、高玉宝身上有突出的表现，浩然说自己是“农民写，写农民，为农民写”，他也在某种程度上实现了这一想法，但有一个关键的问题，就是他并没有完全站在农民立场上来写，当主流意识与农民立场相一致的时候，他为农民而写，而当二者发生冲突的时候，他就站在主流意识上来写，这一点与赵树理是截然不同甚至完全相反的，浩然有时会顺着潮流走，而失去了一个作家的独立性。高玉宝的《高玉宝》现在看来也是一部很不错的书，但是在他20世纪80年代写的《高玉宝》续集中，我们看到他的整个思想意识，也完全是20世纪80年代的“个人主义”，与《高玉宝》形成了鲜明的反差，在这个意义上，浩然、高玉宝显然不能完全代表农民，这也是今天“打工文学”所面临的困境。

“底层文学”与“打工文学”虽然有所不同，但却是同一种潮流的产物，知识分子固然不能毫无障碍地为底层“代言”，而打工作家也并不天然地代表打工者，但他们之间是可以互补的，如果能将他们各自的长处结合起来，有可能建设一种新的文学。

其次，是“打工文学”与官方行为的关系。“打工文学”引起广泛的关注，与深圳政府与文联的大力支持是分不开的，现在深圳还为这些打工作家做了一些“实事”，包括解决户口、调入文联工作、召开研讨会、出版书籍等等，这对于作家是一些好事，也树立了深圳作为打工文学“策源地”的形象，是一种“双赢”。但在这个过程中，也会出现一个问题，那就是这些作家在脱离打工生活，成为一个“作家”之后，是否还能写出“打工文学”，是否还能代表打工者的利益？“打工文学”是否还能保持自身的独立性与批判性？在北京召开的“打工文学论坛”上，也有不少学者提出这一问题，他们呼吁要防止打工文学被“收买”，这个词或许重了一点，却显示出了“打工文学”面临的困境。

一个现实的问题是，“打工文学”按道理应该表现打工者生活上的苦难与精神上的困窘，但在与地方政府或文联发生密切的关系之后，这样的描写是否会被接受，或者在什么程度上可以被接受，是否会受到限制？如果照实写，是否会被认为是在为政府的形象抹黑？如果不照实写，又怎样保持“打工文学”的特质？这是一个悖论。地方政府与文联的重视带来的另一个问题是，在目前我们所能看到关于“打工文学”的讨论中，讨论的几乎都是深圳的作家，可以说“打工文学”引起全国性的关注与深圳文联的努力是分不开的，但从另一个角度来说，这对另外地方的打工作家也起到了一定的遮蔽作用。深圳作为改革开放的先锋，出现“打工文学”与打工作家是可以理解的，但在深圳之外，也有“打工文学”与打工作家，但现在这一部分作家却没有得到足够的关注，这可能需要一个过程，但我希望“打工文学”不局限于深圳，或许在不同的“地方性经验”的基础上，我们才能看到“打工文学”在全国的整体性面貌，而这也才能使“打工文学”得到更好的发展。

再次，是“打工文学”与既有“美学原则”的问题。现在一个有意思的现象，就是打工作家一旦成名，就不愿再被称为“打工作家”了，而愿意直接被称为“作家”，这样的心情是可以理解的，被称为“打工作家”总好像有些被照顾的意思，因为打工者的身份，或者因为“打工文学”的潮流，而被称为“作家”，好像更能显示个人的创作实力，是靠“文学”而不是靠“打工”得到承认的。不只是作家，一些评论家或读者也会认为，将某人称为底层文学作家或打工作家，总好像包含着照顾或勉强认可的意思，不知别的研究者怎样，我却并没有这样的意思，相反，我认为“底层文学”与“打工文学”有可能创造出一种“新的美学原则”，一种不同于当前文坛主流的审美标准。

当前文坛主流的审美原则，是20世纪80年代以来逐渐形成的，这是一种精英的、西方的、现代主义的美学原则，而“新的美学原则”应该对此有所超越，是底层的而不是精英的，是中国的而不是西方的，是包容各种创作方法而不只是现代主义的，但这种美学原则也应该不同于20世纪40—70年代的“人民美学”，相对于“人民美学”，它应该保持独立性与批判性，应该保持对目的论与本质论的反省，应该有更多的思想资源与艺术资源，并在此基础上有新的发展与创造。这种“新的美学原则”并不是对“人民美学”与20世纪80年代美学的绝对排斥，而应该在对它们的继承与扬弃中发展出来，在当前，我们已经看到了这种“新美学”的各种萌芽，应该加以关注并促其成长，而不应该“棒杀”或“捧杀”。

比如于怀岸的《台风之夜》，这个小说写两个打工者被工厂开除后，和几个打工的小兄弟到一个靠近海边的小城的过程，一路上遇到了各种事情，被赶下车，打架，遇到杀人的场面，碰见一个找儿子的老人，忍着饥饿和寒冷在高速公路上步行，而这些都发生在一个“台风之夜”，小说将自然界的狂风暴雨作为背景，具有一种强烈的象征性，写出了这几个年轻的打工者在动荡不安的时代中艰难的跋涉。再比如宋唯唯的《长河边的小兄弟》，写两个农村的小孩的生活和他们的心思，与邻居小朋友玩，到姥姥家去，等待外出打工的父亲，小说虽然有些冗长，但细腻地写出了这两个小孩的世界——外部世界与内心世界，也写出了父亲在外打工给他们的生活带来的巨大影响。像这样的小说，写出了我们这个时代的新经验，并在此基础上发展出了新的美学萌芽，很值得我们关注。

但遗憾的是，在不少“打工作家”那里，他们努力的方向不是创造新的美学，而是竭力向文坛既有的审美标准靠拢，这虽然有可以理解的原因，比如可以在现实秩序与文学秩序中获得一席之地等，但我认为，如果只是简单地认同现有的美学原则，而忽略了个人经验与美学的独特性，是一件极为可惜的事情，而这样做，不仅个人的文学事业行之不远，也无法在整体上对中国文学有所推进。

可以说，“打工文学”的发展离不开对上述问题的回答，如果“打工文学”能真正代表打工者的利益，能摆脱地方文联重视所带来的不利因素，能发展出一种自身的美学，那么必将会有一个美好的未来，而这也必将给中国文学带来整体上的转变，反之，如果“打工文学”不能代表打工者的利益，匍匐在既有的社会规范与美学规范之下，那么必将行之不远，在不久的将来就会成为明日黄花。

新小资的“底层化”与文化领导权问题

在新版《波动》的序言中，李陀指出，“文化领导权在很大程度上已经转移到新兴小资产阶级的手中。这个文化领导权的转移带来一个不可避免的后果，就是中国当代文化的小资特征越来越鲜明，越来越浓厚，如果我们还不能断定这种文化已经是一种成熟的新型的小资产阶级的文化，那么，它起码也是一个正在迅速成长中的小资产阶级文化。更让人惊异的是，它一点不保守，不自制，还主动向其他各种文化趋势和思想倾向发起了一波又一波的攻势，扩大自己的影响，巩固自己的阵地，充满自信”。李陀对“小资”问题的观察是敏锐的，为我们理解当代中国文化提供了一个新的视角。在这里，我想讨论的问题是：新小资是否掌握了“文化领导权”，或者掌握了什么样的“文化领导权”；“小资”在当前社会结构中处于什么样的位置，小资文化具有什么样的特色；在未来中国文化的发展中，“小资”将会起到怎样的作用。

“小资”在中国当代文化的发展中发挥了重要作用，如李陀所说，“90年代以来的中国文化发生了急剧的变化，即使说瞬息万变也绝不过分，但是如果我们追问，谁是这急剧变化的真正推手？在具体地重新绘制中国当代文化地图的时候，谁是具体的绘图员？还有，种种文化上的新观念、新规则、新做法谁又是最早的创导者和实行者？面对这样的追问，我想凡是熟悉近年文化的变动和变迁，并且对幕前和幕后都有一定观察的人，答案恐怕是一样的——这些推手、绘图员和创导者、实行者，不是别人，正是当代的新小资们，特别是新小资中的精英们”。“小资”的重要作用，不仅在于他们占据了各文化路口的要津，而且在于他们以自己的世界观与价值观在改变中国文化的面貌。

但我们也可以看到，“小资”所掌握的文化领导权是“有限”的，是在国家与资本所决定的缝隙中的有限空间中发挥作用。另一方面，“小资”并没有形成一种独立的价值观念，或者说“小资”所倡导的生活方式与生活理念并不具有独立性，所谓“有房有车”的生活，以及有格调、有“个性”的生活方式，在很大程度上复制了当前社会的“新意识形态”——所谓“成功人士”的逻辑。在这个意义上，我们可以说，“小资”所拥有的文化领导权只是“实行者”，他们所表现出来的核心价值观并不能代表多数人的利益，甚至不能代表他们自身的利益，而只是“成功者”光环的装饰。

最值得重视的是，在当今社会两极化发展的趋势下，“小资”也正在“底层”化，在整体社会结构“断裂”的状态中，置身于社会上层与底层民众之间的“小资”并不具有稳固的社会地位，而处于分化之中。在这样的状况下，大部分人只能在既定的学术规范中亦步亦趋，而不能真正发挥个人的活力与创造力，也不能真正形成属于自己的思想，如此，不仅“独立之精神自由之思想”无法奢望，更可悲的是，很多青年知识分子也失去了“超越性”，而只能囿于个人利益的保障与争夺，不是他们改变了弥漫于整个社会的权力崇拜、拜金主义与市侩主义，而是这些将他们裹挟其中，构成了社会秩序与社会风气的一部分。在当今知识分子题材的小说中，我们可以清楚地看到，构成故事主要冲突的也只是权力、地位、金钱与女人之争，与社会上流行的官场小说、职场小说无异，在其中，我们很少看到对民族国家命运的忧患与思考（如鲁迅的小说），或者对知识与真理的执着追求（如巴金的小说），或者思想的辩论与真正灵魂的痛苦（如陀思妥耶夫斯基的小说）。在这里，知识只成了一种特殊的商品或资本，只是一种谋生的手段，而失去了其超越性与独立性。

造成这一现象的原因，既有社会层面的原因，也有知识分子群体内部的原因，两者互相纠缠在一起。就社会层面来说，三十年来知识分子在中国社会的地位发生了天翻地覆的变化，在20世纪80年代新启蒙主义的视野中，知识分子作为历史主体主导着社会历史的进程，但这只不过是一种幻觉，新启蒙思潮只是知识精英与政治精英的共谋，很快二者就分道扬镳了。20世纪90年代之后，在市场经济强劲启动后，一方面知识精英与政治精英、资本精英形成了联盟，即所谓“铁三角”，此时资本已不需要知识的论证与支持而获得了自身的合法性，因而在这一联盟中知识群体处于明显的弱势，另一方面，在市场经济的逻辑中，“知识”本身也是一种可以生产与消费的产品，而不再是不可替代的独特之物，而“知识分子”也是可以生产或大批量制造出来的，在这个意义上，知识分子的主体性与独立性便大幅削弱了——这是知识分子在社会结构中逐渐边缘化的根本原因之所在。同时，在知识分子内部也发生了巨大的变化，不同学科之间的地位或重要性发生了变换，一个典型的例子是经济学的崛起与文学的衰落，相对于自然科学、社会科学，人文学科因其“无用”，在这个时代处于少人问津的状态。另一个重要的结构性变化是，即使在人文学科内部也发生了巨大的分化，这一分化与社会其他领域变化的趋势相似，那就是一方面各种社会资源向少数精英集中，另一方面形成了严格的等级制或科层制，在知识精英与“知识底层”之间形成了一道道鸿沟，对于一个青年知识分子来说，攀上知识等级制上“精英”的位置，既是一个巨大的诱惑，又是一个几乎不可能完成的任务：等级制本身的保守性与封闭性排斥创新，它所需要的只是“好学生”，而知识只有在不断地创新——提出新的问题，新的思考方式，新的学术“范式”——中才能发展，但是创新本身便是对等级制的一种冒犯。在这样的状况下，置身于学术体制底层的青年知识分子——那些“蚁族”或“工蜂”们——便不仅处于一种多重性的压迫结构之中，而且处于巨大的内心矛盾与撕裂之中。

在这样的意义上，构成“小资”主体的青年知识分子在整个社会中并不拥有强大的话语权，他们身上的光芒只是精英群体话语权的投射，如同月亮反射的只是太阳光一样。但这只是相对而言的，一方面，相对于社会结构中的真正“底层”——那些沉默的工人、农民与农民工而言，他们处于社会结构的中层，拥有一定的话语权与主体性；另一方面，作为拥有特殊技能的社会群体，他们既是精英群体需要的，也是整个社会机构运转所不可或缺的部分。事实上，正如李陀在文章中所分析的那样，“小资”在20世纪90年代以来的文化中发挥了不可替代的作用，他们创造了我们这个时代的流行观念，以及特定的生活方式与审美趣味。但“小资”及其文化如果能够在中国文化乃至中国社会上发挥更大的作用，尚需要考虑以下问题。

首先，要对“小资”在社会结构中的位置及其“底层”化的趋势有一个清醒的认识。如同其他社会阶层一样，“小资”总是以自己的眼光观察世界，建立在个人奋斗基础上的“成功者”逻辑，以及建立在人性、人道主义基础上的“爱”的哲学，构成了“小资”们理解世界的特定视角。如果抽象地看，“个人奋斗”与“人间大爱”并无可非议之处，在现实中也起到了一定的作用，但如果放在具体的社会历史语境中，我们就可以看到，在社会结构“断裂”的当今时代，“个人奋斗”的基础及其可能性都是极为有限的；而“人间大爱”如果是在对劳动者大量剥夺之后的少量馈赠，同时塑造出馈赠者的高尚形象，其有效性也是值得反思的。“小资”文化过滤掉严酷的现实，为我们描绘出一幅朦胧的玫瑰色的美梦，但这个梦正如一个肥皂泡，很容易破灭。当“小资”也面临“底层化”的现实遭遇时，对于“小资”来说，更为重要的是能够清醒地意识到现实中的处境。只有在此基础上，才能重构一个真实的世界，才能在改变个人的同时改变世界。在这里值得关注的是“小资”与底层的关系问题，我们可以看到，尽管“小资”已经处于底层化的过程中，但“小资”并不认同于“底层”的身份，由于普遍受到高等教育，拥有独特的生活品位与审美趣味，“小资”在自我意识中对自我有着较高的定位，更认同于精英阶层与精英文化，但是当一个大学毕业生的工资甚至无法达到一个熟练技术工人的工资时，这样的“自我意识”便如同流沙之上的海市蜃楼，只能是美丽而虚幻的。只有当“小资”更为真切地意识到现实处境，并将眼光由上而下转到底层时，他们才会认识到，“底层”并非精英文化视野下的愚昧无知者，他们有着独特的生活逻辑和另一种“文化”，不仅如此，正是在他们之间才蕴含着社会发展的真正动力，“小资”只有将他们的命运与底层的命运联系在一起，才能真正把握自己的命运，走向一条更为开阔的道路，也才能够真正摆脱“新意识形态”的笼罩，发展出真正属于自己的文化与美学。

其次，要对“小资”的特性及其历史演变有更为深刻的把握。李陀在文章中以《波动》中的主人公肖凌作为“小资”的代表加以分析，“读者不难发现她和当代小资有很多相通之处：《月光奏鸣曲》，洛尔迦的诗歌，雪白的连衣裙，还有红茶和葡萄酒——这一类符号，恐怕今天也还是小资们共同认可，并藉以识别彼此是不是同类的重要标记”。我们可以看到，“小资”不仅仅是社会经济地位的一种表现，而且是一种性格与趣味，是一种“符号”的标示。在20世纪90年代文化塑造出的“小资”中，读张爱玲或村上春树是一种“符号”，听摇滚或看艺术电影也是一种“符号”，在这类符号中，我们可以看到“小资”的特点在于他们内在的矛盾与悖论，他们是反主流的主流，反时尚的时尚，反另类的另类。一方面他们离不开主流、时尚与另类，这是他们生活方式与审美趣味的参照系，另一方面他们总是以反主流、时尚、另类的面目出现，与主流、时尚与另类保持着一定的距离。这一距离既使他们处于不同流俗的前卫位置，另一方面也引导着主流、时尚与另类不断发生新的变化。在这里，我们可以看到，“小资”文化的两个特性，一是“创新性”，二是“符号化”。前者使小资文化总是能引时代风气之先，不断引导着时代潮流发展，而后者则使小资文化浅表化，他们并不追求对某种文化的深入理解，而只是将之抽象为特定的符号，在这个意义上，小资文化也具有消费主义文化的特征，或者说小资文化构成了消费主义文化的重要组成部分，在这样的视野中，张爱玲也好钱钟书也好，王小波也好村上春树也好，也都是作为某种符号被他们用来标示自身。而在某些特定的历史时期，这一符号也可以是“启蒙”（如五四时期），也可以是“革命”（如《青春之歌》中的林道静），也可以是“诗歌”（如20世纪80年代）。在这样的视野中，我们可以看到，“小资文化”是精英文化与大众文化之间的一种中介，精英文化由于其艰深晦涩很难为普通大众接受，只有抽象为某些符号，才能在社会上广泛传播，“小资文化”在这个层面上恰恰发挥重要的作用。

再次，我们也可以在上述意义上来理解“小资”所拥有的文化领导权，即他们或许并没有原创性的文化创造力，但是在文化传播的意义上却具有将某种文化“简化”为流行文化的能力。正是因此，小资文化注定要成为不同文化竞逐的对象。在当今这个时代，在小资文化中占据主流的是“自由主义”及其价值理念，但并非从来如此，我们可以做一个对比，在革命文化成为流行文化的时候，在小资中流行的是《牛虻》《钢铁是怎样炼成的》，这几乎构成了几代人的共同记忆。当张爱玲或村上春树成为这个时代最为流行的读物的时候，我们可以看到，小资文化已经发生了天翻地覆的变化。但是正如我们前面所分析的，当“小资”逐渐底层化的时候，他们会对自己的现实处境有越来越清醒的认识，他们也会将这一认识带入到他们对当代文化的理解之中，在与底层的接触中形成新的“小资文化”，而这样的文化必定会为当代文化带来新的气象。事实上，这样的文化也正在形成之中，对格瓦拉的符号化可以说是一个典型的例子，在这一过程中，格瓦拉作为古巴革命领袖的具体史实被过滤，他成为反抗当今世界秩序的一种时尚象征，他头戴贝雷帽抽着雪茄的巨幅头像，既是“革命”的象征，又是那么“酷”。不仅格瓦拉如此，毛泽东也是这样，他的头像以不同的方式出现在这个时代的各种场合，让我们看到了“流行”的巨大力量。虽然对于小资文化的“符号化”我们不能寄予过高的期望，但时尚的转变也预示着时代的巨大变化。在社会价值观处于混乱状态的今天，“小资”或许会通过自己的文化选择为我们这个社会提供一副黏合剂，让我们更加清醒地认识自己和这个世界，让我们这个社会形成一种新的核心价值观。在这方面，“小资”及其文化发挥着不可替代的重要作用，也在某种程度上行使着“文化领导权”，我们也期待着充满活力的“小资”能够为中国当代文化带来更多新的因素，能够为我们构造出一个新的更加美丽的世界图景。

“底层叙事”是一种先锋

最近看到不少评论家的文章，在提到“底层叙事”时，常常会表现出不满、不屑或者不理解的情绪，也有一些写过“底层”的作家，在言论中也大谈技巧、形式与“想象”，似乎要急于撇清与“底层叙事”的关系。出现这样的情况，我认为主要在于这些人作为“知识精英”的自我意识和阶级意识，他们对底层人的生活、对表现底层的作品，有一种高高在上的傲慢与偏见，认为这些人的生活不是“生活”，表现这样生活的作品不是“文学”。然而他们并没有意识到，“底层”正是大多数中国人的生活，正是这些人构成了中国的主体，他们也同样没有意识到，“底层叙事”并不是旧意识形态的回归，而是面对现实的一种艺术上的新创造，是我们这个时代的“先锋”。

为什么说“底层叙事”是一种先锋呢?

“底层叙事”是在新的时代下出现的一种思潮，它与中国现实的变化，与思想界、文学界的变化紧密相关，是中国文学在新形势下的发展。从20世纪80年代中期开始，“纯文学”就逐渐占据了文学界的主流，这一潮流的特征主要有：注重形式、技巧、叙述的探索与创新；回避对社会现实的直接描绘，而注重表达个人抽象的情绪与感受；注重对西方现代主义及最新“潮流”的模仿与学习。这一思潮对反拨此前文学的弊端具有历史性作用，对文学作品整体艺术性的提升具有重要意义，但这一思潮发展到后来也暴露出了一些问题，结果形式探索只成为一种貌似先锋的姿态，向西方学习也成了一种盲目的崇拜。2001年，李陀等人开始“反思纯文学”，希望文学能够在注重艺术性的同时，重新建立与现实世界的联系，在中国社会中发挥更大的作用。对“纯文学”的反思，是文学研究、理论界至今仍方兴未艾的话题，而“底层叙事”的兴起，则是创作界反思“纯文学”的具体表现，也是其合乎逻辑的展开。

在这一意义上，我们可以说“底层叙事”是一种真正意义上的先锋，它将“纯文学”囿于形式与内心的探索扩展开来，并以艺术的形式参与到思想界、中国现实的讨论之中，发出了自己的声音，这是难能可贵的一种良性状态。比如在小说《那儿》的讨论中，既有关于“文学性”的批评，也有关于“新左派”与“自由主义”的争论，还有关于国企改制等现实问题的辩论。这一讨论能够在多个层面展开，并且超出“文学界”，在更广的范围内引起了注意，这个事实本身就说明了《那儿》的意义。

在当前的各种文学形态中，如果说主旋律文学是一种意识形态的文学，通俗、商业作品是一种市场的文学，“纯文学”是一种中上层精英的文学，那么“底层叙事”则是一种表现底层、代表底层利益的文学形式。同其他各个领域一样，文学界也是由意识形态、市场、精英的力量控制着，“底层叙事”处于弱势的地位。但是底层并不是所谓的“弱势群体”，作为个体的民众虽然在政治、经济、文化等方面处于无力的状态，但从总体上来说，正是“底层”这一群体从根本上决定着中国的将来，

“人民，只有人民，才是创造历史的动力”。这样的历史观才是正确的，才是真理，而并不像某些精英所想象的那样，底层是社会发展中的累赘，是可以牺牲、可以抛弃、可以忽略不计的因素。“底层叙事”的先锋作用在于，它不仅要打破意识形态、市场、精英在文学上的垄断，讲述底层的故事，发出底层人的声音，而且要以文学的变革为先导，唤起民众的觉醒，在政治、经济等领域中真正体现出底层的利益与力量，从而改变现实秩序中不公正、不合理的部分。

或许有人会问，这样的说法是否是一种新的“工具论”？我认为，正如不存在纯粹的“艺术论”一样，也不存在纯粹的“工具论”，我们评价任何一部作品，都必须从美学与历史两个角度着眼，抛弃其中任何一个都必然是偏颇的。我们并不认为凡是“底层叙事”就一定是好的作品，也不认为其他形态的作品就必定是不好的，从这个角度，我们既反对“题材决定”论，也同样反对“题材无差别”论，而是希望作家能以独特的视角发现生活中的秘密，并以独到的艺术方式表现出来，在这一过程中能自然地体现出对“底层”的关注与关切。我们之所以对陈应松的《马嘶岭血案》、胡学文的《命案高悬》、罗伟章的《大嫂谣》等作品有较高的评价，正是由于这些作品不仅写了底层，而且在艺术上也达到了一定的高度，我们是从美学与历史两方面对这些作品来加以肯定的。在这里，我们必须反对两种倾向：一种倾向是从纯文学的角度出发，认为凡是写底层的作品必然不足观，必然在艺术上粗糙、简陋，持这样观点的批评家颇有一些，他们还停留在反思“纯文学”以前的思想状态，并没有认识到“纯文学”的弊端，也没有认识到“底层叙事”出现的意义；另一种倾向则相反，他们认为凡是写底层的作品必然是好的，持这一观点的在批评界并不多见，更多的是在创作中体现出来，或许是“底层叙事”一时成为文坛的热点，一些作家便也炮制出跟风式的作品。跟风是一个作家没有出息的表现，每一个作家必然都有自己对题材的敏感点，有自己把握世界的艺术方式，如果抛弃自己的优势与特点，在艺术上失去了独立性，必然在创作上不会有较大的成就。中国文坛最盛行跟风的现象，当先锋派流行时，到处都是暧昧不清的呢喃，而底层写作出现时，又到处都是苦难与黑暗，这是最要不得的一种写作方式。任何一种思想或思潮，都必须经过个人的思考与体验，经过艺术形式上的转化，才能出现优秀的作品，所以对于一个作家来说，重要的不是去跟风，而是要保持清醒、独立的思考，既不要盲目地反对，也不要盲目地迎合，而应在思想与生活的体验中寻找到与个人艺术方式的契合点，这才有可能写出好的作品。

另一个值得讨论的问题是，“底层叙事”是否一定是现实主义的？提出这一问题是因为，“现实主义”往往会被认为是落后、陈旧的，“底层叙事”的作品之所以不被某些批评家看作是“文学”，恰恰是由于它是“现实主义”的。我并不认为现实主义是一种“落后”的创作方法，但我认为现实或生活是需要发现的，需要作家以独特的思想、艺术视野去激活，所以每个作家的“现实主义”都应该是独特的，而不是千人一面，更不是公式化、概念化的创作。另一方面，我与一些同样支持“底层叙事”的批评家不同，他们认为“底层叙事”本该就是现实主义，尤其是批判现实主义的，而我觉得作家应该关注现实，但在具体的表现方式上，不必一定要采用现实主义。这是由于：“现实主义”作为一个创作方法，在理论上已经遇到了各种问题，什么是现实或真实，我们能否认识真实，这些都是需要重新加以思考的问题。如果说现实主义主要处理的是个人与社会的问题，现代主义、后现代主义主要处理的是个人与自我的问题，那么在个人与自我的问题没有解决的情况下，就没有一个完整的“主体”，也就不会有可以“透明”地“反映”现实的现实主义。在这方面，“纯文学”已经有了一些较为深入探索，我们不应抛弃这一份遗产，而应既面对社会问题，也面对个人的精神困境，在双重思考与体验中，发展出独特的叙述艺术。并不能因为是“底层叙事”就降低了评价的标准，它既应该是文学民主化的一种体现，也应该是最前沿的艺术，正是在这个意义上，我们才可以将“底层叙事”称为一种先锋，当然在不同作家那里可以有不同的体现、不同的侧重点。

当我们将“底层叙事”称为一种先锋的时候，既是对某些批评家不屑一顾的批评，同时也对作家们提出了更高的要求，这是对当下文学现实的客观描述，也包含着对“底层叙事”未来发展的一种预期，我们希望在中国的社会变革和思想论争中，底层文学能真正起到一种先锋的作用。

新工人诗歌的“崛起”

最近打工诗人许立志的自杀，引起了社会各界对诗歌尤其是底层诗歌的关注，诗歌界也在讨论底层经验如何生成美学等问题。但是在我看来，我们也有必要对当代诗歌的评价标准进行反思。梳理“新时期”以来诗歌史的源头，我们可以发现“三个崛起”奠定了此后诗歌发展的主要倾向，谢冕的《在新的崛起面前》、孙绍振的《新的美学原则在崛起》、徐敬亚的《崛起的诗群》等文章在诗歌与文学界影响深远。但在我们今天看来，他们所提倡的“新的美学原则”，是一种精英化、西方化、现代主义式的美学标准，可以说这一标准作为诗歌评价的基调一直延续至今，是当代诗歌的一种审美规范或审美无意识。当然“新的美学原则”在特定的历史时期曾起到了重要作用，对于“新时期”初期中国人恢复知觉、打开视野以及诗歌形式的探索都有很大影响，但在今天，我们可以看到，以这样一种精英化、西方化、现代主义式的美学标准，很难将当代中国人丰富复杂的经验与情感容纳进去，尤其对于底层的创作者来说，要将他们的经验“生成”符合这一审美规范的诗歌，无疑是一件极为困难的事情。

在这样的情况下，我们看到，底层诗人在以他们的创作实践逐渐突破这一审美规范，也在以他们的探索与创新逐渐突破当前的诗歌格局。在这一新的崛起面前，我们有必要反思三十多年来“精英化、西方化、现代主义”的美学原则，在新的经验与新的美学元素的基础上，探索更加适合当代中国人经验与情感的诗歌评价标准，也探索一条更加民族化与大众化的中国诗歌发展道路。诗歌作为一个民族精神与艺术的结晶，不应该陷入神秘主义与技术主义，也不应该成为精英知识分子相互标榜的游戏，而应该成为当代中国人精神生活的一种重要形式，应该在与大众的交流中凝聚时代的精神乃至集体无意识，并创造出一种独特的审美形式与审美标准。

在这个意义上，重新思考中国诗歌的“民族化”与“大众化”，便是一个不可回避的课题。重新思考民族化与大众化，并不意味着要回到“十七年”与延安时代，那个时代民族化与大众化的探索有得有失，需要我们做出认真的分析与研究，但就其总体而言，那个时代对民族形式、大众语言的重视，以及对民歌形式的采用，可以为当代诗歌的发展提供一种新的可能性。重新思考民族化与大众化，也并不意味着对“新时期”以来“精英化、西方化、现代主义”倾向的否定，学习与借鉴西方的诗歌传统，探索人类精致微妙的内心世界，可以说也是当代诗歌的一个重要方面。在这里，我们期待一种更加开阔的视野，能够不仅仅在“新时期”以来的诗歌传统中思考问题，而可以将中国新诗的其他阶段与其他传统，纳入到我们的思考空间之中。在这个意义上，我们就有必要突破“新的美学原则”的审美规范，在新的现实与新的诗歌经验的基础上，探索中国诗歌的未来。在这方面，新工人诗歌的“崛起”，为我们带来了新的经验、新的情感、新的美学元素，我们不能以一种固定的“诗歌”标准居高临下地对之做出评判，而应该直面这些新的经验与美学，以之反思并拓展当代诗歌的评价体系，只有这样，当代诗歌及其评价标准，才能更富有活力与包容性，才能与当代中国的现实及其美学经验保持一种有机、互动的密切联系。

中国新诗自发生以来，一直生存在中国古典诗歌与西方现代诗歌两大传统的巨大阴影之下，并没有形成自足的或稳定的美学传统。在当代中国，什么是好诗仍然是一个并不确定的问题，也是一个需要探索的问题。我们当然不能用中国古典诗歌的标准来评价中国新诗，也不能简单地用西方现代诗歌的审美规范来评价，中国新诗的发生与发展有其独特性，也有与中国古典诗歌、西方现代诗歌的共通性，我们需要辩证地分析与把握。中国新诗的独特性在于，它是在传统中国及其文化崩溃过程中产生的，伴随、参与着现代中国及其文化的诞生，并在其中有着先锋性的作用；而其共通性则在于，它同样是人类经验情感的美学呈现与结晶。我们可以看到，中国新诗在短短不到一百年的时间中，其发展过程充满了种种“断裂”，以及内部不同派别的激烈争论，其美学标准与评价体系也在剧烈的变化中，充满了不确定性。不过在我看来，这种不确定性正是其生命力之所在。中国古典诗歌与西方现代诗歌的审美规范是明确的、稳定的，什么是诗歌，什么是好诗，都有一整套内在的标准。

而中国新诗的不确定性，一方面在于它与当代中国及其变化的密切联系，另一方面也在于它正在创造出一种“新的美学”，这不是一种圆熟的美，也不是一种标准的美，而是一种全新的美，一种当代中国的美。而要创造这样的新的美学，最重要的问题在于，如何将当代中国人丰富复杂的生命体验生成为新的诗歌，以及这样的诗歌如何在与大众的互动中凝聚起时代精神。而在这个意义上，我们可以说，新工人诗歌的崛起，其意义不仅仅是将底层经验带入到当代诗歌，而且也在创造着一种新的中国诗歌。

中国工人的“史诗”

——读《我的诗篇》

2015年，打工诗人许立志自杀身亡，“脑瘫诗人”余秀华引发了诸多争议，来自底层劳动者的诗歌与声音，不仅引起了诗歌界的讨论，而且也在社会上引起了广泛关注。秦晓宇主编的《我的诗篇》也是如此，这部诗集及同名纪录片在文学界与电影界受到重视，不仅提醒人们关注早已隐没不闻的工人群体，而且冲击着新时期以来的美学原则与诗歌观念。

关于打工诗歌或“新工人诗歌”，新世纪以来已有不少讨论，但大多是关于具体诗人的讨论，或者某一阶段或某一地域打工诗歌群体的讨论，并未将之放在中国工人整体命运的框架中来思考。《我的诗篇》的一个重要特点即是，其编选的范围不限于新工人诗歌，而是“新时期”以来关于工人的所有诗歌。这不仅打破了“新工人”与“老工人”的界限，而且也可以让我们看到中国工人近四十年来的总体命运，他们的身份、地位在历史中的巨大变迁，他们在历史剧变中的生活、经验、情感与内心世界，在这个意义上，我们可以说这部诗集是一部中国工人阶级及其命运的

“史诗”。

“新工人”与“老工人”在身份、体制与历史命运上有着诸多差异，但他们都是劳动者，都是中国工人的一部分。“老工人”是国有体制下的正式职工，他们有的仍留在岗位上，有的已经下岗分流，他们经历了一个从集体走向“个人”的过程，当然从他们中也分化出了一些诗人，如收入诗集中的舒婷、梁小斌、于坚、王小龙等，但是我们可以看到，在他们的笔下，工厂生活充满着丰富性与可能性，甚至不乏浪漫色彩，这与他们所处的体制有关，也与他们所处的历史时期相关。在20世纪80年代，国有体制中的“工人阶级”仍是社会上令人羡慕的职业，他们在具体的劳动中虽然辛苦，有才华的人可能也会受到一定的压抑，但他们的生活有保障，有余裕，也有时间与心情发展个人的兴趣爱好。所以在他们的笔下，我们可以看到流水线与节奏感的美好，流水线的感觉是“在时间的流水线里／夜晚和夜晚紧紧相挨／我们从工厂的流水线撤下／又以流水线的队伍回家来／在我们头顶／星星的流水线拉过天穹／在我们身旁／小树在流水线上发呆”（舒婷《流水线》），节奏感“是血管里迸进了自由的音符／我们灵魂里萌发了一种节奏”（梁小斌《节奏感》），锻工房“是工厂的流放地／只有天不怕地不怕的好汉／才被发配到这里”（于坚《锻工房》），在他们的诗歌中，我们可以感受到那个时代工人的诗情与自豪感。但是历史也在悄然地发生变化，“主任印名片了，厂长／工资保密，门也不能随便敲了／不过还能在浴室碰到／脱光了不还是他嘛”（王小龙《老厂的雾》），伴随着历史的变化，工人的命运也在发生着巨大的变化。

“新工人”则是在另一个历史进程中诞生的，他们是进城务工的农民，曾被称为“农民工”“打工者”，但“新工人”却是最为恰当的命名。与“老工人”不同，他们的背后没有体制的依托与集体的记忆，只是融入城市中的“个体”，只能依靠个人的力量在日渐严酷的管理制度中生存。他们的工资和生活没有保障，经常加班加点，也很少有余裕，但是在艰苦的环境中，他们中的诗人依然写出诗歌，表达出了他们的心声，在诗歌中他们思念故乡，表达情感，也写出了他们对工厂生活的种种感受。与“老工人”诗歌中的情调与诗意不同，他们的生存境遇让他们写出了另外一种诗歌。比如同样写流水线，在舒婷那里是缓慢的凝视、联想和抒情，而在郑小琼这里，则是“在流动的人与流动的产品中穿行着／她们是鱼，不分昼夜的拉动着／老板的订单，利润，GDP，青春，眺望，美梦／拉动着工业时代的繁荣”（《流水线》），其中表达着被物化的现实与焦灼。郑小琼诗歌中“铁”的意象常为评论者提及，“有多少铁还在夜间，露天仓库，机台上……它们／将要去哪里，又将去哪里？多少铁／在深夜自己询问，有什么在／沙沙地生锈，有谁在夜里／在铁样的生活中认领生活的过去与未来”（《铁》），“我们的倾诉，内心，爱情都流泪／都有着铁一样的沉默与孤苦，或者疼痛”（《工业区》）。她诗歌中的“铁”，冰冷，坚硬，沉默，孤独，疼痛，是铁一样的生活规则，是机械在打工者心中留下的“铁”，如果我们联系20世纪五六十年代铁水奔流、火花四溅的钢铁意象，就可以看到，“铁”的意象的变迁不仅表达了不同时代的感受，也折射了工人在历史上的巨大变化。不仅郑小琼如此，在吉克阿优的诗中，我们可以看到这位彝族小伙子进城的遭遇，“我来自大凉山的彝寨／在浙东邂逅一位剽妇”（《台风下的工人》），他遇到的不只是一个“剽妇”，而是恶劣的工作环境，唐以洪写到，“我写过的断指／如果连在一起／是一条没有尽头的路”（《我写过的断指》），从中我们不难看到工人生活的艰难险恶。在谢湘南、陈年喜、乌鸟鸟等人的诗歌中，我们也可以看到他们从乡村来到城市的真实生活与真切感受。

“新工人”中也有第一代、第二代之分，相对于前一代，第二代“新工人”不再将故乡当作情感与精神的归宿，他们的年龄更小，对城市生活更适应，也更向往，他们虽然看得到城市的繁华，但又无法融入其中，故乡不再是他们的故乡，但城市也并非是他们的城市，因而他们的内心充满了更加急切的愿望与焦虑。在邬霞的《吊带裙》中，我们可以看到她熨烫吊带裙的过程、细节与感受，以及她对吊带裙未来主人的想象，“白净的手”“安静的爱情”“在湖边或者草坪上”“一定要让裙裾飘起来带着弧度／像花儿一样”，这是对另外一种生活方式的想象，既是向往，也是绝望，因为在现实中，“我要洗一洗汗湿的厂服”，“我”的青春只能消磨在工厂与车间之中，只能说“陌生的姑娘／我爱你”，这带着绝望感的祝福，让我们看到了一个女工内心隐秘的渴望与痛苦。而更年轻的诗人许立志，最后只能以跳楼的方式结束自己的青春与生命，“我咽下一枚铁做的月亮／他们管它叫做螺丝 // 我咽下这工业的废水，失业的订单／那些低于机台的青春早早夭亡 // ……在祖国的领土上铺成一首／耻辱的诗”，这“耻辱的诗”不仅是属于他个人的，更是属于工人的，属于时代的。

从20世纪80年代初到新世纪，《我的诗篇》跨越了近四十年，为我们呈现了中国工人的历史、转折与命运，在这部诗集中，我们可以看到他们的青春与热血，他们的生活与心灵史，一个个诗人写出了他们的诗歌，一代代诗人写出了他们的心声，共同织就了一曲中国工人慷慨悲歌的“史诗”。历史仍然在延续，时代依然在发展，我们相信未来的工人诗人会为我们带来不一样的诗歌，为我们创造一个新的世界。

“新工人美学”的萌芽与可能性

——《2013新工人文学奖作品集》序

我与孙恒、许多、王德志等“新工人艺术团”的朋友认识已有近十年了，在这十年中他们做了不少事情，出唱片，演出，还在排话剧，拍电影，自2012年开始的“打工春晚”也引起了越来越广泛的关注。在这些文艺活动之外，他们还开办打工子弟学校，创立新工人历史博物馆，创办同心互惠商店，创建“同心农园”，组织社区工会，组织新工人文化艺术节，等等。他们的文艺与社会活动吸引了越来越多的目光，但是他们的意义尚没有得到更加深刻而清晰的认识，在我看来，至少在以下几个方面，他们可以为未来中国及中国文艺的发展提供借鉴。

首先是他们有着清醒的身份与阶层意识，他们清醒地认识到自己属于新工人群体的一部分，他们代表这一群体发言，并试图以文艺的方式凝聚起他们的经验与情感，改变这一群体涣散无力的状态。在当前中国的社会结构中，新工人群体处于城乡之间、阶层之间的巨大夹缝与鸿沟中，他们是当代中国发展的主体与动力，但在现实中他们却被压榨、歧视、伤害，甚至难于维持最基本的生活条件，这可以说是一个巨大的不公与不义。面对这样的不公平，很多人视而不见，也有人从中渔利，甚至很多底层青年也都转身而去，千方百计去追求个人意义上的“成功”。但是“新工人艺术团”不同，他们始终将自己的命运与这个群体联系在一起，他们自觉地认识到自己属于这一群体，新工人所受到的压榨、歧视、伤害他们感同身受，不同的是他们将这些疼痛与耻辱升华为艺术，转化为改变的动力，他们唱出了新工人群体心中的歌，也在与他们一起探寻着改变世界的途径与方法。

其次，他们的艺术来源于生活，来源于内心真切的感受，他们的艺术也与生活紧密联系在一起，成为组织生活的一种方式，成为精神生活的重要形式。“生活是文艺创作的唯一源泉”，但在现实中，我们更多看到的却是艺术与生活之间的割裂，很多文艺作品并非来自生活中的真情实感，而是以华丽的形式掩饰内容的空洞。如果我们将“打工春晚”与央视“春晚”比较一下就可以看出，“打工春晚”虽然简陋质朴，但是他们的节目却都言之有物，是从他们的生活中生发出来的；而央视春晚的很多节目，却只注重炫目的舞美、灯光、造型，节目的内容是苍白空洞的，无法真正深入人的内心。在这个意义上，新工人艺术团的“打工春晚”可以为将来文艺的发展提供启示。

再次，他们的实践不仅探索着新工人的出路，也在探索着中国乃至世界的出路。在充斥着消费主义与原子化个人的社会氛围中，他们坚持“合作”，探寻着将生产与消费结合起来的健康生活方式，探寻着破解城乡二元对立的新思路。“新工人艺术团”的主要成员在一起共同工作、生活，以类似公社的方式将个人与集体紧密联系在一起，这可以说是对原子化个人的一种克服，也将理想与实践结合起来，探寻着新型合作的可能性。再以同心农园为例，在食品安全危机之下，现代城市人对蔬菜水果质量的担忧愈益加深，同心农园提供小块土地供城里人亲自种植，他们还可以亲近土地、颐养身心，而这也为同心农园及当地村民带来了可观的收入，可以说这样的探索为构建新型的城乡关系、人际关系提供了一种新思路。

“新工人文学奖”同样如此，创设一个专门奖励新工人创作的奖项，不仅是要为新工人的创作在文艺界争得一席之地，而且是要建立一种新的文学评价机制与体系。在作为评委参与评奖工作的过程中，我也深深感到了确立评奖标准的不易，既要考虑到新工人的生活、情感与立场，也要考虑到作品的艺术性，还要敏锐地发现“新工人美学”的萌芽与可能性。在我看来，“新工人美学”不能简单地以现有的文学标准加以评价，现在的文学评价体系是建立于20世纪80年代初期的，以精英化、现代主义、面向海外为主要特征的“新的美学原则”，以这样的美学原则来评价新工人的创作，显然是不恰当的，评价新工人的创作，应该结合20世纪80年代以来的“新的美学原则”与20世纪40—70年代的“人民美学”，结合新工人创作的具体实践，形成一种新世纪的“新工人美学”。这一美学显然仍处于萌芽与未完成状态，但在这里，我们也可以尝试着勾勒一下其主要特征：（1）在立场上，“新工人美学”应该站在新工人及底层民众的立场上，书写他们的生活经验与内心世界；（2）在艺术上，“新工人美学”应该创造出自己的高级文化——即可以与经典作品相媲美但又与之不同的新经典，也就是说我们不能因为立场正确而忽视美学上的追求，只有这样，“新工人美学”才足以与资产阶级美学相竞争，并在整体文艺生态中处于先进的位置；（3）在与生活的关系上，“新工人美学”应该从生活中来，到生活中去，来自生活中的真切感受，并在生活中起到重要的作用，当然对生活的重视并非是要否定对经典作品的借鉴，但经典作品只是流而非“源”，我们可以继承，但不必模仿；（4）在发展方向上，“新工人美学”应该继承“人民美学”与“新的美学原则”的不同探索，在融会中创造出新的中国文化与中国文艺。

以这样的美学标准来观察新工人的创作，我们可以看到，大多新工人的作品在立场上及与生活的关系上都可以达到一定的水准，但在艺术上及对美学原则的探索尚不够，但对处于萌芽状态的“新工人美学”来说，我们也不必求全责备，或许更重要的是建设性的意见，以下我将结合获奖作品及相关问题，略做一些分析。

首先要说到体裁，在新工人的创作中，诗歌占据着绝大多数。这有着可以理解的客观原因，新工人大多是在高强度劳动之后进行业余写作，诗歌简短易学，不占用太多时间，也能抒发他们的情感，或许这是诗歌被新工人广泛采用的原因。值得关注的一个问题是，在担任评委时，我发现不少新工人还广泛使用旧体诗词、顺口溜、对联等形式，这些体裁的创作显示了一部分新工人具有较深的旧学功底，但问题在于其内容与情感较少新鲜感，或许是旧形式内在的规范性太强，他们很难以此表达出新的经验与情感，比如打工者的思乡之情有着丰富的时代内涵，但以旧体诗词的形式表现出来，便与“乡愁”“闺怨”等传统诗词中的主题和情绪没有太大差异了，我们很难从中看出新工人此时此地的独特体验，他们的情感似乎被传统的形式“格式化”了，所以在评选时，我基本没有选择这一类作品。从最后的评选结果来看，此类作品除《讨要劳动合同檄文》之外，也没有其他作品入选，我想这主要是旧形式无法表达新情感的缘故。这里又涉及如何借鉴与继承传统形式的问题，在一般的意义上，我并不反对以旧形式写新感情，但关键在于旧形式很容易束缚、规范情感，抹杀了新工人在新世纪中国打工这一特定主体、时空、事件的独特性与新颖性，让他们的经验与情感归于“一统”，他们生命体验中最独特、最有价值的部分反而得不到彰显，这便本末倒置了。在我看来，只要能表达出最独特的经验与情感，采取任何形式都是可以的，现有的形式难以表达，甚至还可以进行新的创造，旧体诗词等形式当然也可以采用，但这应该有助于独特生命体验的表达，而不是相反。

与旧体诗词相比，新诗似乎更能表达新工人独特的经验与情感，在形式上也更加自由，所以在入选与获奖的作品中也更多。《大地上的素描》《城中村》《在远方（组诗）》《矿工（组诗）》《城市山歌》《麦秸诗十二首》《阿优诗十首》等优秀作品，让我们看到了新工人的所思所想所感，以及他们在美学形式上的探索。

比如唐以洪《大地上的素描》中的《蚯蚓》一诗：

一截流着血
从我左边的身体爬出来
另一截，也流着血
从我右边的身体爬出来
它们是怎样断裂的
我不知道，也不想知道
这些年，我缝合了
很多件破旧的外衣
却没有针线和办法将它们
缝合在一起
我只能装成一个旁观者
眼睁睁地看着它们

分别在故乡和异乡

蠕动着

在这首诗中，“蚯蚓”既是具象的，也是一个比喻，作者通过蚯蚓及其断裂的意象，生动、深刻地表达了作者内心中故乡和异乡的“断裂”。诗歌的开头突兀而形象，让我们以为是在以拟人的手法写蚯蚓，但从“它们是怎样断裂的”到“缝合在一起”，我们可以看到作者所写的并非蚯蚓，而是内在的自我，缝合与无法缝合，外衣与蚯蚓的对比，更强化了蚯蚓断裂这一意象，也显示了内在伤痕的剧烈与创痛，“我只能装成一个旁观者”，不是旁观者，而“装”成旁观者，表现了作者面对这一断裂的态度，既有疼痛与坚忍，又能以平静的目光观察自省，而“蠕动”一词既贴合蚯蚓的动作，也显示了卑微渺小，以及创伤的剧烈程度。整首诗流畅自然，但包含着丰富深刻的内在体验，写出了打工者在故乡与异乡之间生命体验的断裂与痛楚。

再比如吴开展《在远方（组诗）》中的《请求》：

那些在老家成长的孩子们

顽皮天真是你们的天性

你们都是好孩子，但你们要听我的请求

不要欺负我的女儿

她是你们的同学，好乡邻，小伙伴

与你们情同姊妹弟兄

这些年，她的爸爸出门在外

她显得越发羸弱，伶仃孤僻
少了自信。想哭时只能躲进妈妈的怀抱
找不到爸爸阳刚的肩膀
没有爸爸在身边，她少了许多话语
快乐，缺了很多技艺和刚强

今天晚上，她又在电话里哽咽哭诉
把我的心都哭碎了，枕头都哭湿了
我真想丢下手中的机器，回去陪着她
回去和你们好好谈谈心，请你们也一起来
关爱她，这个有父亲生没父亲带的孩童

这首诗写出了一位外出打工父亲复杂微妙的心情，面对留守在故乡的女儿被同学欺负，他无能为力，只能“请求”老家的孩子们关爱她，在这首以书信体写就的诗歌中，既有讲理（你们情同姊妹弟兄），讨好（你们都是好孩子），劝慰（她是你们的同学，好乡邻，小伙伴），也有自责（没有爸爸在身边，她少了许多话语／快乐，缺了很多技艺和刚强），解释（她的爸爸出门在外／她显得越发羸弱，伶仃孤僻），愧疚（有父亲生没父亲带），也有伤心（把我的心都哭碎了，枕头都哭湿了），愿望（我真想丢下手中的机器，回去陪着她），期盼（请你们也一起来／关爱她）。在一首短短的诗歌里，汇聚了如此复杂而幽微的情感，作者似乎信笔写来，但内在的情绪却饱满而富有层次感，让我们看到了一位父亲孤单无助的心情及其勉力有所作为保护女儿的尝试。

在这里，还有一个关于题材的问题值得讨论，那就是新工人是否只能写“新工人”这一社会身份带给他们的经验与感受？是否可以（或提倡）写除此之外的情感内容？比如新工人作为一个“个体”对祖国的深厚情感，或者新工人作为一个“人”，面对自然万物抒发自己的细微发现与感动？从理论与实践的角度来看，这样的书写呈现了新工人的丰富性与层次感，但从“新工人”的身份来说，这样的作品似乎模糊了特定身份所带给他们的独特感受。其实在这样的作品中也不乏佳作，比如瑶瑶的《冬天的树》（节选）：

孤零零地立着
任凭寒风
吹落最后一片枯叶
冬天的树
卸去沉甸甸的负重
轻轻地思索
昨天现在未来

这首诗中所表达的情感并不一定与“新工人”的身份及感受直接相关，作者对“冬天的树”这一意象及情感、色调的描述，为我们展现了一幅萧索的场景，以及在孤单、寒冷中忍耐及期待转机的心情。这样的情绪可以来自新工人，也可以来自其他社会阶层的人。那么，新工人是否可以超越自己的身份描绘更为广阔的世界呢？在我看来，这是应该的，也是必须的，新工人立足于个人独特的经验，以开阔的视野去触摸整个世界，这正显示了他们心灵的开放与完整。但另一方面，我们应该强调类似这样对世界的感觉，应该是从新工人的视角去看的，尤其在新工人处于弱势的情况下，如何表达出新工人的经验与情感是应该最先考虑的，只有在这个基础上，我们才可能拥有一个更为宽广的世界。

在诗歌之外，此次评选的范围还包括散文、小说与口述等不同类型。值得一提的是，口述这一体裁或类型，以往很少被纳入“文学”的范围内评选，而多是作为社会史的一种调查方法。但考虑到“新工人”的文化或文学水平，以及他们讲述个人经历的愿望及其社会价值，此次我们特别将之作为一个单独的类型加以评选。在获奖的篇目《工人抱团来取暖，集体谈判争权益》《路到桥头自然直》《我的打工生涯》《一个职业病工友的自述》等作品中，我们确实可以看到新工人的独特经历与体验，以及他们在残酷现实面前逐渐团结起来“抱团取暖”的过程，这不仅是他们个人的经历，也是当代社会发展中富有历史性的时刻，当新工人逐渐具备自我意识与阶级意识时，将有可能改变中国乃至世界的未来。

散文同样如此，在获奖散文《病房七友》《爱，在工厂的夹缝》《看燕子垒窝》《孩子眼里的拆迁》等作品中，我们可以看到社会总体变迁中新工人的感受，比如《孩子眼里的拆迁》是按“五年级下册语文书165页习作要求”，让学生写自己感受最深的事情，文中选摘了五位学生对“拆迁”的感受，其中一位叫王子健的学生写道：

> 这次拆迁我有很大的感受，那就是我从没见过拆迁是什么样子的，这一次我看到了。拆迁就是把你的家拆了，多么可怕的事情。可是拆了，还是有好处的，可以盖楼房，可是要住上楼房是很贵很贵的，我们住不起，想也不敢想。现在的房子很贵，因为大家都在找房子住。据说刚毕业的大学生工资还不够租楼房住呢！

拆拆拆，拆完什么时候能盖完，盖完也很贵，比现在更贵。

这样的拆迁在我们的社会中已经司空见惯了，但出之于一个孩子的眼中，仍不能不令人讶异、感慨，我们为孩子提供了一个怎样的世界，他们将为我们带来一个怎样的未来？这是我们不忍，也不敢想象的，但我们必须面对。

新工人创作的小说也大多是从他们的生活境遇出发的，《死无对证》写在工厂受伤的刘老汉讨要赔偿不得，最后被迫自杀的故事，《蓝色的星期天》写一位年长的男工与一位女工之间相濡以沫的故事，他们之间虽然不无心动，但关系是纯洁的，当女工告诉“我”她的男友来找她时，“我”心中五味杂陈，但很快冷静下来，“我很快找到了答案：和她在一起的星期天，本不应该属于我，是我的不冷静而误入歧途。下个星期天，应该是两个年轻人和好的好日子，苦尽甘来！”如此简单而朴素的感情，显示了新工人内心及生活世界的单纯。不过相对来说，小说在新工人的创作中并非长项，或许他们尚未找到一种将自己复杂的生活经验相对化，并以审美的形式表达的途径。

“新工人文学奖”的获奖作品并非尽善尽美，但这一奖项的设立，却为创建“新工人美学”提供了一种可能性，我们相信，随着越来越多新工人加入文化创造和文学创作，他们将会为我们提供一个崭新的艺术世界，这将极大地改变当前中国的文艺状况，并将为中国与世界探索出一条新的道路。

曹征路小说评论四篇

1.《那儿》：新“左翼文艺”的力量及其可能性

曹征路的《那儿》（中篇）不但是2004年第5期《当代》最重要的一部作品，也堪称这一时期最具有代表性的现实主义力作。它不仅揭示了重大现实问题，而且在艺术上颇有力量，给人以强烈震撼。

小说描写的是一个有正义感的工会主席，力图阻止企业改制中国有资产流失而失败，最后自杀身亡的故事。国有资产流失问题最近因“郎咸平事件”在社会上引起了广泛的讨论，有学者也指出有些国有企业改制“对工人的利益造成了制度性的侵蚀”，“为了制止或纠正这些他们认为是对他们的利益的不公正、不公平的剥夺，他们甚至开始用对抗的方式进行抗议”。这些都对“私有化”与“股份化”的经济改革思路不无反省意识。

这篇小说表达了同样的反省意识，但可贵之处在于它并没有将之简单化，而是细微地呈现了这一过程中不同人物的精神状态，以及他们之间的矛盾与历史纠葛。小说视角的选择具有“复调小说”的某些特征，通过作者、叙述人、主要人物的相互间离，使作者的复杂态度得以呈现，而褒贬则暗寓其中：比如写到罗蒂和小舅时笔调是温情和理想化的，写到“我”和“我父母”等人物时略为嘲谑，写到“顺时人物”西门庆和媒体领导们时则是尖刻辛辣的嘲讽。鲜明人物形象的塑造，“复调”笔法的运用，都使小说摆脱了一般“问题小说”的简单化，而在艺术上具有较大的价值。

值得指出的是，“我小舅”反抗的精神资源来自于传统社会主义，这里不仅有旧社会工运领袖（小舅的“姥爷”）榜样的力量，也有“英特纳雄耐尔一定要实现”的理想，而小说的标题也来自于“英特纳雄耐尔”最后两字的口误，此中可以看出，社会主义历史及其赋予的阶级意识，作为一种保护性力量在今天的重要，而小说对社会主义思想的重新阐发、对下层人民悲惨生活现状的揭示，可以看作“左翼文学传统”在今天的延续。

纪录片《铁西区》描绘了东北一个重工业区衰落的景象，在资本主义全球化的过程中，被耗尽了能量的劳动力和自然资源一起被抛弃了，无产阶级的主体性地位也走到了黄昏，面对这样一个日益市场化与同质化的世界，《那儿》以一个人悲剧性的抗争，展示了被抛弃者在这一过程中的绝望，并向我们提出：社会主义公平、正义的理想及其实践，是否能为我们开辟另外一种可能性？

2.《霓虹》：无望中的挣扎与力量

曹征路先生的《霓虹》，可以视为小说《那儿》的姊妹篇。在《那儿》中，下岗工人杜月梅为生活所迫做了妓女，在回家的路上被狗咬了，从而引起了此后的故事，但在《那儿》中，杜月梅的故事并不是小说的主体，而只是小说中的线索之一。在这个意义上，《霓虹》可以说是对《那儿》的一个补充，它将《那儿》中没有充分展开的杜月梅的生活，以倪红梅的故事重新讲述了出来，让我们看到了底层妓女生活的悲惨与无望，以及在无望的挣扎中所孕育的力量。

在形式上，《霓虹》由勘察报告、侦查日志、谈话笔录以及小说主人公倪红梅的日记构成，前三部分构成了小说的外在故事框架，倪红梅的日记则为我们充分展现了她的现实世界与内心感受，这构成了小说的主体部分。小说在内容上有两个层面，一是倪红梅走上做妓女道路的历程，二是她现实生活所面临的困难处境。

倪红梅在学校里是一个好学生，她的父亲为抢救工厂财产而牺牲，她顶替父亲的班去了绢纺厂，在这里她度过了较为幸福的一段时光。她丈夫常虎"被行车砸死，百分之百是厂里责任，他们也都认账，可厂里有困难，我就信了他们的话。共渡难关，共渡难关，最后他们是渡过去了，却把我扔在了深渊里"。而随着厂子的解体，她也下了岗，而她要同时养活"奶奶"和女儿，在生活上陷入了困境，这时两个男人的出现，改变了她的生活处境，使她最终走上了做妓女的道路，一个是指望不上的小男人，另一个则是她尊敬的以前的"厂领导"，正是后者彻底摧毁了她的精神防线与自尊心。

由以上我们可以看出，倪红梅之所以走上卖淫的道路，尽管不无个人原因，但与整个社会、与绢纺厂改革的不公正密切相关。正是为改革的"阵痛"付出代价的这些人最终被社会抛弃，才形成了这样悲惨的局面，所以在倪红梅身上所显现出来的，不仅是她一个人的悲剧，而是一个阶级、一个时代的悲剧。小说中，当倪红梅走过以前工厂废墟的时候，忍不住放声大哭，"那种哭，不是难受，不是绝望，而是一种悲凉，一种冰寒彻骨万劫不复的悲凉。也不光是为自己哭，还有我们的父兄，我们的工厂，还有我们那两千多姐妹。”正是在这里，小说通过倪红梅人生历程的追溯，对我们改革的方式提出了尖锐的疑问，主导改革的权力者会说，“我知道他们是什么意思。是我把厂子搞破产了，卖了，贪污了，拍屁股走人了。我不怕，卖厂是市里的决定，我有什么办法？改革嘛，总是有成本的”。我们所看到的是，改革的成本总是由工人们负担，这把他们逼到了悲惨的处境中，而另一些人则升官发财、从中渔利，二者形成了鲜明的反差。

在做了妓女之后，倪红梅的生活同样是艰难的，在社会关系中处于极为不利的位置。首先，是她与女儿、“奶奶”的关系，倪红梅出卖自己的身体，也感到对不起女儿与“奶奶”，但为了女儿的医药费、学费，“奶奶”的生活费，她又不得不靠做妓女为生。在这里，小说细致地勾画了女儿、“奶奶”对倪红梅态度转变的过程。一开始，“奶奶”是咒骂、寻死，而到最后，则对倪红梅有了一定的理解与关怀，这是在共同的艰难生活中培育出来的感情，是在无奈中认同现实所产生的同情，这样的情感虽然产生于卑污的生活，但却是圣洁的，是最为动人的。

其次，是倪红梅与嫖客的关系，她与老梁头的关系便是一个很好的见证，老梁头要跟她好，要“包”了她，但她清醒地意识到，他们之间只是妓女与嫖客的关系，不可能出现“喜欢”“爱”的关系，这虽然残酷，却是事实，尽管这一点一旦被证实，倪红梅也不由得感到难过，“毕竟，他是这个世界上最后一个说喜欢我的人，而且三番五次地说”，但他们的关系决定了他们只能限制在金钱与肉体的交换上，不会有另外的可能。

再次，是倪红梅与其他妓女的关系，如阿红、阿月、肥肥等。这些人之间既相互体谅，又相互争斗，形成了一种复杂、微妙的关系。小说的一个好处在于，它虽然以倪红梅为小说的主人公，却也以相当的笔墨勾勒出了阿红、阿月等人的生活处境，从而在总体上呈现了底层妓女这一阶层的生活状态，这是一种卑贱、无望的生活，她们仿佛置身于泥泞之中，无法挣脱。小说以几个故事，写出了她们生活中泥泞的质感与内在逻辑，同时写出了她们对爱与幸福的卑微追求，尽管靠出卖肉体为生，但她们“心里始终围着一道坝”，这是她们生活的最后底线。值得注意的是，倪红梅与其他妓女有着明显的不同，她是城里人，年纪大，是下岗女工，而且人“很好”，这就决定了她在她们中是一个类似“大姐”的形象，正是她调解她们的纠纷，倾听她们的心事，她是这样一个小社会中的精神支柱。

以上两方面的现实，为我们展现了底层人惨不忍睹的处境。但小说并未到这里为止，在写尽了她们生活的黑暗与无望之后，它又给我们展现了她们的力量，她们的力量虽然卑微，却也正是改变不合理现实的希望。小说中，阿红和阿月去一个“大机关”为一个“什么人物”祝寿，“谁知那人物对上床不感兴趣，只想作践人，先是让她们脱光了陪酒，然后让她们举着蜡烛围着酒席转，再后来就是动手掐，拿香烟烫……”在饱受了欺凌与摧残之后，这些妓女终于无法忍耐了，她们开始起来维护自身的安全与权利，而在这一过程中，曾经做过工人的倪红梅起到了重要的作用，“事情就是这样。总得有人先站出来，何况我们是这样一群人。从前，见别人被欺负，我们沉默，结果自己也受到同样的欺负。从前，明知道不合理我们也忍了，我们不好意思说，结果人家好意思把你推进火坑”。

“婊子难道也要维权？”这是“大机关”的人对她们的讽刺，他们威胁、恫吓，想把她们唬住，但这些人是吓唬不住的，“我们谈到了死，没想到这个话题是这样热烈。原来我们这些人，个个都不怕死，每个人都想到过死”。当这些人失去了一切时，当她们被逼到绝路时，当她们对未来不存在丝毫幻想时，她们才明白，只有斗争，只有自己起来维护自己的权利，才能为自己争得公平与正义，争得本来就属于自己的“尊严”，“最重要的是，我们做了一回人，有尊严的那种人”。

有些出人意料的是，她们的维权竟然取得了成功。在这个过程中，我们看到了“组织起来”的力量，看到了工人阶级意识的重要性。小说中，刘师傅和他的下岗工人“互助会”在精神和行动上的支持，是维权成功的重要因素，而最重要的则是她们自身的抗争，是倪红梅残存的阶级意识所焕发出来的力量：“从前，在他们中间我不觉着什么，离开了也没觉着什么，好像我们只是日子艰难了才觉着孤单。可是这一刻，我突然明白了自己……这就像突然走进一部老电影，我们迎着高压水龙，迎着让人窒息的无可诉说的悲痛，还有像鞭子一样抽下来的暴风雨，劳苦人拉起了手，唱起了歌……”

正如马克思经典作家所指出的，也正如中国革命史所一再证明的，受压迫的人一旦组织起来进行抗争，将会改变自己的命运，也将会改变不公平、不合理的社会现实，而这也是他们改变世界与自身的唯一途径。正是在这个地方，小说让我们看到了希望，而这也是这篇小说区别于那些一味渲染苦难、悲惨的作品之处。在《霓虹》中，我们看到了苦难、欺凌与侮辱，也感受到了洋溢于作者笔端的正义感和悲悯感，更重要的是我们看到了未来的出路，这尽管不无理想主义的色彩，却正是所有“劳苦人”的希望之所在。

3. 《豆选事件》：艰难中的新生

在“底层叙事”的文艺思潮中，曹征路既是代表性的作家，也是最为独特的作家，在那么多描写底层的作品中，他的小说总是与众不同，显示出了鲜明的个性。现在的“底层文学”，大多只是在渲染底层生活的悲惨无助，在此基础上抒发人道主义的同情，很多人只是将底层作为一个题材，却没有自己独到的观察、体验与思考，因而不少作品只是在低层次上重复，甚至出现了新的公式化、概念化，但这并不意味着“底层叙事”毫无价值。任何文艺思潮都不乏跟风者，在中国尤其如此，但真正有追求的写作者总能既在潮流之中又超出潮流之外，曹征路便是其中的一个典型。

不少作家都写过乡村选举，但《豆选事件》却有着独特的观察与思考。小说着重描写选举过程中村民对恶势力的反抗，写出了这一事件中不同人的心态。方继仁是个敢怒不敢言的农民，在他身上存在着农民几千年来“精神奴役的创伤”，面对村长方国栋一家的无理欺压，他一直退缩着、沉默着、隐忍着，甚至鼓励与默许妻子与方国栋的哥哥、乡长方国梁私通，以换取对自己较为有利的生存环境，当堂弟方继武鼓动他起来竞选村长时，他不仅自己退缩，也劝他们不要拿鸡蛋碰石头，但作为一个有尊严的人，他对村干部的欺压是很不满的，但他的不满只停留在内心，而没有表现在行动上，因为在他看来，面对强大的利益集团与盘根错节的关系，反抗是毫无意义的，不仅不可能改变现实的社会状况，反而会为他们个人带来不必要的麻烦。这是一种典型的想法，大多数农民在面对欺压时都会选择“忍一时风平浪静，退一步海阔天空”。在方继仁身上体现出来的正是“旧式农民”懦弱、自私、胆小怕事的心理，这是鲁迅与高晓声笔下“国民性”的代表，但这种心理并不是农民特有的，也不是天生如此，其形成既有历史的因素，也有现实的教训，是在无数次的侮辱与欺凌中逐渐形成的。要打破这样的心理状态，不仅需要政治上翻身，也需要思想上的“翻心”。

方继武就是这样一个“翻心”的带头人，在文学史的意义上来说，他可以说是一个“新人”，他勇于反抗，勇于追求民主、公平与正义，他在精神上是解放的，不像方继仁那样因袭着历史的负担，他组织护地队，反对村长随意卖地，也积极准备参加竞选，勇敢地说出自己的“施政纲领”，在他的周围团结着一些“小字辈”的年轻人，他们肯思考，敢于维护自身的权利。面对村长的欺压，他们选择了反抗，选择了组织起来，这是“弱者的武器”，是改变现实的唯一途径。这是一种新的农民，如果说方继仁的存在显示了农村现实的复杂与几千年历史的重负，那么方继武的出现则代表了农村的新希望，在他们身上，我们看到了历史前进的方向。他们不仅改变着农村的现实，也在同时改变着自身的性格，他们不再是懦弱、自私、退缩的“农民”，而是在现实中逐渐发展出一种崭新的性格，在历史中创造着农民的新“本质”，正如《三里湾》中的王金生、《创业史》中的梁生宝、《艳阳天》中的萧长春一样，他们是一种全新的农民，代表着时代的步伐，但与《创业史》等小说不同，曹征路充分认识到了历史与现实的复杂性，所以《豆选事件》并没有对农村进行诗意化与简单化的描述，也没有将方继武这个“新人”加以拔高，而是既写出了现实的复杂性（这不同于《创业史》等20世纪50—70年代的经典作品），也写出了历史发展的必然方向（这不同于当下的“底层小说”）。曹征路不仅认识到了改变现实的艰难，也认识到了改变现实的必要与途径，这是《豆选事件》的成功之处，在小说的结尾处，方继武失败了，但他虽败犹荣，为中国农村未来的发展提供了一种光明的前景。

方继仁的妻子菊子，介于方继仁与方继武之间，是一个从逆来顺受转而反抗的典型，这是一个“被侮辱与被损害”的农村女性，为了家庭环境的改善，曾经被迫“献身”于方国梁，但她的内心隐藏着人性的尊严与美好的记忆，她从屈辱的现实中逐渐觉醒，对丈夫方继仁的退缩从顺从到不满，对方继武的反抗从同情到参与，这个普通的农村女性爆发出了生命的活力。在小说的最后，她将自己吊死在了方国梁的门前，促使选举发生了戏剧性的改变，她唯一拥有的只是自己的身体，但不同的是第一次“献身”是屈辱与退缩中的无奈之举，而最后的“献身”，则是觉醒之后的选择，她以自己的血肉之躯击打着人们的良知，敲打着公平、正义的历史大门。这一悲剧性的举动，写下了农村民主化进程中惨烈的一页，在她身上，铭刻着历史进步所付出的代价。

小说的结局出人意料之外又在情理之中，选举的结果是方继仁这个“乡人大代表”当选，这是一个平衡的结果，出了问题的方国栋不可能再继任，“闹事”的方继武当然不可能为乡里相中，菊子的死唤起了村民的同情，于是方继仁这个各方面都能被接受的人物便走到了前台，在这里体现出了当下农村政治生活的复杂性。还不止如此，方继仁的爷爷方大勤，这个腰里带着粮库的钥匙而饿死在家门口的村支书，联系着村庄对集体化的记忆，显示了历史上的合作精神对当下的影响；“豆选”是乡书记年大安的一个试点，这位考察过韩国、美国选举而对延安时期的“豆选”情有独钟的人物，体现了理论与历史经验面对现实时的困境；而最值得深思的是小说最后方继仁的心理活动，“他记起来，大武子是讲过的，他说不定什么时候豆选，他还要家来，还来捣乱，叫你坐不稳，叫你一天到晚提心吊胆，生怕出错，汗毛凛凛。又一想，老子又没做错什么事啊？老子不贪不腐的，老子怕你个鸟啊。”

这一段话看似简单，却暗示了历史反复的可能性，曹征路没有将方继仁的当选简单地看作是一场胜利，而是看出了其中可能存在的危机，这是一种现实主义的态度，但同时他仍对历史的进步保持乐观，尽管悲剧有可能重演，但毕竟前进的步伐是不可遏制的。正是在以上多重复杂性中写出了新生的力量，曹征路的小说让我们看到了现实的艰难，也看到了未来的希望。

4. 《问苍茫》："新左翼文学"的可能性

"底层文学"与"新左翼文学"是近来人们常提到的文学思潮，我们可以认为"新左翼文学"是从"底层文学"中分化出来的一种新的文艺样式，在关注现实、关注底层上，二者是相似的，而在思想资源与文学传统上，二者则有着明显的不同，如果说"底层文学"的思想资源是人道主义，更接近于现代文学史上以巴金、老舍、曹禺为代表的"民主主义"思潮，那么"新左翼文学"的思想资源则是马克思主义（包括经典马克思主义、西方马克思主义及其中国化的思想成果），而在文学传统上则继承了"左翼文学"的脉络，并在新的时期有所发展。曹征路的长篇新作《问苍茫》，可以作为"新左翼文学"的一个代表性作品。

《问苍茫》是曹征路的一部"野心"之作，小说涉及了多个阶层、多种人物、多重事件，在错综复杂的事件与人际关系中，表达了他对社会现实的复杂感受，以及他对当前中国出路的思考。曹征路多写中短篇小说，题材涉及社会的各个层面，如描写农村的《红云》《豆选事件》，描写知识分子的《大学诗》，描写国企改制以及工人抗争的《那儿》，描写官场的《贪污指南》，描写城市妓女的《霓虹》等等，这些题材在这部长篇小说中都有其影子，在某种意义上，这部小说可以说是一种"综合"，集中表现了他对当代社会的总体思考。

作为“底层文学”或“新左翼文学”的代表作家，曹征路的特色在于以鲜明的立场与问题意识切入时代的“核心问题”，《问苍茫》是这一思潮中的第一部长篇小说，其意义不仅在于揭示出社会问题与底层劳工的生存困境，同时也让我们反思何谓“文学性”，文学是否应该或如何与时代发生关联，如何理解“真实性”与“倾向性”。这些问题的提出以及曹征路以实践做出的回答，包括其成就与不足，都值得我们思考。

小说以深圳的一个村子和一个台资企业为重点，以数次劳资纠纷与罢工为线索展开叙述。从这两个点的关系及其各自内部的运作，我们可以看到“深圳”的某一侧面。写农村的部分以文念祖为中心展开，这不是内地的农村，而是“城市化”之后的农村，在土地被商品化之后，这里的农村和农民既拥有巨额财富，也面临着诸多问题，在曹征路之外，似乎还很少有作家关注这方面农村的变化。在小说多重关系中，我们可以看到文念祖这个村干部，已成为了集团公司的“董事长”，身家上亿，呼风唤雨，尽管不乏聪明才智，也善于编织和利用各种关系，但是除了名、利、欲，却别无其他寄托，只是一个“暴发户”和“土财主”。

赵学尧是一个到深圳闯世界的大学教授，在学生何子钢的帮助下，成了文念祖的“军师”和“管家”，介入文念祖的家事，并在报纸上违心地发表文章，准备把文念祖树为“典型”，到最后他反被学生算计，辛苦写出来的著作署了文念祖的名。在他身上，我们可以看到知识分子面对权力或金钱的堕落和猥琐，以及作者对20世纪80年代以来流行的“常识”或知识资源的批判。

写企业的部分，对不同阶层的人物都有所呈现。陈太是这个台资“宝岛电子有限公司”的老板，她作为女性小鸟依人（或者挑逗）的一面，作为资本家残酷的一面，以及作为“外来者”恐慌、疑惧的一面，在小说中有着细致的描写。马阳明和常来临，是这个公司的两个“副总”。马阳明是个出身底层而又背叛了底层的青年，他的恶毒、凶狠在小说中有着充分的表现，虽然不无夸张与漫画化，但显示了社会的残酷对个人的负面影响。相比之下，常来临这个人物形象更加丰满一些，他原在一家国企做党委书记，下岗后到外企做“思想工作”，将社会主义文化带给他的工作作风，应用到为私企利益的最大化服务上，作为一个“打工者”，他最大限度地利用了打工者的感情，却反过来压制打工者的利益，在他的身上，集中了劳资双方的矛盾，以及社会主义文化与“资本主义精神”的矛盾，让人看到一个处在真诚与伪善之间并不断向后者倾斜的人，一个不甘堕落而又最终堕落的人，他的悲剧最终以喜剧的方式表现了出来。

五姐妹和唐源是公司的最底层，是外来的打工者。从贵州山区来的五姐妹，是贯穿小说的一个线索，小说着重关注她们的分化和不同的命运，但除了柳叶叶、毛妹两个人物之外，其他人物都没有鲜明地塑造出来，她们之间的关系及分化也没有得到充分的体现，因而更多具有符号的功能。在这五姐妹之中，桃花、香香、小青“堕落”了，毛妹被生活的重担和社会的不公压垮，最后自杀了，柳叶叶则是一个逐渐觉醒的新工人。唐源参与罢工之后被开除，其后以“法律援助”帮助伤残的打工者，作为一个有阶级意识与献身精神的打工者，他创建的“春天服务社”虽然残破不堪，但代表了社会进步的方向。

在艺术上，小说缺乏一个主要线索，各个部分、各个人物有些分散，没有形成一个更加有机的整体；对人物的塑造，多注重其在事件中的表现，但对其“内面”关注不够，所以除了几个人物形象鲜明并具有丰富性之外，大多的人物或者面目模糊，或者只具有符号的意义，即如小说着力刻画的“新人”柳叶叶、唐源也有此感。

如果从“左翼文学”的传统来看，《问苍茫》无疑借鉴了《子夜》式的社会分析框架，他的抱负或许在于向人们展示出一幅丰富的社会全景，同时在错综复杂的矛盾中找到一种社会进步的动力，这在某种程度上达到了，但从小说中所体现的来看，他尚未找到一条《青春之歌》式的明确道路，也没有提供一种新的整体性的远景或“乌托邦”，而只能在现实的困境中谋求点滴改善，而之所以如此，或许不仅由于社会现实的纷纭复杂，亦由于“后社会主义时代”左翼思想的困境与想象力的匮乏。在这个意义上，我们可以将《问苍茫》视作一个集中体现了时代、文学、思想“症候”的作品，当一个时代无法回答或不愿面对“问苍茫大地，谁主沉浮”这一问题时，我们所能做的，或许只有继续“问”，继续在“苍茫”中寻找出路，而这部小说亦可以视为曹征路的“问”与“寻找”。

《问苍茫》的最大意义，也在于它为我们提供了一个反思时代、文学、思想困境的平台。在当前的文学语境中，我们可以看到对现实的普遍回避，以及臃肿的细节、细致然而无所用心的叙述，作家们对日常生活之外的世界似乎丧失了兴趣，如果说“去政治化的政治”是一种规训或新的意识形态，那么文学上的技术主义与形式主义则是其中的一种表现。曹征路的可贵之处，不仅在于他关注着更宽广的世界，也在于他与中国最底层的民众在一起思考着底层的出路与中国的出路，他以尖锐的方式将时代的“核心问题”呈现在人们面前，让人们不得不面对，不得不思考，在这样血性的文字面前，在时代的血与泪凝聚成的“美学”面前，任何精致的、优美的“艺术”都黯然失色，它带给人们的不是享受或“好看”，而是一种“震惊”，它以粗糙的手揭开温情脉脉的面纱，让人们看到一个沉默的世界的伤痕与力量，让不为人知的喑哑的声音破口而出。他讲述的故事，既关于现在，也关于过去与未来，既是一个阶级的命运，也与中国和世界相关，和我们每一个人相关。他的质疑，既是对时代的发问，也是对文学与思想的发问，他的困惑乃至不足，也是一个思想者的困惑与不足。从《问苍茫》中，我们可以看到中国的面影，也可以看到曹征路的面影。曹征路的探索未必尽善尽美，但至少他有直面现实的勇气，有从未来汲取诗意的冲动，有想象乃至创造一个新世界的努力。而只有更多的作家从匍匐的状态中解脱出来，才有可能创造出一种新的“文学”，与最底层的民众及宽广的世界紧密相连的文学。

胡学文：挑战自我的“新变”

胡学文是近年来影响较大的青年作家，也是一位有着独特风格的成熟作家，他的《命案高悬》《向阳坡》《虬枝引》《淋湿的翅膀》等中篇小说，不仅是底层文学的代表作品，也在文学界引起了广泛的关注。在这些作品中，胡学文关注当代中国乡村的新经验，深刻地描述了市场经济时代乡村秩序与伦理的变化，并以冷峻清醒的现实主义捕捉具有典型性的人物，以遒劲的笔力讲述富于戏剧性的冲突，让我们看到了当代中国最富症候性的场景，也看到了他在艺术上的敏感与创造力。在这些作品中，胡学文所创造的“执拗的主人公”、故事重心的转移，以及网状的叙述手法等，引起了文学界的普遍重视，这不仅是叙述方式上的创新，也蕴含着胡学文对中国乡村与中国文化的深刻理解。

对于一个成熟作家来说，接下来的创作是困难的，也是最有挑战性的，他既要保持自己的艺术风格，又要突破原有的创作模式，不断超越自我。在最近的创作中，胡学文所做的便是挑战自我的努力，他试图改换新的写作方式，更深入地切中时代的核心命题，也在艺术上做出新的探索，在小说集《我们为她做点什么吧》中，我们可以看到胡学文的“新变”。

在这部小说集中，最引人注目的是胡学文小说中较少关注具体的事件，而更关注人物的内心世界及人与人之间的关系，或者说，人心的纠结与人际关系的纠缠构成了他小说的新主题，也是他勘探人性的一种方式。但是在这里，值得注意的是，胡学文并不是在一个抽象的层面上探讨人心与人性，他通过具体场景的描述，向我们展示的是当代中国人的人心纠结，我们这个时代人际关系的纠缠，以及“小人物”人性中丰富复杂的一面，在这里，胡学文对人心、人性、人际关系的探索既有具体的时代内涵，也具有普遍性与超越性，他将超越性寓于日常性之中，将人性的探索寓于现实场景的描绘中，让我们看到了中国经验的丰富、驳杂，而他的小说也为我们呈现出了其中最为核心的矛盾与命题。

以《我们的病》为例，小说中的主人公“我”是一位出租汽车司机，由“我”穿起了两个故事，一个发生在乘车的两个青年男女身上，另一个则发生在“我”身上。这两则故事中的人物都深深纠缠在中国式的人际关系之中，从中我们可以看到现代中国人之间关系的复杂、微妙与难堪。两个青年男女纠缠的是，男青年去会前女友，一夜不归，女青年在不断地追问他们之间究竟发生了什么，在她的死死纠缠之中，也在男青年的抵挡、说谎与辩白之中，我们大体可以了解到，男青年的前女友与现在的男友分了手，但是她发现自己怀孕了，从另一座城市来找男青年，让他陪自己去医院。至于那一晚上究竟发生了什么，男青年怎么说也辩白不清，女青年咄咄逼人地追问着，男青年躲躲闪闪地抵挡着。“我”开着车听他们的争吵，也在脑海中不断闪回着自己遭遇到的尴尬，那是发生在“我”与哥哥之间的故事，为给父亲治病花了一大笔钱，哥哥有钱先垫了出来，“我”欠哥哥五万元钱，终于还给了他，心里颇为轻松，但回家后老婆提醒“我”，应该让哥哥写一个收据，以免将来出现纠纷，我想想也是，于是找到哥哥，哥哥说我借钱给你都没写条子，收钱也没必要写，“我”想想他说得也对，但是回来后老婆说还是写一张保险，我于是又去找哥哥，如此三番两次，条子最后也没有写，老婆越来越不放心，最后他们想了一个办法，请哥哥来家里吃饭，用录音笔录下他说的话，留下证据，哥哥走后两口子才发现没有录上，不料这时哥哥又回来了，取他落下的手机，见此大为生气，说本来不在乎这点钱，但他们的做法惹恼了他，要将他们告上法庭……我们可以看到，“我”、老婆与哥哥都挣扎在伦理亲情与现代法律之间，纠缠在中国式的人情关系之中，在飞速的现代化过程中，传统的人情已难以维系最基本的信任。在这个意义上，小说中所指的“我们的病”便是信任的缺失，男女青年之间缺乏信任，“我”与哥哥之间也缺乏信任，一个缺乏基本信任的社会，只能陷入无休无止的怀疑与纠缠之中，而这正是我们的“时代病”。小说在两个故事的穿插中展开，结构较为简洁，但不断推进的情节与纠缠的语言，很好地传达出了人际关系的纠结，而最后出租车在街道上的迷失，也颇具象征性，显示出了作者超越现实主义的尝试。

在《自行车》中，老张面对自己的自行车患得患失的心情，很好地传达出了中国人内心的纠结与人际关系的微妙；在《脸》中，主人公面对妻子、情人、女儿、父亲等人的不同口吻，显示了当代中国人的多副面孔及人格分裂；《审判张同吾》，通过“审判张同吾”这样一句没有具体所指的话，映射出了当代中国人生存环境的复杂微妙；在《嫌疑》中，一个杀人嫌疑犯得到了全村的恐惧与敬重，但当他被证明是清白之时，却没人再把他当回事了，这让主人公分外失落，小说中对民族心理的挖掘与批判入木三分；《我们为她做点什么吧》则写两个男人一起寻找曾经的“情人”

朱红的故事，小说的写法虚实相生，也让我们看到了我们这个时代人际关系的怪异与荒诞……

在胡学文的这些作品中，我们可以看到他在勘探当代中国世道人心的微妙复杂之处，他的写作风格也从冷峻清醒的现实主义加以拓展，融入了荒诞派、黑色幽默、超现实主义等现代主义的因素，以新的艺术方法捕捉着我们这个时代的悲喜剧，对于胡学文这样成熟的作家来说，他的探索与新变是让我们感到欣喜的，也让我们对他寄予更大的期望。

反思精英知识分子的最新力作

——读刘继明的《启蒙》

刘继明的中篇小说《启蒙》，为我们讲述了一个不同的“右派”故事，让我们看到了历史与现实的另一面。20世纪80年代以来，曾经被划为“右派”的作家王蒙、张贤亮等人集体归来，为我们讲述了右派“受难”的故事。在这样的叙述模式中，“右派”知识分子历尽苦难痴心不改，一心为党、为国、为民，他们崇高的理想与悲惨的境遇构成了强烈的戏剧性冲突，冲击着20世纪80年代中国人的心灵，在文学界也引起了极大的关注。一时间“右派”成了受难知识分子的一种光环，象征着在苦难中坚守、在困境中拼搏、为人民而受难等丰富的含义。这一叙述模式流传甚广，不仅在20世纪80年代家喻户晓，而且影响至今，“右派”几乎成为一种光荣称号。但是，“右派”真的像他们所描述的那么高尚吗？在20世纪80年代重新登上历史舞台后，他们又说了什么、做了什么？当他们的境遇不再悲惨而是众星捧月时，他们是否仍在坚持当初的“理想”？《启蒙》所回答的正是这些问题，在这一“右派”叙述模式停止的地方，《启蒙》

开始了它的讲述，并向我们揭示出上述右派叙述模式的裂隙，以及历史与现实的另一种“真相”。

小说以主人公蘖伯安的诉讼案为切入口，向我们讲述了这样一个故事：著名作家蘖伯安曾被划为右派，发配到椿树岛劳动改造，在那里他与当地的赤脚医生江中莲相爱，并生下儿子蘖小椿。改革开放以后，蘖伯安回城，并以《椿树泪》等小说在文坛引起广泛关注，他很快与江中莲离婚。“我”是W大学的青年学生，与魏东、安然是文学社的骨干，安然是魏东的女朋友，但在与蘖伯安接触的过程中，安然爱上了蘖伯安，最终与魏东分手。但是安然很快发现，在她之外，蘖伯安还有不少情人，经过痛苦的挣扎之后，她也与蘖伯安分手。蘖伯安在文学界获得巨大成功之后，改行经营影视城，在椿树岛进行开发，他的开发破坏了当地的环境与生态，遭到当地人的极力反对，最后他的儿子蘖小椿，和已成为著名律师的安然联手，将他告上了法庭，但神通广大的蘖伯安，很快将这一事件“摆平”。

小说以第一人称“我”的视角讲述，“我”是20世纪80年代的文学青年，也是蘖伯安的崇拜者，一直在关注蘖伯安，对安然也不无好感。正是在诉讼案期间，“我”通过与安然、蘖小椿的交谈，拼贴起了对蘖伯安的整体认识，这是一个发现的过程，也是一个失望的过程。“我”发现，蘖伯安并不像他小说中所表现或者像他宣称的那样，是一个为人民受难的人，事实上，他不仅站在民众的对立面，而且在私人生活中，他也是自私自利甚至不负责任的。“我”是一个曾经的崇拜者，又是一个与各方无直接利益关系的“旁观者”，这一视角既可以让故事以更客观的方式呈现出来，也使呈现的方式更加曲折，而这则构成了小说独特的探寻式结构。在小说中，蘖伯安首先是作为一出诉讼案的主角出场的，由此引发了我的回忆与“探寻”，小说在当下与三十年前两个不同的时空间建立起了连接，向我们展示了蕖伯安的不同形象及其变化。

最初出场的蕖伯安是一个文化偶像，小说通过魏东、安然和“我”对雷平的崇拜，以及雷平对蕖伯安的崇拜这样一种曲折的关系，显示了蕖伯安在文坛的重要性及其对青年学生的影响，安然抛弃魏东与蕖伯安相爱，也显示了蕖伯安的吸引力，来自于文学与“受难”的魅力甚至转化为了对女性的吸引力。但是，我们很快就会发现，在这一吸引力下面，隐藏着蕖伯安扭曲的人格和难言的隐秘，“可就在这时，我发现了蕖伯安的一个秘密。有一次，我在书房里找一本书，翻出一沓厚厚的信件。我好奇地打开一封，通篇都是些让人脸红的情话，接连几封，不，所有信的内容都是如此。有的句子十分露骨，不厌其烦地描写男女之欢，比小说还要细腻。从笔迹和署名看，写信的不是一个人，而是几个女人……我简直不敢相信自己的眼睛，更不敢相信，一个男人同时和几个女人保持着性关系；可就是这个被我当作偶像的男人，曾信誓旦旦地宣称他爱我！”安然的这一发现，让我们看到了蕖伯安的另一面，也打破了他自我塑造的完美形象。不仅如此，蕖伯安并非后来才是这样的，在椿树岛劳动改造时就已经如此了，如同他的儿子所谈到的，“我们岛上有不少人看过那部小说，但他们告诉我，除了那场婚礼，小说中的许多情节都是‘瞎编’的。‘你父亲把自己写得像个落难的公子！’他们说，‘蕖伯安其实是个勾引姑娘的高手。在你母亲之前，他也追过别的姑娘，只不过没有得手。’他们说得有鼻子有眼，容不得我不信。按照他们的说法，我父亲平反回城后立马和我母亲‘打脱离’（即离婚），早就在他们的意料之中了”。在这里，我们看到的是两个蕖伯安，一个是带着受难光环的文化偶像，另一个则是“勾引姑娘的高手”，而在“新时期”以后，前者不过是后者的“面具”，相辅相成地构成了蕖伯安的不同侧面，显示了这一“文化偶像”内在的黑暗与混乱。

不仅在私人情感领域，在更为广泛的公共领域，我们也可以看到，蕖伯安的“光环”在逐渐褪去，他并非像他宣称的那样“为人民受难”，恰恰相反，在真实的问题面前，他不仅站在了民众的对立面，而且利用自己的社会资源与影响力，竭力压制民众的声音。他为了追逐经济利益，开发“大好河山影视城”，不惜在椿树岛上砍伐所有的椿树，不惜让阻碍他的上访者丁子槐“消失”，也不惜得罪他的前妻与儿子。正是在这里，我们看到了另一个蕖伯安的形象，这是一个赤裸裸的资本家形象，在金钱利益的驱动下，他压制民众，破坏环境，对自己的亲人也毫不留情，正是在这样的过程中，他不仅走到了民众的对立面，也走到了大自然的对立面，走到了自己亲人的对立面。这样一个人，与他在小说中自我描述的那个“受难者”简直有着云泥之别。而他在小说中所贬低的“劳动妇女”，以他的前妻为原型的“莲子”，在现实中却与他有着巨大的差别。在与蕖伯安离婚后，江中莲独自将儿子抚养大，并尽自己的可能给蕖伯安以关怀，在椿树岛平静地生活着。只是在蕖伯安要砍伐所有的椿树时，她才与他决裂，并坚定地站在了丁子槐一边，站在了民众一边。在这里，我们看到的江中莲，并非蕖伯安在《椿树泪》中所塑造的形象——那个愚昧的，没有文化的农村妇女，相反，在她身上我们可以看到千百年来优秀文化的积淀，这是一个深明大义、怜弱惜贫的女子，也是一个敬畏自然、尊重生命的女子。我们可以看到，正是这样一个女子，在蕖伯安“受难”时给他以安慰与拯救，而当他平步青云时，不仅毫不犹豫地抛弃了她，而且在他的书中对她加以贬低与丑化。之所以如此，一方面是由于蕖伯安要为自己的行为“辩护”，另一方面，我们也可以看到，最根本的原因在于，蕖伯安处于个人精英知识分子的“立场”，从未真正理解底层民众的情感与内心世界，他以知识分子的“傲慢与偏见”俯视大众，自以为高人一等。当一个时代强调劳动者的价值观时，他将自己打扮成“为人民受难”的人，而当一个时代推崇“成功者”时，他为了个人意义上的成功，便走到了民众的对立面。在小说中，我们可以看到，蘘伯安不仅破坏椿树岛的生态环境，压制反对他滥伐树木的民众，而当诉讼案发生时，他更是动用个人的资源与影响将之消弭于无形，在这里，他不仅仅是违背民众的意愿，而且是以非正当手段达到的，这个昔日头顶光环的“文化偶像”，已经堕落到与黑社会分子无异了。

在文学史的脉络中，20世纪80年代张贤亮的《绿化树》《男人的一半是女人》为我们塑造了“为人民而受难”的右派知识分子形象，形成了一种典型的叙述模式；20世纪90年代，王安忆在《叔叔的故事》中表达了对这一代知识分子的失望，但也只是在情绪与情感上感到他们不可信任；而刘继明的《启蒙》则让我们看到，这一代知识分子如何褪去了光环，走向了民众与人性的反面。思想的穿透力让这部小说饱满扎实，它不仅向我们揭示了历史与现实的“真相”，让我们反思精英知识分子的所作所为，更让我们在历史的断裂处重新思考“启蒙的辩证法”，重新选择未来的道路，“在此刻，我环顾着W大校园里满目的青翠和远处高楼玻璃幕墙被阳光反射的耀眼光辉，心绪一片苍茫。脑子里不知怎么闪现出我曾经去过一次的椿树岛，还有那些消失的椿树，耳边仿佛响起了一阵喑哑的喊叫……”——这是新一代知识分子在偶像倒塌后的犹豫与彷徨，更是在精神的废墟中别寻新路的先声。

“中国故事”的一种讲法

——重读王祥夫的《归来》

王祥夫的短篇小说《归来》，刊发于《天下》2012年第2期，《小说选刊》2012年第7期转载，获得2012年“中国小说排行榜”短篇小说第一名。王祥夫近年来的短篇小说愈来愈炉火纯青，他善于以白描的手法勾勒大千世界，在描摹世态中捕捉人心的变化，他能够在平凡中发现生活之美，在平静中写出内心的风暴，在平淡中写出深刻的意蕴，在看似随意的布局谋篇中显示出构思的精巧与艺术的造诣，《归来》也是这样一篇难得的佳作。

《归来》的故事很简单，外出打工的三小，三年之后带着老婆孩子回到家乡，但是他的一条胳膊没了，他回来时母亲吴婆婆已去世，他参加了母亲的葬礼，办完了丧事，又带上老婆孩子踏上了回城之路。小说围绕这一线索，以散点的方式描述了三小归来又离去的过程，以及他哥嫂的生活与内心波动，乡村里的丧葬风俗与人情伦理。

“怎么说呢，今年的杏花开过后，忽然又下了一场雪，雪下得很大，但化得也很快，才半天，地上的雪就全没了，村里村外，是到处一片泥泞，又起了雾，远远近近一片模糊，走近了，要喊，才会知道对方是个谁”。小说的第一段话，从杏花和雪说起，写的是自然风物，笔调也很平淡，但是由雪就联系到路滑，由路滑就联系到吴婆婆的摔跤及其去世，由此又联系到三小的“归来”，看似平常，但其中蕴含着丰富的意味与内在的联系，由这一条线出发，小说抽展开来，曲折回环，逐渐展开。小说整体虽然以散文的方式写成，但类似这样自然而然的联系却贯穿全篇，文中细针密线，却仿佛一幅织锦，让我们看到了生活的内在之美与密度。

三小归来是小说中的核心事件，但三小是怎么归来的，以什么样的状态归来，归来之后怎么样？在小说中，我们可以看到作者的叙述颇有层次感，既让人时时有意外，同时也在以不同的变奏加以强化，让我们看到了作者叙述上的分寸感与娴熟的艺术技巧。以三小失去胳膊为例，在小说中第一次出现在第一段落的结尾：“三小的大哥脸色一下子就变了，‘啊呀三小？’停停，声音颤得更加厉害：‘你这条胳膊呢？啊，这条胳膊呢？啊，三小？’”这里从大哥的视角表现了对三小失去胳膊的震惊与难过，读者是第一次得知这一信息，作者控制着叙述的节奏，没有在这个地方停留，而是跳宕开去叙述其他事情。再次谈到这一事情，则是全家吃晚饭的时候，“三小是用一只手拿起瓶子倒酒，然后放下酒瓶再用这只手端起酒杯敬酒，一只手来一只手去，让人看着很难过”，在这里，作者通过对三小动作的描述，让我们看到了他生活的不便及众人看到这一场景的心情，但是，“人们都小心翼翼着三小胳膊的事，一条胳膊，怎么会忽然就不见了？发生了什么事？三小受了多大的苦？怎么回事？谁都想知道，但谁都不敢问。”接下来，小说中三小媳妇叙述了事情的经过，大嫂哭了起来，哑子二小“急切地叫起来”，从不同人的角度描述了对这一事情的反应。

接下来，小说继续叙述丧葬的过程，而此事也出现在了村人的交谈中，“村长王宝地说，‘要不是办这事，谁能知道三小胳膊的事？’‘三小可怜，都不知他现在拉过屎怎么系裤子。’大小说。”两个人关切的角度不同，大哥对其日常生活的关心则显示了更深切的情义，此后三小失去胳膊便成为一种既定的事实，参与了此后小说的叙述。但从上述简单梳理我们可以看到，作者并没有从正面叙述这一情节，而是以不同人的反应显示了这一事情的重要性，而三小的沉默及其妻子的平静讲述，与大小夫妇、二小等人的强烈反应形成了鲜明对比，也让我们看到乡村逻辑对城市里司空见惯的打工者受伤的态度，这可以说是对野蛮现代化另一种向度上的批判。

在这篇小说中，我们还可以看到王祥夫作品中戏剧性与日常性的平衡，在小说中我们可以看到不少戏剧性的因素，比如吴婆婆突然去世，三小失去胳膊，三小归来奔丧，兄弟妯娌之间对于遗产的态度，等等，这些因素在另外的作家那里，完全可以处理成激烈的冲突与对抗，但王祥夫并没有这样处理，他将这些戏剧性的因素融入日常生活的描述中，让我们看到了生活的一种“常态”，我想作者所追求的并非是对一个事件的剖析，而是力图展示出生活本身的风景与逻辑，在这个意义上，小说中那些风景、闲谈便并非是无关紧要的，而是乡村生活的一部分。细心的读者可以数一下小说中涉及“种葱”的细节，这一细节贯穿小说的始终，不仅显示了作者叙述穿插的能力，也让我们看到了他将日常生活呈现在小说中的追求。但是另一方面，我们也可以看到，王祥夫并没有因为日常性而放弃戏剧性，他的小说有散文化的笔法，但并不是散文，日常生活呈现在他的小说中，仍是有故事、有线索、有冲突的，他通过生活一角的把握也有提炼、概括，而力图展示出生活的“整体”，在这个意义上，这篇小说写的并非只是三小归来的故事，而是我们这个时代的典型故事，或者说是一个“中国故事”，只有在当代中国的剧烈转型中，在城乡之间的巨大鸿沟中，我们才能更加深刻地理解三小归来——离去的意义，他正在告别传统中国的乡村伦理与逻辑，而走向残酷而现代的都市生活，这又何尝不是当代中国的一种隐喻？

王祥夫的小说擅长描述故事进展中的曲折，及由此展现的人物内心的波动与人际关系的微妙之处。更难能可贵的是，王祥夫还对底层民众有着深厚的情感，他的小说写得最多的是底层民众，写他们的生活，他们的困境，他们的情感，他们的喜怒哀乐，王祥夫关注着他们的生活，感受着他们的情绪，写出来就特别感人，或者引起人们思考。表面上看起来，王祥夫“士大夫”一样的性情，与底层之间似乎有不小的距离，但是我们可以看到，他与底层接近不是依靠知识或思想，而是靠一种直觉，他与底层似乎有一种天然的联系，这是在生活与经验中建立起来的深厚情感。

从文学传统上来讲，王祥夫的小说远的可以说继承了《红楼梦》的传统，在20世纪“新文学”中，可以说继承了废名、萧红、沈从文、孙犁、汪曾祺等“抒情诗”的传统，但他又有自己的发展与变化。王祥夫的小说继承了《红楼梦》叙述上的灵动与自然，对日常生活细节的细致描绘，以及对“世道人心”的洞察。从这些基本点出发，王祥夫又融入了他对时代的观察与思考，将之化为自己艺术上的特色，这同时也是对中国小说传统的创造性转化。所以王祥夫的小说，更像“中国”的小说，而不像西方小说观念中的“小说”，即他不注重故事、人物或思想，而更重视生活中的细碎琐屑之处，更着意于小说整体意境的营造，更注意发掘人内心深处或人与人之间关系的微妙细致之处，仿佛打开了生活中隐秘的一层层皱褶，让人能从中发现其中的奥秘，于是看似清晰的暧昧起来，看似简单的复杂起来，而正是在这种“暧昧”与“复杂”之中，我们看到了与表面现象不一样的“生活”。

与现代文学史上的“抒情诗”小说相比，王祥夫与废名等人的相似之处在于散文式的笔法、独特而深厚的语言功底、结构上看似随意的匠心独运，他们常常能在无事的故事中写出韵味，看似无所用心，却能曲径通幽，引领读者到达一种美妙的艺术境地。但与废名、沈从文、汪曾祺等人专注于想象中的童年或“理想的人性”不同，王祥夫的小说并不着意于回忆或想象，而是从广袤的现实生活中汲取诗意，他所关注的都是一般的社会题材或“小人物”，如《五张犁》中的失地农民，《狂奔》中从农村进城的儿童，《半截》中的残疾人等等，这就使王祥夫的小说打开了一种社会的视野，而不是仅仅沉浸于创作者的主观世界。王祥夫的小说大多取材于现实社会，笔法、语调也能“随物赋形”，可以根据不同题材有所变化，而各臻其妙。他善于从普通人的日常生活着墨，在艺术上也借鉴了传统中国小说的长处，举重若轻，化繁为简，可以说是西方小说“中国化”与古典小说“现代化”的一个成功尝试。

全球化时代的“失败青年”

——读石一枫的《世间已无陈金芳》

石一枫的小说集《世间已无陈金芳》收入两篇小说，《世间已无陈金芳》与《地球之眼》，这两部作品都引起了文学界的广泛关注，让我们看到了青年作家对当代社会的观察与思考，及其对现实主义的新探索。

《世间已无陈金芳》以现实主义的清晰笔法，通过“陈金芳”这个人物及其内心的变化，勘探着我们这个时代的奥秘。小说从“我”的视角，写“我”二十多年间与陈金芳的交往，以及陈金芳跌宕起伏的命运。陈金芳最初出现时，是从农村转学来的一个女孩，依靠姐夫在大院食堂做厨师，到“我”的初中借读，同学都因她的土气和虚荣而鄙视她，但“我”被迫练琴时有她这一个听众，与她在心灵上有某一点相通。初中之后，“我”继续读书练琴，陈金芳却走入了社会，成为一帮顽主的“傍家”，她一改以往畏葸内向的形象，张扬霸气，是远近闻名的女顽主，但“我”也目睹了她与傍家豁子的激烈冲突。多年不见，在一次音乐会上再次见到陈金芳，她已是投资艺术品行业的成功商人，优雅，得体，熠熠生辉，穿梭在艺术家、商人之间，“我”此时早已放弃了音乐，在社会上混饭，也参与了几次陈金芳——此时已改名为陈予倩——烈火烹油的生活，但因一件事的刺激又开始疏远。最后见到陈金芳，她已破产，躲在城乡接合部的一栋公寓里自杀未遂，脸上还有被债主打的青瘀，“我”将她送入医院抢救，她醒来后，很快被乡下来的姐姐、姐夫接回老家了。在小说中，我们可以看到陈金芳的人生轨迹，她从农村来，在城市里奋斗打拼，失败后又返回了农村。我们也可以看到陈金芳形象的巨大变化，她从一个土里土气的乡下女孩，一变而为城市胡同里的女顽主，再变而为左右逢源的艺术圈明星，最后成为走投无路的破产商人。

可以说，在陈金芳形象与命运的剧烈变化中，隐藏着我们这个时代最深刻的秘密，那就是在这个迅速发展的时代，尽管看上去似乎每个人都有机会，都有个人奋斗的空间，但为底层人打开的却只是一扇窄门，尽管他们一时可以获得成功与辉煌，但终将灰飞烟灭，被“打回原形”。在这个意义上，此篇小说颇似菲茨杰拉德的《了不起的盖茨比》，它们同样让我们看到，一个底层人尽管可以抵达成功的巅峰，但终究无法真正融入上层，一有风吹草动就将从高处跌落。但《了不起的盖茨比》将跌落的原因归之于情感与一次车祸，注重的是偶然性，而石一枫则将这一悲剧放置在世界经济的整体变动之中，强调的是一种必然，也更具社会分析色彩，从顽主时代的自由竞争到2008年的经济危机，这些现实的经济因素构成了陈金芳命运的一部分。在这个意义上，可以说这篇小说重新回到了老舍和茅盾的传统，老舍对底层小人物命运的关注，茅盾的社会分析与经济学眼光，在小说中都有所体现，这篇小说具有一种清醒的现实主义。

石一枫的《世间已无陈金芳》为我们塑造了一个当代的“失败青年”形象，不只这一篇作品，近年来方方的《涂自强的个人悲伤》、文珍的

《录音笔记》、马小淘的《章某某》等作品，也为我们塑造了一批“失败青年”的形象，这些作品描述了当代青年在社会巨大鸿沟面前个人奋斗的无望感，虽然着眼于个体青年的人生命运，却对当代社会结构及其主流意识有着深刻的反思。在这里，值得我们思考的一个问题是：在当代，为什么会有这么多“失败的青年”，他们的“失败感”来自哪里？他们与历史上的青年有何不同，出路又在哪里？

“失败的青年”的产生，当然首先与当前社会结构的凝固化相关，随着阶层分化与贫富分化的加剧，社会流动性减弱，一个人的人生价值更多地由其出身与身份决定，这让出身社会底层的当代青年看不到改变命运的可能与希望，在“官二代”“富二代”“星二代”的面前，在难以逾越的社会鸿沟面前，来自社会底层的有为青年看不到出头之日。“失败的青年”产生的另一个原因，是我们社会价值标准的单一化，或者说意识形态化。失败是相对于成功而言的，而在我们这个社会，成功的标准又是简单而唯一的，那就是以金钱为核心、以个人为单位的“人上人”生活。在这样一种价值体系中，任何成功都是值得羡慕的，而不管“成功”是如何来的，相反，任何失败也都是可耻的，也不管失败有什么理由。可以说这样一种价值体系，已经形成了一种新的意识形态，笼罩在我们社会的各个方面，甚至深入到了很多人的意识乃至潜意识深处，牢不可破。在《世间已无陈金芳》中，我们可以看到，陈金芳所信奉的恰恰是成功者的逻辑，正是因为这样，她改变命运的愿望越迫切，她的奋斗与挣扎也更具悲剧性。

相对于《世间已无陈金芳》，《地球之眼》是一部结构更宏大、意蕴更加复杂的小说。小说中来自社会底层的安小南也是一个“失败的青年”，小说描写了他走入社会之后的挣扎与奋斗，但与《世间已无陈金芳》不同的是，《地球之眼》将之安放在整体的社会结构中来考察，这包括三个方面，一是在安小南的奋斗线索之外，小说还描述了李牧光所代表的“官二代”的经历，以及以“我”为代表的中间阶层的处境，小说在这三条线索的相互对比与映衬中，从整体上勾勒出了当代青年的不同境况及其精神面貌；二是小说不仅涉及了三个青年的生活历程，还通过他们所面临的问题，触及了当代中国社会中一些重要而敏感的社会与精神问题，比如道德伦理问题，阶层分化问题，国企改制问题等，这些问题构成了小说的有机要素，拓展了小说的精神空间；三是小说不仅将他们的命运安置在中国社会转型的大背景下，而且以全球化的眼光，将他们与整个世界的现状及其发展联系在一起，小说中安小南受雇看守“地球之眼”，不仅涉及斯诺登所引发的窥视的伦理问题，而且让我们看到中国与世界经济联系的紧密，以及全球化时代经济运行的奥秘。在这样一个宏大的背景之下，安小南的命运便不仅与当代中国的社会结构相关，也与当代世界的整体结构密切相关。在这个意义上说，《地球之眼》是石一枫在《世间已无陈金芳》之后更大的一个探索，也展现了他对当代世界独特的观察与思考，如果说《世间已无陈金芳》可以在文学史上找到先例，可以在同代文学中找到相似的故事与人物，那么《地球之眼》则更加凸显了石一枫的独特性——他开阔的全球化视野，及其将小说人物置于其中把握与思考的能力。

如果说《世间已无陈金芳》让我们在当代中国的视野中关注“失败的青年”，那么《地球之眼》则让我们在当代世界的视野中思考“失败的青年”，而这不仅凸显了我们这个时代最为显著的特征——全球化，而且也将中国问题纳入到世界范围内来思考。确实，陈金芳、安小南的命运不仅与中国相关，也与整个世界的发展与变化相关。在全球化时代，新自由主义席卷全球，不仅新一代中国青年被纳入其中，欧美与亚非拉等国的青年也被纳入其中，在资本所主导的全球化秩序中承担失败者的命运，这是一个全球化的现象，也是世界青年共同面对的问题。在这个意义上说，“失败的青年”所揭示的看似是青年的未来与出路问题，其实是世界范围内的社会结构问题，在《21世纪资本论》等著作中，我们可以看到，当代资本主义已经发展出了新的形式与新的特征，一方面是全球化，一方面是世袭或裙带资本主义，这不仅是五百年资本主义历史上所没有的，也是人类历史上所没有的，如何面对与思考当代资本主义，并探索未来的出路，将关系到人类的整体命运。石一枫通过他的小说揭示了当代青年失败的命运，也向我们揭示了全球化时代资本运行的奥秘，他以现实主义的精神与方法深入到时代的核心，也以“失败的青年”形象让我们反思当代世界社会结构的合理性与合法性，他的探索不仅具有重要的文学意义，也具有深远的社会意义。

附录："70后"批评家访谈之李云雷（周明全）

一、学习经历

1. 兄现在大名鼎鼎，但对你的求学经历，似乎还有很多人不知，兄能否简单介绍一下吗？

谢谢明全兄，不敢说有什么名气。我的求学经历很简单，1994年我从山东一个小县城考大学到北京，在国际关系学院读日语专业。本科毕业后，由于喜欢文学，1999年考入北京大学中文系，跟韩毓海老师读硕士，接下来2002年又在北大继续读博士，导师是曹文轩老师，2005年毕业。在北大读书时，我开始关注当代文学，也开始写文学评论，一直到现在。

2. 记得在北京见面时，你送我你的小说集《父亲与果园》，让我很吃惊，恕我孤陋寡闻，之前还真不知道兄也写小说，而且早在1999年就开始写了，这应该比你搞评论还早吧？自己写小说，而且做批评，相互之间有什么互动或影响吗？

我小说写得比较少，但写的时间比较早，在读本科期间，1995年左右就开始写了，确实比写评论要早得多。我当时也是因为对写小说感兴趣，才报考了北京大学中文系。写得比较少，主要的原因可能是个人经历比较简单，对社会与生活的了解不深入，除了在山东老家的乡村生活之外，我所了解的就只是学校生活，毕业后虽然视野逐渐拓宽，但更熟悉的也还是学术界与知识分子。但我一直没有放下小说创作，希望以后随着对生活了解的深入，能写出一些好的作品来。

自己写小说对批评的影响，可能是更能体会创作者的心理，也对创作者的创造性劳动更加尊重，创作过程中的焦虑，写作完成之后的欣喜，以及将一个题材转化为艺术创作时的选择、构思及其“艺术化”的艰辛，可能体会得更深一点。在写评论时下笔会更加慎重，或者说多了一个从内部观察的视角。

3. 你是受谁影响还是阅读了什么书，或者说受书目影响走上文学研究和文学批评之路的？能否开列一个对你影响最大的书单？

在北大时读了很多书，很难说是受到具体哪一本书的影响开始文学研究与文学批评的。北大中文系有两个好处，一是总是处在社会思潮与文学研究的前沿，二是内部很活跃，总是有不同的观点、观念在交流与碰撞。这既可以拓展我们的思想视野，也可以启发我们独立思考。

我最初到北大读书时，很少读当代中国作家的作品，读得最多的是欧美与俄苏等国家的理论著作与文学作品，后来也是受到北大中文系整体氛围的影响，才意识到自己的研究与写作应该关注当代中国社会与文学现场，应该将理论与历史的知识应用于当下的实践，应该在具体的文化语境中提出问题与分析问题，我想这个思路是我做文学研究与文学批评的开始。

4. 你的博导曹文轩在一篇文章中说，“如果说导师对他的学生果真有什么影响的话，那么，李云雷受到的是我和韩毓海先生的双重影响。韩毓海先生影响他的是存在观，而我影响他的可能是生活观”。能具体谈谈韩毓海和曹文轩对你的影响吗？另外，做文学批评这么多年，还受到哪些师友的影响？

曹文轩老师和韩毓海老师是我的导师，我受他们两位的影响更大一些，但有意思的是，我硕士是跟韩老师读的，但那时的思路似乎更接近曹老师的思路，更喜欢创作，而博士是跟曹老师读的，但这时似乎更接近韩老师，也就是更注重对思想与社会问题的关注与讨论。

这两位老师之外，对我影响最大的是洪子诚老师，他对当代文学史的研究与思考很深入细致，我在他那里不仅学习了具体的知识，而且努力学习他的思想方法。此外，钱理群、戴锦华、陈晓明、张颐武、贺桂梅、邵燕君等北大的师友，孟繁华、旷新年、王晓明、蔡翔、陈思和、李陀、吴亮、程德培、程光炜、黄子平、罗岗、毛尖、倪伟、倪文尖、薛毅等现当代文学研究领域的学者，以及汪晖、黄平、祝东力、黄纪苏、陈越、甘阳、刘小枫、温铁军、贺雪峰等其他领域的学者，也都对我有较大的影响。

二、底层文学和中国故事

1. 兄被视为底层文学的发言人或代言人。你当初站出来为底层文学呐喊，仅仅是因为自己的出身与成长经历和底层的经验有关吗？

我觉得是有两个方面，一个是与个人的出身、成长于底层的经验有关，另一方面也与在北大学习时的理论训练与文学史研究有关系。我在北大读书时，开始于1997年的新左派与自由主义论争正在进行，这是思想界、文化界在1993年人文精神大讨论之后的又一次重要的思想文化论争，也是对此后文化界影响重大的一次文化争鸣，当时我的不少老师如韩毓海、旷新年等人都参与到这场论争之中，受到他们的影响，我也开始关注这一论争，并侧重于从新的理论与历史视野观察文学问题。稍后的2000年左右，对于20世纪80年代以来“纯文学”的反思也成为当代文学研究的一个重点，不少人都在反思20世纪80年代对文学在形式、技术与叙述方式的强调，割裂了文学与社会、世界的联系，这是文学脱离现实并逐渐边缘化的一个重要原因。也正是在这样的社会、思想、文化背景下，在读到曹征路《那儿》，陈应松的《马嘶岭血案》，胡学文的《命案高悬》，王祥夫的《上边》《狂奔》等作品后，我写出了一系列肯定并倡导“底层文学”的评论文章，我想“底层文学”思潮的兴起也与这样的背景有着深刻的联系，而“底层文学”思潮的出现也是社会文化思潮整体转变的一个标志。

2. 我接触过一些批评家，包括六月份我们在上海和程德培在一起喝酒，他直接和你说，不赞同你的观点。理论界有不少人不赞同底层文学这一提法，你觉得，底层文学作为一个文学命名的合理性究竟在哪？

程德培老师是我尊敬的一位学者与评论家，他那么直率的说法让我很感动，但他那天的话还有后半句，他说虽然不赞同我的观点，但还是会读我的文章，而有的评论家的文章他根本就不看。我理解他的意思可能是他虽然不赞同我文章中的观点，但是文章中可能会有引起他关注、思考的东西。我想这也是很正常的，程德培老师那一代“青年评论家”在20世纪80年代开始写作时的问题意识，与我们这个时代的问题意识不同，如果说他们的问题意识主要是在“‘文革’文学”的伤害之后，如何恢复文学的文学性、主体性与独立性？那么我们这个时代文学所面临的主要问题是：（1）在游戏消遣的大众文化、消费主义的大的文化环境中，如何恢复文学的严肃性；（2）在文学界20世纪80年代以来形成的注重形式、技巧与叙述方式的美学规范之下，如何重建文学与社会、现实、世界的联系；（3）在文学界精英化、西方化、现代主义式的美学标准之后，能否发展出一种立足于民族文化传统、面向当代中国、面向普通大众的新的美学标准？我想这是值得我们思考的问题。

“底层文学”的合理性，也就在于以其文学创作实践在回答上述问题，另一方面，“底层文学”是整个社会、思想、文化思潮变化的一部分，也可以说是其中的一个标志性事件，如果我们认真思考与研究新世纪以来中国与中国文学的变化，就可以发现底层文学及其合理性已经深深嵌刻在历史的变化之中。

3. 这十年来，当初那帮志同道合的为底层文学呐喊的批评家，大多都不再继续为底层文学呐喊了，唯剩下你决绝地守候着底层文学。是不是可以理解为，他们发现底层文学没有价值而放弃？你认为，经过这十多年的创作实践，底层文学达成了“它不仅要打破意识形态、市场、精英在文学上的垄断，讲述底层的故事，发出底层人的声音，而且要以文学的变革为先导，唤起民众的觉醒，在政治、经济等领域中真正体现出底层的利益与力量，从而改变现实秩序中不公平、不合理的部分”这一目的吗？

批评家在思想上的分化与转变，在文学史上是常见的，每个人的选择或许各有其原因，但“底层文学”对于我的意义或许与别人有所不同，多年来“底层文学”已经与我的经验、知识、文学如血肉般融合在一起，是我文学研究的一个起点、支点与重点。“底层文学”十几年来的发展，我想是一个深化的过程，也是一个泛化的过程，所谓“深化”是指底层文学在思想、艺术、题材、体裁等方面不断走向深入，出现了一批优秀的作品，所谓“泛化”既是指底层文学的出现，让以前不大关注底层的作家也开始以自己的方式关注底层，也是指“底层文学”超出了文学的范围，而成为一种整体性的文艺与社会思潮，我想对于一种文学思潮来说，这已经起到了它的作用。

底层文学确实“讲述底层的故事，发出底层人的声音”，但在整个社会领域并未产生如你上引我那段文字所说的重要作用，当然在这背后有很多复杂的因素，但是我至今仍认为，“讲述底层的故事，发出底层人的声音”在我们这个时代是重要的，而在这方面，底层文学至今也是无可替代的。

4. 记得在一次研讨会上，你讲到，不少被你纳入到底层文学研究的作家，他们并不认同自己是底层文学这个阵营里的，你觉得，在当下，理论界应该如何对文学现象进行命名才是有效的？

我不记得是在什么语境中谈论这个话题了，但这是我常遇到的一个问题，也是文学研究者与文学创作者之间会发生矛盾的一个问题，不只是底层文学，创作者一般都认为自己的创作是重要的，是独一无二的，因而不愿意被归纳为某一类别，这也是很正常的心理。但从研究者的角度来说却并不是如此，研究者必然要对创作进行概括、分析、归类，从整体上加以研究，这是很正常的，也是文学批评、文学理论、文学史研究的一个重要方法。我常举的一个例子是，李白、杜甫、王维等人不用归类，在唐代文学史上就可以每人写一章，但是“大历十大才子”如果不归类，我们在文学史上就无法给他们一个适当的命名，也不会记住他们，那些无法进入“大历十大才子”的，就更不用说了，因为文学史不可能给每人都写一章。所以一个作家不应该抱怨被归类，而应该感谢研究者给他们定位，并力图超越这个定位，让自己变得更加重要，更加独一无二。

理论界对文学现象命名，我觉得最关键的是要敏锐，要有前瞻性，要与整个社会、思想、文化思潮的变化结合起来，这样的命名方式才具有生产性与阐释性，才具有生命力。当然有的命名方式往往看似偶然或随意，比如“朦胧诗”，最初的时候没有人能说清“朦胧诗”的内涵与外延是什么，只是随着时代的发展，“朦胧诗”才被赋予特定的含义，才有了代表性的诗人，很多文学现象的命名也是如此。我们今天的问题，可能是失去了从整体上观察、思考并命名的能力，这是我们应该关注，也应该提高的。

5. 您曾经定义过广义的底层文学与狭义的概念，在狭义的“底层文学”概念中，您说这是以知识分子与专业作家为创作主体的文学，那么对于很多知识分子与专业作家来说，他们或许并无底层经验，文学来源于生活，那么创作出优秀底层文学作品的可能性在哪里？真正处于底层的人，为了生存，是没有精力和时间阅读的，或者他们的阅读更多的是通俗化的作品，那底层文学是不是也失去了为底层呐喊的意义？不知道我这样的理解是不是有偏差。

你说的是在理论上的推理，但在事实上，底层文学重要的代表作家如曹征路、陈应松、刘继明、王祥夫、胡学文等人，恰恰都是社会经验尤其是底层社会经验丰富的作家，他们现在是专业作家或知识分子，但在此之前，他们大多都有着丰富的人生与社会阅历，这恰恰是他们写出优秀作品的重要条件。

我当时区分狭义与广义的“底层文学”，主要面对的问题是当时批评界有人将“底层文学”与“打工文学”对立起来，有的批评“底层文学”不能代表底层，有的批评“打工文学”的文学性不高。我将“打工文学”列入广义的“底层文学”的一部分，与专业作家创作的狭义的“底层文学”合成一个整体，认为他们都是关注底层这一整体思潮的一部分。

底层人是否阅读或是否喜欢“底层文学”作品，这也是讨论较多的一个问题。我经常会将之与鲁迅等人在20世纪30年代倡导的“左翼文学”联系在一起讨论，当时“左翼文学”虽然提倡“大众化”，但真正影响的是城市中的青年与知识分子阶层，但这也有其价值，最重要的是在整个文化场域中发出了大众的声音以及关注大众的声音。“底层文学”的处境与之有点相似，但我们知道，“左翼文学”在20世纪40年代进入解放区之后真正进入了“大众化”的实践，“底层文学”能否真正大众化，也取决于历史、社会与文化环境的变化，当然作为一种文化理想，“大众写，写大众，为大众写”是20世纪“左翼文学”“人民文学”的重要传统，今天我们应该重视这一传统，总结历史上的经验教训，并在新的历史语境中加以继承与实践。

6. 你曾说，文学教育起到的作用，应该是让人们面对现实，改变现实，而不是在幻想中逃避现实。所以，你认为底层文学的重要性，就是它坚持了五四以来新文学的方向，我想问的是，过多地强调文学的社会功用和价值，已经伤害了文学的审美，影响了中国文学向更高峰挺进，现在我们还来谈文学的社会功用，是不是已经不合时宜了？

文学是在一定的社会与文化环境中产生的，也会对社会与文化产生一定的影响，这是一个客观事实。我认为关键的不是是否谈论，而是如何谈论文学的社会功用。20世纪80年代以来，我们的理论家与批评家提倡文学的“向内转”，论文学的“主体性”，谈“怎么写”和“写什么”，重视文学在形式、技巧、叙述方式等方面的探索，也都是在具体的社会文化语境中展开的，当时他们所针对的问题主要是政治对文学的介入，他们所强调的是文学相对于政治的“独立性”，这都具有一定的合理性。但在今天我们所处的文学语境已经完全不同了，或者说在今天，我们的文学在“主体性”“向内转”“怎么写”等问题上已经走到了另一个极端，这应该引起我们的反思。

同时在市场经济的环境中，当面对大众文化、通俗文学等消费主义文化的时候，无论是注重审美的文学，还是注重社会功用的文学，都面临着巨大的挑战，我也是在这个意义上重提五四以来的文学传统，五四以来的“新文学”是在对旧文学与通俗文学批判的基础上建构、发展起来的，其内部也包括“为人生的文学”“为艺术而艺术”等不同流派，但其内部也有相通之处，那就是并不是将文学视为游戏或消遣，而视为一种精神与艺术的事业，我觉得在这一点上，底层文学继承了五四以来新文学的精神，并且是这一精神在今天最具活力的代表。

7. 在当下中国，各种光怪陆离的事都在不断地上演，意识形态提倡讲好中国故事，其本意在于宣传，而作家们所谓的讲好中国故事，不应停留在为意识形态服务这个点上，那么，你认为中国作家应该如何讲述好中国故事呢？难道作家一写到中国当下的各种阴暗，就是面对西方的写作吗？

“中国故事”有不同的层面，也有不同的理解。就我的理解来说，在文学层面，“中国故事”所针对的是两个方面，一个是20世纪80年代以来的“个人化写作”，在这个意义上“中国故事”倡导一种更宏观的视野；一个是对西方经典作品的模仿，在这个意义上“中国故事”倡导注重传统中国的思想文化资源，注重当代中国的实践。我认为这两个方面对当代文学的弊端有一定的针对性。

国家主导的意识形态倡导"中国故事"，与文学上的"中国故事"有所不同，但也有其合理性，因为近代以来中国无法言说自己，只能借助于西方的理论与语言来讲述自己的故事，在这个意义上强调"中国故事"是一种文化自觉与文化自信的表现。

对于作家来说如何讲好中国故事，确实是一个很大的问题，但就我的理解来说，最为关键的是从"个人写作""日常经验"中走出，从一个更大的视野来观察个人的生命体验与时代经验。我们可以看到，鲁迅、郁达夫即使写的是个人故事，背后仍然有着深切的民族关怀，一直到20世纪80年代，当我们讨论《爱，是不能忘记的》等小说中的"个人故事"的时候，我们也是在讨论"中国故事"。我并不觉得描写阴暗面是一个重要的问题，关键还是要看创作主体如何处理及其作品中体现出的视点与态度。

8. 我的理解是，"中国故事"或许是当下的中国面对世界的一种姿态，它蕴含得更多的是政治话语。我们一批批评家跟进、阐释"中国故事"的文学意味，这并非不可，但是我觉得，这个概念较为宽泛，新闻报道算不算故事？是的，是有故事，但是它不是纯正意义上的文学。作为批评家，我们更应该做的，或许是从美学上来倡导如何研究和写好"中国小说"？不知兄如何看待这一问题？

我大概是文学界最早使用"中国故事"这个概念的研究者之一，2006年我在《上海文学》上发表的一篇文章，标题就叫《如何讲述中国的故事——对近期三部长篇小说的批评》，主要是对当时三部长篇小说的分析及与历史上其他小说的对比，后来我也写过其他文章谈论“中国故事”或“新的中国故事”。我没有详细梳理过“中国故事”这一概念的演变及在不同领域的使用情况。但就我的理解来说，不同领域对“中国故事”的理解、阐释或其着重点必然有所不同，“中国故事”作为政治话语有其适用性，作为文学话语也有其适用性。“中国小说”这一概念我也使用过，但其侧重点与“中国故事”不同，更多的是强调对传统中国小说与美学的继承，强调其与“西方小说”的不同之处，“中国故事”的侧重点则在于对当代中国经验的整体与宏观把握。

作为文学研究者，我觉得我们使用“中国故事”这个概念也不必过于焦虑，当然我们也有侧重点，除了你所说的美学方面之外，我觉得在思想视野与历史眼光等角度，我们也可以受益于这一概念。当然伴随着新的文学与思潮的出现，我们也期待有更新的概念出现，可以更清晰地描述我们的文学与时代经验。

三、“70后”批评家

1. “70后”批评家虽然涌现出谢有顺、霍俊明、梁鸿、房伟、李丹梦，还有你等一大批优秀的批评家，但似乎在文坛没有形成一种整体性的优势，无法获得相对集中的命名，整体感觉是被遮蔽的。作为“70后”批评家中最为优秀的批评家，你是如何看待“70后”批评家被遮蔽这一现象的？作为其中一员，你觉得这个群体的整体实力如何？

“70后”评论家中有不少优秀的评论家，但70后评论家与此前评论家不一样的一个特点是，他们成长于学院体制逐步建立的过程中，与20世纪90年代以来中国知识分子“学院化”几乎是同步的，这带来的一个问题是，70后评论家更多地生活在学院中，更多地关心理论问题、文学史问题或学科建设问题，真正介入当代文学现场的评论家并不是很多，或许这是他们“被遮蔽”的重要原因。我觉得70后评论家应该更多地介入批评现场，理论问题与文学史问题固然重要，但更重要的是对当代文学的前沿问题敏感、有兴趣、有能力介入，这不但可以将学术研究之所得加以实践与应用，而且新的问题、新的现象、新的美学经验也会刺激新的学术生长点。一代人有一代人的问题，70后评论家只有将自己的问题带入到文学现场，带入到批评实践中，才能真正开辟自己的时代。

我觉得70后评论家的整体实力还是很可观、很值得期待的，他们每个人都有自己的问题意识，有自己的探索，虽然他们的实力现在还没有完全展现出来，但我认为他们有可能会重构当代文学的批评地图。

2. 最近不少前辈批评家撰写批评代际问题，兄如何看待代际批评的划分？

我觉得代际划分有一定的合理性，毕竟中国处于剧烈变化的时代，每一代人都有独特的生活经验、成长经历与美学趣味，他们的创作也有不同的特点。但代际划分的凝聚化与机械化，可以说是当代文学批评的主要问题，似乎以这样的方式把作家简单归类，就解决了问题，这除了商业上的运作之外，就是批评家的懒惰或无力。如果我们回顾一下，可以发现最早是在20世纪90年代中后期出现了“70后”的概念，此后才出现了“80后”，又上推才出现了“50后”“60后”等概念。

在以年龄区分不同的作家之前，我们主要是以不同的思想艺术流派来划分不同作家，比如在20世纪80年代，我们有不同的文学流派，比如“伤痕文学”“反思文学”“寻根文学”“先锋文学”“知青文学”等，在那时年龄的因素并不重要，比如汪曾祺也会被归入“寻根文学”，但他比韩少功、李锐等人年龄要大很多，再比如在“先锋文学”中，马原的年龄也与余华、苏童、格非等人相差较大，但这些因素并不妨碍他们被归为同一个艺术流派。

以年龄这种看似自然的划分方式，取代了思想艺术流派的划分，这本身就是当代文学的一个重要症候。不同思想艺术流派之间有竞争，有争鸣，有互动，是一种在动态中不断发展变化，充满活力的文学生态，而以年龄这种自然要素来划分，写作者各安其分，长幼有序，看似自然，其实取消了活力。

在这个意义上，我们应该强调，真正优秀的作家都是超越代际的，我们也希望批评家能够以新的命名方式取代代际划分，让当代文学充满活力。

3. 陈思和在和金理的对话《做同代人的批评家》中曾说过，“70后”“80后”作家没有遇到好的批评环境，导致他们对生活的理解，对生活的批判，由这些表达出来的经验就得不到批评家的呼应，但这两年，

"80后"作家和"80后"批评家同步成长的良好局面已经形成，而"70后"作家才是真正没有遇到好的批评环境，没能和同代批评家相互呼应，不少人以为这是"70后"一代作家和批评家被遮蔽的一个主要原因。你如何看待这一问题？

"70后"作家与批评家确实需要更多的互动，陈思和老师提出批评家和同代作家要"共同成长"，我想也是这样的意思，同一代的作家与批评家有相似的成长经历、教育背景与文学追求，互动起来会有更深入的了解，应该有助于彼此的成长。但我们也不必将这一观念绝对化，优秀的作家和批评家都是超越代际的，不只是对某个年龄段的读者有吸引力，我们读托尔斯泰，读马尔克斯，读鲁迅，读李白、杜甫，读《红楼梦》，作者的年龄或属于哪个代际并不是很重要的问题，对于"70后"作家与批评家也是这样，作为作家或批评家都要力图超越代际，成为一个有独特思想艺术追求的人，在此基础之上的对话、交流乃至交锋，可以对彼此造成刺激，可以相互切磋，我觉得这样的对话才是真正有意义的。

4. 当下批评失语、批评失效一直是媒体的热门话题，你认为这个批评失语、失效了吗？

如果相对于20世纪80年代来说，确实文学批评已很难产生社会性的影响。这里既有环境变化等外部原因，也有文学批评自身的问题，也即我们的文学批评很少关注当代中国最核心的精神与社会问题，并以文学或批评的方式介入。在这个意义上，对文学批评失语、失效的批评是有道理的。文学与文学批评的必要性与重要性，在任何环境中，也只能靠其自身的品质与作为来建立，如果我们的文学或文学批评，关注当代中国最核心的精神与社会问题，并能先于其他社会领域提出，我相信也一定会得到社会各界的关注。当然这是一个比较高的要求，对批评家的思想能力是一个较大的挑战。

当然另一方面，我们今天所面临的是远比20世纪80年代丰富复杂的文学环境与文学格局，新的文学现象层出不穷，新媒体，网络文学，科幻文学，官场小说，畅销书，新的文学生产与传播方式，等等，这些都远远超出了20世纪80年代对“文学”的理解，我们需要具备新的知识、新的思维框架，这对文学批评来说也是很大的挑战，所以简单地说文学批评失语、失效并不能解决问题，而应该为文学批评的发展提供空间与动力。

5. 你认为好的文学批评应该具备什么样的品质？

好的文学批评应该加深我们对优秀文学作品的欣赏、认识与理解，但又不止于此，文学批评在面向作品之外，也应该面向世界，为我们打开一个精神空间，让我们看到一个新的艺术与思想世界。在某些特定的年代，文学批评可以起到引导文学与社会发展的作用，比如别林斯基的时代，而在另外的年代，文学批评可以让我们更深入地理解我们与整个时代，比如在巴赫金的著作中，他所发明的“复调”“狂欢”“对话”等概念不仅深入地阐释了陀思妥耶夫斯基、拉伯雷的小说，而且深刻地阐释了当代社会的本质，让我们对世界有一个新的理解。

当然好的文学批评也有不同的标准，今天我们读金圣叹、毛宗岗、张竹坡的评点，读诗话、词话等传统中国文学的批评方式，也会感到有很大的魅力。但总的来说，我认为在今天，好的文学批评应该具备以下因素：（1）对作品有阐释力；（2）对世界有阐释力；（3）在形式上别具一格。当然这是一个很高的标准，对我来说，虽不能至，心向往之。

6. 最后，想请教一下，你觉得一个好的批评家，应该具备什么样的素质?

评论家首先要有艺术的敏感，其次要有公正的态度，这可以说是从事文艺评论的基本素质，拥有这两点，可以成为一个比较好的评论家。但对于当前的文艺评论来说，仅仅具有这些还是不够的，一位优秀的评论家还应该具备另外两个重要的因素，一是要有对时代与世界变化的敏感，二是要有提出新问题的思想能力。

我们的时代是一个飞速发展、剧烈变化的时代，从20世纪80年代到现在，我国文艺的整体格局发生了巨大的变化，文艺的生产、传播、接受方式也发生了巨大的变化，如果一位评论家对这些变化不敏感，只是就作品评作品，很难对文艺作品做出深入细致的阐释。我在最近的一篇文章中谈到，中国已经走出了近代以来启蒙与救亡的总主题，展现在我们面前的将会是一个新的中国形象，一个新的世界图景，这个中国与世界对于我们来说也是陌生的，我们需要摆脱旧的知识结构与思维惯性，重新认识中国与世界，也重新认识文艺与我们自身。我觉得这是当前文艺与文艺评论面临的重要问题，只有认识到这一点，我们才能更加从容自信地讲述新的中国故事。

同时在这一过程中，新的文艺作品、文艺现象、文艺思潮不断涌现，作为一个评论家，我觉得应该在新的社会现实与美学经验的基础上，提出新的问题与新的思想命题。一代有一代之文艺，每个时代面临的文艺问题也都不一样，青年评论家应该从个人的生命体验与美学经验出发，不断提出新的问题，进行讨论、争鸣，这才能切入时代的核心命题，彰显出一代人的思想与美学追求。

后　记

《如何讲述新的中国故事》收入了我近年来所写的主要理论与评论文章，共分为“中国故事”“现实主义”“底层文学”三辑，对当前中国文学的重要问题做出了自己的分析与探讨。在我看来，“如何讲述新的中国故事”是当前中国文学最重要的命题，所谓“新的中国故事”是相对于“旧的中国故事”而言的，“旧的中国故事”包括传统的中国故事、现代的中国故事、革命的中国故事，在文学史上都留下了经典之作，成为凝聚民族精神与民族美学的重要作品。然而，改革开放以来，尤其是新世纪以来，我们中国日新月异的发展也对当代文学提出了新的要求，我们需要超越“旧的中国故事”，讲述“新的中国故事”，在巨大的社会变革中描绘中国人的生活与情感，塑造中国人新的审美感觉，凝聚新的中国精神。

对于当代中国作家来说，要讲述新的中国故事，需要具备新的历史眼光、社会意识和世界视野。所谓新的历史眼光，是指将生活重新“相对化”的反思眼光与能力，我们的生活并不是从来如此的，也不是必然如此的。没有历史感，就没有现实感，我们只有在历史脉络的细致把握中，才能够更深刻地感知和把握到“现实”。在飞速发展剧烈变化的当代中国，我们每一个人都仿佛置身于激流之中，我们的日常生活也都在发生着变化，并不存在一成不变的“日常生活”，时代的深刻变化也渗透在日常生活之中。以通讯方式为例，在短短二十多年的时间，我们跨过了电话、呼机、手机时代，现在进入了移动互联网时代；再以火车交通为例，我们也跨过了绿皮车、快车、特快、动车时代，现在进入了高铁时代。类似这样的变化所在多有，深刻地改变了中国人的生活，也在悄然改变着中国人的时空观念。这是新的“中国故事”，是此前的中国史上所没有的，我们置身于这一伟大变革之中，只有具备历史的眼光，才能深刻认识其价值。

新的社会意识，是指创作者要突破“自我”的藩篱，清晰地认识到自己只是社会某个阶层的一员，个人的生存经验或许并不能够代表其他阶层、群体或个人，而是有其局限性的。这就需要我们的作家走出“自我”，关注他人，关注时代，关注世界，尤其要关注社会底层的生活与内心。底层民众构成了中国人的主体，他们的故事是更广泛、更典型、更有代表性的“中国故事”，只有走进他们的生活世界，体验他们的喜怒哀乐，才能触摸到时代变化的脉搏。底层民众也是创造历史的根本力量，创作者只有参与到他们创造历史的进程之中，才能切身感受到中国经验的丰富性与复杂性，才能刻画出中国人的生活史与心灵史，才能创作出为他们所接受喜爱的优秀作品。

新的世界视野，是指我们需要重建面对世界的心态，重构新的世界图景。我们可以清晰地感觉到，2008年北京奥运会以来，尤其是十八大以来，中国人的文化自信越来越强了，整体社会氛围和人们的自我意识也在发生变化，这是一个具有历史意义的变化。可以说自近代以来，中国人都在以“落后者”“追赶者”的心态面对西方国家与西方文化，我们的整个知识、思想系统及其问题意识都是以此为基础的，而伴随着中国人文化自信的增强，我们不仅可以更加从容地面对西方文化，而且需要重新审视近代以来的知识系统，在新的问题意识之中，重新构造我们的思维与感觉结构，对此我们显然还缺乏知识与心理准备。而对于文学来说，只有具备这样的眼光与视野，我们才能讲好新的中国故事。

本书第一辑对“中国故事”的命题及重要作品做出了评述，第二辑从现实主义理论的角度探讨中国故事的讲法，第三辑从底层文学的视野探讨中国故事的立场，这三辑虽然侧重点不同，但从整体上展示了我对“中国故事”这一重要命题的思考。

感谢北京文联将此书纳入“北京青年文艺评论丛书”，感谢李敬泽老师在百忙之中赐序，感谢北京十月文艺出版社的胡晓舟、张丽等师友的热情督促，虽然书中的文章存在不少缺憾，但希望能对中国文学的繁荣提供一点自己的思考。

2017年5月1日

图书在版编目（CIP）数据

如何讲述新的中国故事 / 李云雷著；北京市文学艺术界联合会编. — 北京：北京十月文艺出版社，2017.6
（北京青年文艺评论丛书）
ISBN 978-7-5302-1663-7

Ⅰ. ①如… Ⅱ. ①李… ②北… Ⅲ. ①中国文学—当代文学—文学评论—文集 Ⅳ. ① I206.7-53

中国版本图书馆 CIP 数据核字（2017）第 054705 号

北京青年文艺评论丛书

如何讲述新的中国故事
RUHE JIANGSHU XINDE ZHONGGUO GUSHI
李云雷　著
北京市文学艺术界联合会　编

出　版　北京出版集团公司
　　　　北京十月文艺出版社
地　址　北京北三环中路 6 号
邮　编　100120
网　址　www.bph.com.cn
发　行　新经典发行有限公司
　　　　电话（010）68423599
经　销　新华书店
印　刷　三河市三佳印刷装订有限公司
版　次　2017 年 6 月第 1 版
　　　　2017 年 6 月第 1 次印刷
开　本　700 毫米 ×1000 毫米　1/16
印　张　22.25
字　数　272 千字
书　号　ISBN 978-7-5302-1663-7
定　价　39.00 元
质量监督电话　010-58572393
如有印装质量问题，由本社负责调换。